石原慎太郎と石原裕次郎

―嵐を呼んだ兄弟の昭和青春史―

大島信三 著

芙蓉書房出版

まえがき

石原慎太郎と石原裕次郎という兄弟が戦後日本に旋風を巻き起こしたのは、ひとえにペン、映画、歌という三要素のおかげである。文壇も邦画界も歌謡界も一番意気盛んなときに、二人は颯爽《さっそう》と登場した。日本の高度成長とともに歩んだ石原兄弟の青春時代を抜きにして、少なくとも一九五〇年代から七〇年代の日本社会は語れないのである。

石原慎太郎が親しくしていた高見順は「作家として時代と寝る」ということばを残したが、慎太郎自身もずっと実感としてそう思っていた。石原兄弟は戦後日本の復興期といわば添い寝しながら歩んできた。いま一九九〇年代の後半から二〇一〇年代の前半に生まれたいわゆるZ世代の間で昭和時代への関心が高まっているという。

いわれてみると、テレビ番組のなかにも昭和の映画や歌謡曲がずいぶん組み込まれている。ところによっては駄菓子屋が息を吹き返し、昭和レトロのおもちゃが売れている。とげぬき地蔵のある巣鴨駅周辺はシニア世代の原宿と呼ばれていたが、現在は若者の姿が目立っている。巣鴨に昭和の香りを求めてやってきた現代っ子が戦後の昭和をどこまで理解できるか、それはかんたんな話ではない。アメリカンドリームならぬジャパニーズドリームに満ちていた半面、無鉄砲なところもあった時代であり、昭和の明も暗も、功も罪も石原兄弟の青春期にきっちりと体現されている。

石原慎太郎や石原裕次郎の絶頂期の人気の凄まじさを知る世代は年々減少している。どれほど凄いものであったとしても、歳月が経てば知名度も業績も薄れていく。人気とは所詮、はかないものである。それでも兄弟がともに生きた昭和は決して忘れられることはなく、繰り返し思い起こされるであろう。

「人間万事塞翁《さいおう》が馬」とか「七転び八起き」といったことわざは、華やかに見えた石原兄弟とはまったく関係がないように思える。しかしながら二人の人生は天国と地獄が紙一重だった。一歩まちがえれば、一家は破産していたかもしれないのだ。石原慎太郎は「もし私が芥川賞も受賞できず、作家としても文壇デビューできずにいたら、私と裕次郎の将来は一体、どうなっていたのか。それを思うとぞっとします」といった。すんでのところで一家は救われるが、それを可能にしたのは昭和という時代のパワフルなエネルギーであった。

石原兄弟の波瀾に富んだ生涯を辿って、つくづく思ったのはやはり出会いと運ということだった。こうして過去を振り返って初めてわかるのだが、ほんのちょっとしたちがいで、白が黒になり、黒が白になってしまう。しかし、先のことなどだれにもわからない。そこに人生の妙味もあるのだろう。

一九六〇年代の前半、どこの週刊誌であったか読者アンケートで石原慎太郎は「好きな人」「嫌いな人」の双方のベストテンに入ったのを記憶している。こういう芸当は石原裕次郎には考えられない。兄弟だから似ているところは多いが、対照的な面も少なくない。血液型は慎太郎がＡＢ型、裕次郎がA型。兄は気が短くどちらかといえば一匹オオカミで、遠慮会釈なく他人を批判した。弟は鷹揚な親分肌、他人の悪口を洩らすことはめったになかった。兄弟の異なるキャラクターはどうして生じたのか。また稀に見る兄弟仲のよさといわれたが、具体的にはどうだったのか、といった点も本書であきらかにしていきたい。

（引用の際、表記を統一したところもある。文中敬称略）

石原慎太郎と石原裕次郎　目次

第一章　石原兄弟が海の見える神戸と小樽にいた頃

わずか二歳の差でちがった昭和ひとけた世代

一九三二（昭和七）年九月三〇日、石原慎太郎は兵庫県神戸市須磨区大手町で生まれた。役所に届けられたのは「愼太郎」で、文壇デビュー当時からしばらくはこの旧字を使っていたし、全集に旧字を使用した例もある。この日、国際連盟のリットン報告書が日中両国に交付され、「満州事変は現地の権益を守るために起きた」という日本政府の主張が退けられている。日本の満州国の正式承認で混迷の時代へさらに一歩踏み出した頃、慎太郎はこの世に生を受けた。小田実（作家）、江藤淳（文芸評論家）、大島渚（映画監督）らの逸材も同じ昭和七年に生まれている。

一九三四（昭和九）年一二月二八日、弟の石原裕次郎が神戸の同じところで生まれた。二年半後に一家は北海道の小樽へ移るので、石原慎太郎も神戸の思い出はそう多くなく、裕次郎にいたっては皆無だ。それでも両親の話にしばしば神戸が出てきたので、下の子にも生まれ故郷という意識はしっかりと植えつけられていた。

昭和九年には井上ひさし（作家）、黒川紀章（建築家）、田原総一朗（ジャーナリスト）らが生まれた。昭和ひとけた世代といっても、田原によれば、昭和七年生まれと昭和九年生まれの「二歳の差というのは大きい」という。七年組は多感な旧制中学の一年生で終戦を迎えて、一学期と二学期で価値観の大変動に見舞われることになった。「一学期まではこの戦争は聖戦である、世界の侵略国であるイギリスやアメリカを叩き潰してアジアを独立させるための戦争なんだと、僕もそう教わった。それが二学期になると、あの戦争は日本による侵略戦争だったとなる。それ以来、大人たちがもっともらしい口調でいうことは信用できない。国家は自分を騙すんだなあという気持ちがある」（『ユリイカ』二〇一六年五月号）と田原は振り返る。

終戦時、石原裕次郎や田原総一朗はまだ小学五年生で、学徒動員や軍事教育の洗礼を受けていない。石原慎太郎や大島渚は、たとえほんの少しであれ、その経験があった。戦禍の真っただ中にあった中国大陸や朝鮮半島は例外として、わずか二年の差でありながら、彼等の間に歴然としたちがいがあった。これが時代の転換期の凄さというものであり、石原兄弟のキャラクターの差にも少なからず影響している。

もう三八年近く前になるが、「昭和三、四年から一一、二年生まれぐらいまでの世代にはいろいろ面白い人がいますね。政界は知らないが、少なくとも芸術の世界にはジャンルはちがってもたくさんいますね」（『産経新聞』一九八七年二月二三日）と石原慎太郎は筆者に語った。そのとき、彼が名前をあげたのは羽仁進（映画監督、昭和三年生まれ）、開高健（作家、同五年生まれ）、武満徹（作曲家、同）、前出の大島渚、浅利慶太（演出家、同八年生まれ）、大江健三郎（作家、同九年生まれ）。「名前をあげていったらきりがないんだけど、みんな共通しているのは饒舌《じょうぜつ》なのね。それも早口でね。とにかくメッセージをたくさん持った世代だった」と慎太郎。たしかにメディアの世界へ入った筆者が仕事で接したこの世代の知識人は、熱くなると機関銃のようにまくしたてるタイプが多かった。

コントラストが面白かった父親と母親

石原兄弟は似ているところも多いが、似ていないところも少なくない。二人の際立ったちがいは、そっくりそのまま両親のキャラクターのちがいといってよく、兄が母親似、弟が父親似の典型例でわかりやすい。筆者は石原慎太郎に両親について聞いた日をはっきりと覚えている。石原裕次郎がこの世を去って九年後の命日の一九九六（平成八）年七月一七日、私小説『弟』（幻冬舎）が刊行された。四〇〇詰め原稿用紙で六四九枚。慎太郎にとって二五年ぶりの書き下ろし長編小説で、裕次郎へのレクイエムといえる同書を一読したあと、すぐにインタビューを申し込んだ。

太陽がかんかんと照りつけていた日。約束の時間より早かったが、赤坂見附のビルの六階にある個人事務所へむかった。石原慎太郎は前年四月に衆議院議員を辞職し、まったくのフリーとなって文筆に専念していた。「真革新クラブ」という看板の掛かった事務所へ入ると、某テレビ局の女性キャスターが別室で取材中だという。控え室で待っていると、しばらくして突然、大声が響き渡った。

おそらく幼稚な質問でもしたのだろう、石原慎太郎のカミナリが落ちたのだ。これでまたつくらなくともいいアンチ石原を、また一人つくってしまった、といささか怒鳴ったほうに同情した。メディアを恐れない強烈な個性と毒舌。父性的な強靭さ。これらが、案外メディアの嗜好に合致するところもあって、そこが人気稼業の弟よりメディア対応で奔放さが許されるのかなとも思った。嵐山光三郎（エッセイスト）がこんなことを書いていた（『週刊朝日』二〇一三年一月一八日号）。

「政治家・慎太郎は暴論を吐く。他の政治家が発言すればたちまち失脚しそうな暴論に、激しく反発する人がいるぶん、『よくぞいってくれました』と溜飲を下げる人もいる。石原慎太郎だから許される発言は、手抜かりのない計算である。記者やテレビカメラの前では不愛想で通し、計算しつくした暴論のあとに、ときおりチャーミングな笑顔が出る。これがくせ者で、シャイな笑顔は、あ、偉そうなことをいってしまったと反省しているんだなと思わせる」

中学時代からの親友、江藤淳は石原慎太郎を「無意識過剰」と評した。こういったら、他人からこう思われるのではないか。ああいったら、こう勘ぐられるのではないか、といった意識がまったくない。「中国をシナと呼んでなにが悪い。日本で中国といえば、広島県や岡山県のことだ」といって憚《はばか》らなかった。

四男の石原延啓《のぶひろ》（画家）によれば、「自宅でお招きしたお客様と一緒に食事をしている途中でも何か閃きがあると『じゃあ』と切り上げて二階の書斎に行ってしまうことさえありました」（『文藝春秋』二〇二二年四月号）。自分ファーストと思われようと、無礼な男と軽蔑されようと、創作にかかわる貴重な閃きを無駄にしたくなかったのだ。

一九八八（昭和六三）年二月、霞が関の運輸省（のちに国土交通省）の大臣室で初めて石原慎太郎に本格的なインタビューをおこなったとき、「それでは大臣……」といいかけたら、「大臣はやめてよ」といわれ、以来、「石原さん」で通した。前年七月に石原裕次郎を亡くしていた。「いずれ裕次郎さんについてお書きになるのでしょう」と聞いたところ、「ほとぼりが冷めてから、僕のなかにいる弟の映像みたいなものを書きたいなと思っています。いろんな人が勝手に本を書いているみたいだけど、ほんとに愛着があるものは、そうかんたんに書けるものではない」（『産経新聞』一九八八年二月一九日）ということばが返ってきた。それから八年の歳月が流れ、待ち望まれていた本は刊行された。毎日出版文化賞特別賞を受賞したうえ、予想通り大ベストセラーとなった。

さて、ふたたび赤坂見附の石原事務所。女性キャスターとそのスタッフが退室し、筆者は日焼けして元気そうな石原慎太郎とむき合った。一九九五（平成七）年四月一二日、慎太郎が議員辞職を衆院本会議場で公表する三日目にインタビューしてから一年ぶりの対面であった。近況は語り合ったが、女性キャスターへのカミナリの一件には互いにふれることもなく本題に入った（『正論』一九九六年九月号）。

筆者　『弟』をひらくと、扉のつぎに一葉の写真が出てきます。「昭和一三年九月二三日洞爺湖畔にて」とだけ説明されている。羊の群れを見つめる幼い兄弟の後ろ姿。なぜ後ろ姿の写真なのか、と気にしながら読み始めました。謎はすぐ解けました。お父さんが撮った、父親の視線を感じさせる写真でした。

石原　父が撮った写真はわりと後ろ姿が多いんですよ。そういう親の視線というのはめずらしい。たいがいの父親だと、こっちむいて、はいピース、とかいうけれど（笑い）。

筆者　どんなご両親でしたか。

石原　父親と母親のコントラストが面白かったと思うんです。父はとても豪気で、繊細でした。母は風変わりな女で、絵描きになるつもりでいたらしい。若い頃に描いた、とってもいい日本画がいくつか残っているんですよ。

父親は典型的な叩きあげ組

兄弟の父親、石原潔は一八九九（明治三二）年一二月二日、四国の海辺の町の長浜、現在の愛媛県大洲《おおず》市で警察官の家の三男に生まれた。したがって分家した潔は初代であり、跡取り息子の慎太郎は二代目となる。当時も現在も世間は石原兄弟を由緒ある家柄か、資産家の子息と見ていた。湘南で育ち、早くからヨットに興じていたうえ、風貌からして兄弟にはそう思わせる雰囲気があった。しかし、実際はちがった。後年、三島由紀夫から「我々はなにかによって規定されているでしょう。これは運命ですね。日本に生まれちゃった。あるいは石原さんのようにブルジョアの家庭に生まれちゃった」と対談でいわれ、「僕？　とんでもない。あなたとちがって私は叩きあげですからね」（『三島由紀夫　石原慎太郎　全対話』一一〇頁）と言下に打ち消す一幕があった。

山下汽船という海運会社のサラリーマンだった父親は典型的な叩きあげ組で、子会社の重役になったとはいえ、持ち家もなければ株や貯金で資産をふやすタイプでもなかった。石原潔は旧制宇和島中学（現在の宇和島東高校）に入学したが、二年に進級する前に中退し、山下汽船に入った。創業者の山下亀三郎と同郷で、遠縁にあたっていた。いわば丁稚《でっち》のようなもので社内の掃除や使い走り、お茶くみが仕事だった。亀三郎は社員の採用方針に独特な考えを持っていた。東大や京大などのエリート学生を採る一方で、学歴にこだわらずに郷里の縁故を頼って有能な子弟を雇った。社長である亀三郎の面接は一人数分と短く、学校の成績は参考にせず、自分の直感だけで採否を決めていた。

独身時代の石原潔は、山下亀三郎のめがねにかなってか、しばしばカラフト木材の中継点として大きな役割を担っていた小樽に出張を命じられた。一九二八（昭和三）年一二月、神戸本店近海課に異動となって一年四か月後、潔は平井勝子と結婚し、神戸市須磨区大手町の社宅で新婚生活を始めた。

平井勝子はその直前に山下汽船を退職して大同海運へ移った幹部社員、崎山好春の妻の姪だった。石原潔はのちに大同海運社長となる義理の伯父から「一緒に移籍しよう」と強くすすめられたが、愛社精神に富む潔の心は動かなかった。やがて勝子は男の子を出産したが、一歳の誕生日を迎える前に産褥熱でこの世を去った。広祐と名づけられた赤ん坊を潔の長姉、小河寿万《すま》が「ぜひ養子に」と望んだ。兵庫県明石市で小学校教員をしていた寿万は地元の市役所職員と結婚したが、子どもに恵まれなかった（佐野眞一『誰も書けなかった石原慎太郎』六二頁）。

二つ年上の小河広祐は石原兄弟の異母兄になるが、石原慎太郎は著作のなかで長兄を従兄として紹介している。そのうえ繰り返し「たった二人の兄弟」「二人きりの兄弟」と書いた。幼い頃から「お前は長男なのだから」といわれつづけ、明石の家でよく遊んだ「広祐ちゃんはいとこ」と教えられてきたからであろう。実際、広祐のほうも自分が石原潔おじさんの実子と知ったのは、彼が旧制中学を受験する際、願書を用意したときだった。広祐は潔亡きあとも逗子の家に出入りし、一時期は下宿までしていた。彼は実父の後妻や異母弟と不仲であったわけではなく、生涯にわたって親しくしていた。

屈折していた母親の少女時代

妻を亡くして一年が経った頃、石原潔は加藤光子と再婚した。「一〇歳ちがいで結婚したんですけれども、父は母をとっても大切にしていましたよ」（『正論』一九九六年九月号）と石原慎太郎。若々しく闊達《かったつ》な二度目の妻がすでに身ごもっていたのは、社宅の住人たちの目にもすぐにわかった。周囲の好奇な眼差しを浴びても、石原光子はそれをいちいち気にするタイプではなかった。慎太郎によれば、父親は一見インド人ふうの美男子、母親のほうは中国人ふうの美人、その間に生まれた自分は典型的な日本人とか。光子にはこせこせしない大陸的な気質があった。石原光子は一九〇九（明治四二）年九月六日、大阪で生まれた。まもなく一家は広島県の宮島へ移ったが、そこで生母は病死し、父親は二年後に再婚した。勝気だった光子の少女時代はかなり屈折していたように思える。世間でよくあるように継母との関係がよくなかった。プライドが高いうえにナイーブでシニカルな光子の入り組んだ性格は、複雑な家庭環境も影響していたのだろう。宮島から神戸へ引っ越し、地元の女学校を卒業した。

「私は小さいときから絵が好きで、美大（現在の東京芸術大学）にすすみたいと希望していました。しかし、それは、とうとう親から許してもらえませんでした」（『我が息子、慎太郎と裕次郎』二〇一頁）。石原光子のこういう回想に接すると、夢も希望も適わなかった可哀想な娘を想像したくなるが、実際には上京し、実践女学校（専門部）に入って恵まれた寄宿舎生活を送っている。ただ、教師を目指して学業にも励んだが、肋膜と脚気《かっけ》を患って中退せざるを得なかった。これも縁というものなのだろう、病気になって神戸に戻ったのが、石原潔と出会うきっかけになった。

石原光子は生一《き》本な性格で、これは許せないと思うと、他人の息子であろうが憤然と平手打ちを食らわした。激しい気性は晩年になってもあまり変わらず五〇を過ぎた石原慎太郎が、他人のいる前で高齢の母親からこっぴどく叱られている姿が目撃されている。

母親のいわなくてもいいことをいってしまう毒舌やせっかち、いきなりキレてしまうエキセントリックなところは、そっくりそのまま石原慎太郎に受け継がれた。三島由紀夫との初対面で「僕、三島さんて、もっと大男かと思ってました」(『わが人生の時の人々』九七頁)と、誇り高き男性のプライドを損なうようなことを平気で口にしたのは彼くらいであろう。なにしろ晩年に至るまで、「まだ生きていたのか」といわれるより、「あいつ早く死なないかな」と憎まれ口をたたかれる存在になりたいと、広言してきた人なのだ。

「どうも僕は衝動的なんですね」と衆議院議員のとき、石原慎太郎は筆者にいった。自分のなかに潜む衝動的な性格をフィリピンの元上院議員ベニグノ・アキノとの厚い友情を例に語った。「親友のアキノがマルコス政権に対して革命を起こすときには、家族も捨て、議席も捨てようと思った。そしてフィリピンに渡って、アキノと一緒に鉄砲を持って革命をやるつもりでいました。しかし、アキノは僕のいうことを聞かないで、あの黙示録的独裁者(マルコス)を信じて殺されてしまった」(『産経新聞』一九八八年二月二四日)と。

アメリカに亡命していたベニグノ・アキノは一九八三年八月二一日、台北からの中華航空でマニラ国際空港に到着後、暗殺された。政敵のマルコス大統領と対立していたアキノは銃殺刑を宣告されたあと、獄中で心臓病に倒れ、治療のためアメリカへの出国を国外追放という形で認められていた。暗殺前夜、偽名で台北のホテルにいた彼に石原慎太郎は危険だからマニラ入りをやめるよう説得していた。それにしても「家族も捨て、議席も捨て、鉄砲を持って」はいくらなんでも無謀すぎる。

一方、父親似といわれた石原裕次郎は根っからの親分肌であった。兄とちがってだれかのために死ぬ覚悟という場面はなかったが、あなたのためなら死んでもいいという仲間に囲まれていた。鷹揚な性格の石原潔は、トゲのあることばも人の悪口もいわなかった。裕次郎もまた泰然としたところや、悪口をいわない点で周りの受けがよかった。ただし、酔っぱらうと、手のつけられないところがあった。

学校でも町内でも目立った兄弟

一九三七（昭和一二）年六月、石原潔は山下汽船小樽出張所に主任として妻と小さな息子二人を伴って赴任した。主任という肩書だが、実質的には出先のトップという立場であった。七月七日、日中戦争の発端となる盧溝橋事件が勃発した。戦雲垂れこめる頃、山下汽船は北海道・大陸・内地を結ぶ定期航路を新設し、石狩湾に面する小樽に拠点を置いた。北海道一の商都には赤レンガの倉庫群が並び、港には大型船が出入りし、運河の水はきれいだった。

この年の夏、松竹歌劇団（ＳＫＤ）でターキーと呼ばれた男装の麗人、水の江滝子が故郷の小樽市をおとずれていた。当時二二歳のターキーは相生町で生まれたビッグスターで、小樽公園でひらかれた北海道大博覧会の舞台に立って大観衆の拍手を浴びた。後年、大学生になっていた石原兄弟は、日活のプロデューサーに転身していた水の江と運命的な出会いをすることになる。それは後述するとして、水の江の生家からそう遠くない小高い丘に石原一家となにかと縁のある高級料亭の海陽亭があった。

石原一家は小樽市松ケ枝町に借家を見つけ、お手伝いを雇い、シェパードを飼った。閑静な住宅街とはいえ、かつてはほど遠からぬところに遊廓があり、貧しい人たちの住む集落もあった。住宅街の子どもはその集落へ近づくのを親から禁じられていたが、石原兄弟は平気で出入りしていた。

上の子の幼稚園選びにこだわったのは、母親よりも父親だった。父親は会社のスタッフや知り合いから情報を得て、施設も教育も小樽で一番というカトリック系の幼稚園に決めた。ドイツ人シスターが経営する幼稚園は、語学教育も熱心というのを知って母親も賛成した。幼稚園は住まいから遠く、かなり長くバスに乗って通園しなければならなかった。両親は子どもの負担よりも幼稚園の質を重視し、上の子もそれに耐えて通った。しかし下の子は幼稚園になじめず、三日足らずで通園をやめてしまった。両親は「いやなら仕方がない」と寛容だった。

一九三九（昭和一四）年、石原慎太郎は大きなアカシアの木が三本ある小樽市立稲穂小学校（当時は国民学校といった）に入学した。その直前に一家は、松ケ枝町から長い坂のつづく山の手の緑町へ引っ越していた。小樽は坂とアカシアの木が多い町であった。

「緑町一丁目から坂を上に歩いていくと、小樽高商があるんだけど、その途中に大きなアカシアの木があってね。そこから小樽港が一望できた。眼下に雄大な景色がパノラマのように広がってさ。絶好のロケーションだった。しかも朝日が斜光線で射してくるから写真好きだったおやじは、ここがお気に入りでね。パノラマの風景のなかに兄貴と僕を立たせて、よく早朝の写真を撮ったものだ」（『口伝　我が人生の辞』八頁）と石原裕次郎。神戸同様、小樽でも海が見え潮風の吹き抜けるところで石原兄弟は育った。

作家の小林多喜二や伊藤整が学んだ小樽高商（現在の小樽商科大学）の学生は小樽のエリートで、酒場でも質屋でも別格の扱いを受けていた。のちに石原慎太郎の作家デビューに陰ながらかかわる伊藤は、かつて稲穂小学校のそばにあった小樽中学で教鞭をとっていた。

二年後、石原裕次郎も二年前に買ってもらったランドセルを背負って同じ学校へ通った。なぜ二年前かはあとで説明するとして、革靴を履き、坊ちゃん刈りの兄弟は、学校でも町内でも目立った。ほかの男の子たちは、ほとんどがゴム靴に坊主頭だった。成人してからは逆転するのだが、石原慎太郎のほうが病弱で冬になると扁桃腺を腫らして寝込んでいた。頑強な裕次郎はいつも元気溌剌で、友だちと部屋中を駆けまわって床に伏す兄を羨ましがらせた。頭のほうは、いわれなくとも勉強をする慎太郎はずば抜けて成績がよく、ずっと級長だった。読書好きで、父親が買ってくる偉人伝などをつぎつぎと読破していった。

石原裕次郎はどうかといえば、母親によれば「慎太郎とはまったく対照的でした。しかし、それでは頭が悪いのかといったら、親の私がいうのもなんですけれど、決してそうではありません。細かいことによく気がつき、観察力や記憶力が抜群でしたので、勉強もやればちゃんとできるのです」（『我が息子、慎太郎と裕次郎』一〇四頁）。ただ、兄とちがって、親から叱られようが、自分がその気にならないかぎりなにもしないので、母親は少年期の裕次郎を「自由人」と表現した。

後年、石原まき子は「裕さんはなにをやらせてもサマになる人でした。デッサンを描かせたら見事なものでしたし、……正直申しあげると、文章も慎太郎さんより上だと思います（笑い）」（『文藝春秋』二〇一三年一月号）と、文筆家の義兄を苦笑させるようなことを述べている。自由人の才能はたしかに並みではなかった。息子たちも目立ったが、ダンディーな父親のほうがもっと小樽市民の目を引いた。

石原裕次郎がいう、「おやじは非常にモダンボーイだったから、戦時中でも国民服を着ず背広を着て中折れ帽をかぶり、ヒゲをたくわえて颯爽と歩いた。格好悪い国民服なんか見むきもしなかったね。……背広はぜいたく品とされ、国民服一つでこと足りるという通達が出た。そんななかでも、しゃれ者のおやじはりゅうとした英国製の背広で押し通した。いま思うと、おやじはそういうファッションを押し通して軍国主義に反逆していたんじゃないかと思うね」（『太陽の神話』三六頁）。

石原潔はときには純白のメルトンのスーツ姿であらわれ、そのおしゃれぶりは社内でも評判だった。ゴルフ、テニス、ラグビー、ボート、さらには相撲も好きなスポーツマンであった。ファッション、スポーツ、酒、そして女。父親同様、二人の息子の人生もまた、これらが絡み合って展開していくのである。

見事なまでに同じ量のイチゴミルク

石原慎太郎の家長意識の強さは自他ともに認めるところで、「父親が君臨していたんです。その影響を非常に受けています。私はいまでも息子たちに家長意識を示すんです。一人の息子にガミガミいったりすると、別の息子から、お父さん、いい加減に子離れしなさいよ、といわれてね。家長意識の非常に悪しき露出かもしれないけど」(『正論』一九九六年九月号)と筆者に語った。四人の息子を持った慎太郎は長男と次男以下をはっきりと区別したという。たとえばお年玉も長男が一万円なら、次男以下は一律五〇〇〇円といった具合だ。

その点、石原潔は二人の息子にわけ隔てなく接し、どれも等分にわけた。後年、石原慎太郎は家族でイチゴを食べるとき、イチゴミルクをつくってくれた父親の思い出を幼い息子たちに話した。「おじいちゃまは、家族とイチゴを食べるとき、いつも大きなガラスの鉢にいっぱいイチゴを入れてね、おじいちゃまが大きなフォークで一粒一粒ていねいにつぶして、砂糖、ミルクを入れて混ぜ合わせたものだよ。こんなふうにゆっくりと。そして分けてくれたのだよ」(『妻がシルクロードを夢みるとき』二四一頁)と。

父親がボウルのイチゴを食べようとしたとき、二人の息子はちょっとすねた素振りを見せた。大きなボウルのイチゴミルクが、自分たちの小さなガラスの器より多く見えたからだ。彼等の不服そうな様子に気づいた父親は子どもたちと同じガラスの器を取り出し、ボウルから移した。見事なまでに同じ量で、兄弟は納得してイチゴミルクを食べはじめたという。

細やかな父親に育てられながらも、石原慎太郎の子育てはぎこちなかった。長男の石原伸晃《のぶてる》(元自民党幹事長)がいう、「父は積極的に子どもに関わっていましたが、その関わり方は下手でした。幼稚園での二人三脚の写真が残っていますが、父は私を持ちあげて走っているんです。

幼稚園の先生に『石原君、かわいそうだったね。自分で走れなくて』といわれた記憶がります。積極的に関わっても、子どもに歩調を合わせることは上手くできない。不器用だったんでしょうね」(『中央公論』二〇二二年四月号)。

石原潔は息子たちの服装も持ちものも、妻の光子にまかせず自分で選んだ。基本はお揃いで、同じものを二人に着せてご満悦だった。おそらく傍目には、ふたごのように見えたときもあったと思う。上の子の小学校入学が近づいたとき、潔はピカピカのランドセルを二つ買ってきて、一つを下の子にも与えた。泣いて欲しがるに決まっているから買ってきたというよりも、やはり父親の裕次郎への愛情ゆえの行為と解釈したい。細やかな心遣いの父親は息子へのプレゼント品へ慎太郎のものにSマーク、裕次郎のものにYマークをつけ、兄弟がまちがわないようにした。

息子たちが成長するにつれ、父親の話題も少しずつ大人っぽくなった。やがては若い頃に神戸の花隈という花街にある松廼家《まつのや》でよく飲んだと、料亭の名前まであげて独身時代の豪遊ぶりも話した。「遊びたければ、大いに遊んでよい。だけど、陰険な遊びをしてはいけない」という潔のことばは、一歩まちがえばとんでもない結果をもたらしかねない危ない助言ともいえよう。実際、生涯を通じて兄弟にはヒヤリとするような場面が何度となくあった。なにしろ石原兄弟は、酒と喧嘩が大好きだった。

「僕の場合は、喧嘩馴れしているからね。相手によって出方を変えられる」(『口伝　我が人生の辞』四七頁)という石原裕次郎によれば、喧嘩のコツはヒット&ラン、逃げるが勝ちだと。自分の兄はそれができず、だらだらといつまでも関わってしまうとも。いわれてみると、たしかに石原慎太郎は喧嘩にかぎらず、さらりと受け流すのが不得手だった。

石原潔は優しい半面、厳しい父親でもあり、たとえば泳ぎの特訓などはかなり荒っぽいところがあった。夏休みに息子たちを蘭島《らんしま》や塩谷《しおや》の海水浴場へ連れていき、一緒に海に入った。二人とも海を怖がった。上の子はおとなしい性格もあってか手加減したが、わんぱく坊主の下の子には容赦なかった。船会社に勤める海の男だけに、海におびえる息子が情けなかったのだろう。「僕を背の立たない深いところへ連れて行って、手を離すんだ。泳げない僕は沈んじゃうから、必死に手足をばしゃばしゃやったもんだ。それで泳げるようになったんだ」（『太陽の神話』三九頁）と石原裕次郎はいう。

冬になると、石原潔は息子たちをスキー場へ連れていった。海水浴ではビビった弟もたちまちスキーが上達し、高学年の児童もびっくりするほどすいすいと回転をこなし、コーチ役の父親を喜ばせた。兄はどうだったかといえば、おそらく病弱のためであろうが、水泳やスキーに関していい思い出が少なかったようで、参考になる記述はほとんどない。

小樽高商生の乱闘を息子に目撃させた母親

母親は教育ママというタイプではなかったが、石原慎太郎には早くから英語を習わせた。先生は幼稚園のシスターで、ゆくゆくは海外で活躍する外交官になってほしいというのが、上の息子への彼女の期待であった。息子たちを叱るとき、母親もまた容赦しなかった。あまりの剣幕にお手伝いさんが泣きながら「もう許してやって下さい」とすがっても、「黙ってなさい」と聞く耳を持たなかった。後年、兄弟はしみじみと語り合っている（『女性セブン』一九六九年一月八日・一五日合併号）。

裕次郎　おふくろにも、よくおしりをぶたれたことがあるなあ。
慎太郎　裕さんと一緒にひどく叱られたことがあったな。
裕次郎　うん。黒アメ事件。家から一銭銅貨を失敬して駄菓子屋で三個一銭の黒アメを買ったんだ。たしか僕が二個食った（笑い）。
慎太郎　僕が小学校四年、裕さんが二年の頃か。
裕次郎　お金を盗むなんてことをなぜしてくれた、とオイオイ泣きながらぶたれたよ。こたえたなあ、あのときは。
慎太郎　僕たちにジャスティス（正義）ということを教えてくれたんだ。

日頃、「お母さんに黙ってなにか食べてはいけませんよ」と口うるさく注意していたのは、戦前の不衛生な環境のなかで危険な食べものがあったからだ。実際、疫痢《えきり》などによって子どもが命をうしなっていた時代である。子どもの将来を思うからほどほどで妥協することはなく、石原光子はものさしで容赦なく息子たちのお尻をぶった。

父親同様、母親のスパルタ教育も徹底していた。早春、卒業式を終えた小樽高商の学生数人が、石原家の近くで乱闘を繰り広げた。台所にいた石原光子はそっとガラス窓をあけ、息子たちを呼んで「あんな喧嘩は絶対にしては駄目よ。兄弟同士はもちろん、他人ともしてはいけません」(『我が息子、慎太郎と裕次郎』二〇一頁)と戒めた。血だらけの凄まじい取っ組み合いを見せられた兄弟は、ブルブル震えながらこっくりと頷いたにちがいない。

石原光子は思ったことを腹に収めておくことのできない性質《たち》で、やがて小樽の生活に不満を漏らし始めた。理由の一つは冬の寒さであった。酷寒で息子たちが体調を崩したとき、光子は感情のブレーキが利かなくなり、夫に面とむかって、「もう小樽で暮らすのはいやですから、子どもたちを連れて神戸に帰ります」と宣言した。「冗談も休み休みいえ！」と一喝され、気性の激しい光子も自分のわがままを自覚していたのであろう、おとなしく矛を収めた。

石原光子のもう一つの不満は、夫の夜の行状だった。羽振りのよい船会社の、典型的な社用族であった石原潔は海陽亭の常連であった。足しげく通っていただけでなく、ときには帰宅しないときもあって、光子を苛立たせた。潔にとって海陽亭は大切な商談の場であり、いっとき職場や家庭から解放される別宅のようなところであった。光子は夫と女将《おかみ》との関係を疑ったが、それは邪推にすぎなかった。とはいえ、潔と若い芸妓との仲は知る人ぞ知るで、後年、息子たちは父親の隠し子がいるかもしれないと、それとなく関係者に聞いていた。

一九四三(昭和一八)年、石原潔はようやく名実ともに山下汽船小樽支店長という肩書になったが、二か月後、東京支店副長として転勤を命じられ、あしかけ六年におよんだ小樽生活は終わった。石原光子は八百屋からミカン箱をいくつももらってきて、息子たちの絵や日記、答案用紙まで入れて丁寧に荷造りした。両親にとって、どれもこれも捨てがたいものばかりだった。

後年、まだ女高生のとき、大学生の石原慎太郎と結婚した旧姓石田典子は嫁ぎ先の逗子で積み重なったミカン箱に目を見張った。「戦争中、北海道から運んでくるのは、いまとは比較にならないほど、大変なことであったでしょうに。石原の両親の子どもに対する愛情のかけ方に感激したものです」(『妻がシルクロードを夢みるとき』二四七頁)。ファミリーの一員になった彼女は石原兄弟が若くして世に出られたのも、子煩悩な両親に育てられたおかげと、ミカン箱の山からも納得したのであった。

第二章　石原慎太郎の戦中体験から不登校の一年まで

逗子という新天地の兄弟

石原一家が小樽から神奈川県逗子市へ引っ越した一九四三（昭和一八）年といえば、二月一日に日本軍がガダルカナル島から撤退を開始している。五月二九日にはアッツ島の日本軍守備隊が全滅、敗色が濃厚となった。日本のおかれた現実は厳しくとも、酷寒の小樽と比べれば、冬の逗子も楽園のようなものであり、湘南一帯は南仏のコートダジュールを思わせるほど気候に恵まれていた。

東京勤務となった石原潔の一家のために山下汽船が手配してくれた住まいは、逗子海岸からほど近い桜山の小高い丘にあった。瀟洒《しょうしゃ》な建物で、かつては創業者である山下亀三郎の別荘だった。石原兄弟が生まれた神戸、幼少から小学校まで六年間を過ごした小樽、そしてずっと住むことになる逗子。三か所の家に共通していたのは、どこも海の近くであったことだ。なかでも兄弟が生涯ずっと心を寄せたのは湘南の海だった。

東京勤務となってから九か月後、石原潔は山下汽船東京支店副長から新設の子会社、山下近海機船へ幹部社員として転出した。新会社の常務となった二神範蔵《ふたかみのりぞう》は潔より三歳年上で、愛媛県南宇和郡愛南町出身の同県人だった。二神は一橋大学の前身、東京商科大学を出て三井物産に入り、山下汽船へ移ったエリート。ほどなくして山下近海機船の社長となった。一九四九（昭和二四）年四月、山下近海汽船と社名が変わり、潔は常務に抜擢された。

一一歳で五年生の石原慎太郎、三年生で二歳下の石原裕次郎はご多分に漏れず転校生の劣等感を抱き、いじめの対象にもなった。だが、兄弟は持ち前の負けん気の強さで切り抜け、やがて逗子で生まれたように馴染んで地元っ子と交わった。頭脳の面でたちまち頭角をあらわした兄は級長となったが、校外で共同作業があったとき、上から目線でクラスの怠け者の尻を小枝で叩き、悪童連中の恨みを買ってしまった。

石原慎太郎は下校途中、待ち伏せしていた五、六人の連中に囲まれ、殴られ、鼻血を出した。彼等が去ったあと、離れたところに弟がいるのに気づき、家へ帰ると、弟は自分を助けてくれなかったと母親に訴えた。「母は弟に事を質し、俯いて頷くだけの弟を咎めていきなりその頬を叩いた」（『弟』五二頁）。低学年の子に喧嘩の加勢など無理な話だが、母親は兄弟の間で見て見ぬふりはいけない、これは見過ごしてはいけないと判断したのだろう。その後も兄は弟の行状をしばしば親に告げ口した。思ったことを口にしなければ、自分の気持ちが収まらないのだ。

後年、母親の教えのせいか、二人は一方が窮地に陥ったとき、他方は懸命に支えた。「小学校の四年生の頃から、近所のガキ大将だった。どういう経過でガキ大将になったかよく覚えていないけれど、身体が大きくて四年生でいて六年生の子に負けなかった」（『わが青春物語』三九頁）と石原裕次郎。子どものときの母親の叱責が喧嘩強くしたともいえよう。

一方、石原慎太郎がガキ大将だったという話は一切聞こえてこない。これは兄弟の性格のちがいによる。兄は本質的に我が道を行く一匹オオカミであり、弟はテレビで演じたボスそのものであった。後年、慎太郎も政界で小派閥ながら石原派を率いたり、いわゆる石原新党を画策したが、どれも思うようにならなかった。清濁併せ呑むといった鷹揚さが足りなかった。客観的に見てトップとしての風格や実際の統率力において、石原プロ社長の裕次郎のほうが上であった。

外でガキ大将、内でいたずらっ子の石原裕次郎が許容範囲を超えたとき、父親は容赦なく鉄拳をふるった。見かねた母親に「お願いですから、殴るのをやめて下さい」といわれてから鉄拳は自重したが、壁にむかって正座させたりし、また寒風吹き荒れる屋外に立たせた。水の入ったバケツを両手に持たせるなど、小樽以来のスパルタ教育に変わりはなかった。後年、兄弟は当時の様子を語り合っている（『女性セブン』一九六九年一月八日・一五日合併号）。

裕次郎　子どもの頃、おやじから叱られるのは、いつも僕だったよ。覚えているでしょう？雪の降る寒い晩、裏木戸の外に立たされて、メシどきだのに入れてもらえないで……。

慎太郎　君がまた強情で、ちっとも詫びを入れない。

裕次郎　やっと家のなかへ入れてもらうと、兄貴とおふくろは食事が済んだあと。恨めしかったなあ。

慎太郎 そうともいえないな。おやじは「お前たち、食え」といったまま、自分は裕さんを家のなかに入れるまで食べないんだから。あとでおやじと仲よく食っていた裕さんのほうが、よほど幸せ者さ。

お仕置きを科した父親は、夕食の楽しみである晩酌も控えて、下の息子が反省するのを辛抱強く待った。母親とちがって父親は短気ではなく、新聞を隅から隅まで丹念に読んで可愛い息子を許してやりたい気持ちを抑えた。意地っ張りで怖いもの知らずのわんぱく小僧も、父親のとてつもない忍耐力に根負けしてついには泣きながら謝った。

名門中学一年生の屈辱と感動

一九四五（昭和二〇）年二月一九日、アメリカ軍は硫黄島に上陸した。三月九日から一〇日にかけて、B—29による東京大空襲があった。一〇万人が犠牲となり、二三万戸が焼失した。日本の敗色が濃いなか、小学校最終学年の石原慎太郎は進学先として旧制の神奈川県立湘南中学校（現在の湘南高校）を第一志望とした。多くの生徒が海軍兵学校を目指す名門校だった。試験日が迫ると、逗子小学校では湘南中の受験生を集めて面接のリハーサルをおこなった。

石原慎太郎は面接官役の教員から「将来の希望は？」と聞かれ、「外交官です」と答えた。「もちろん外交官でもいいが、湘南中の場合は海軍士官といったほうが有利だよ」と教員はアドバイスした。反抗心旺盛な慎太郎のことだから、本番では初心を貫いて「外交官です」ときっぱり答えたように思えるが、ちがった。彼は融通の利かない一徹者ではなく、機を見るに敏なしなやかさもあった。なるほどと思ったら、他人の知恵をすぐ取り入れた。そこらへんは知恵をさずけたほうが、あっけにとられるほどすばやかった。湘南中の面接でも「将来の希望は海軍士官であります」と大声で答え、面接官席の中央にいる赤木愛太郎校長をにっこりとさせた（『文學界』二〇二〇年六月号）。

アメリカ軍がじわじわと沖縄へ近づきつつある頃、石原家の自慢の息子は藤沢市鵠沼の湘南中学に合格した。通学ルートは自宅から横須賀線の逗子駅まで約二キロ。大船で東海道線に乗り換え、藤沢駅で下車。学校までやはり二キロほどで、まだバスはなかった。四月の入学式当日、父親は新入生に付き添った。式を終えたあと、それぞれ指定された教室へ分散した。担任教師は必要事項を説明したあと、級長と副級長を指名した。成績上位のなかから選ばれたのだろうが、石原家の息子は呼ばれなかった。

石原慎太郎は名門中学の初日で味わった屈辱を遺稿のなかで「それまで北海道でも移転してきた逗子でも級長をつとめてきた私にはショックだった。多分同じように付き添ってきた父にとってもショックだったにちがいない」（『「私」という男の生涯』五〇頁。著者の要望通り妻の死後に刊行された）と正直に告白した。帰り道、父親は級長に選ばれなかった息子を慰めた。神奈川県きっての名門校の入学式帰りとひと目でわかる正装、制服の父と子は浮かぬ顔でとぼとぼと藤沢駅まで二キロの道のりを歩いたのだろう。ダンディーな紳士と瑞々《みずみず》しいエリート少年。その風貌に似つかわしくない二人の姿がなんとなく想像できる。

石原慎太郎は小学生のときから級長にこだわっていた。成績のよい自信家はそういう傾向があるのかもしれないが、彼の場合はちょっと意識過剰だった。石原延啓によれば、最晩年の父親から小学校の級長選挙の思い出を聞かされたという（『文藝春秋』二〇二二年四月号）。

「小樽ではずっと級長だったので転校先でも級長に立候補したのですが、これまで級長を務めていたクラスのリーダーも手をあげた。その子は男らしく人気もあり、父にとっては目の上のたんこぶのような存在だったようです。

先生の計らいもあり、しばらくは級長二人体制だったそうですが、つぎの学期にライバルが親の仕事の都合で転校することになった。それを知った父は、『心から良かったと思った』そうです。聞いている私は、なんてケツの穴の小さい話なんだと思いましたけれど（笑い）。八九歳の人が思い出してわざわざ語る話でもない。でも、父の心の奥にずっとあったエピソード、まさに父にとっての『人生の時の時』の一つだったのでしょうね」

さて、話は戦前に戻る。一学期が始まったにもかかわらず、湘南中学の校舎はがらんとして、静まり返っていた。二年生以上は軍需工場などへ動員されていたので、授業を受けているのは新入生だけだった。それでも海兵へ行く生徒の多い学校らしく、英語の授業は継続していた。おっかない先輩が一人もいないグラウンドを走りまわっていた一年生も、やがて厚木海軍飛行場の塹壕《ざんごう》掘りに駆り出された。

だれかが、どこかで聞き込んだのか、生徒たちは不安気に空を見つめた。「その日どっかで非常に大事な空中戦があったようで、残っている二十何機だか全部出撃していって、学生なんか何も聞かされてないのに、だれかがどっかでしゃべるんだろうね。それを聞いてきて、出て行った飛行機の航続時間があと何時間だと。それで、ぽつっ、ぽつっと飛行機が帰ってくるわけですよ」（『正論』一九九二年八月号）と石原慎太郎は語った。その日、ついに帰ってこなかった戦闘機が何機もあったのを、基地周辺の緊張した雰囲気から動員された生徒たちは察知していた。

アメリカ海軍の艦載機は厚木海軍飛行場を狙って飛来し、湘南中学の上空にも姿を見せた。空襲警報が鳴ると、学校は生徒を帰宅させた。下校途中、敵の艦載機P－51の機銃掃射に晒されることもあった。P－51の機体にはどきつい原色のイラストが描かれてあった。石原慎太郎は雑木林に身を隠して難を逃れたが、湘南中学の生徒一人は機関銃に狙われ足に大怪我をした。また、稀に東京空爆へむかう爆撃機B－29を見ることもあった。

石原慎太郎が日の丸を強く意識させられたのも、湘南中学からの下校時だった。爆音にあわててイモ畑で身を伏せた慎太郎は、おそるおそる上空を見て機体の日の丸に気づき、これまで経験したことのない感動を覚えた。戦時下、逃げ場のない通学路、低空で飛来する敵機。そういった極限状態のなかで見た軍用機の日の丸。国旗はすなわち国家にほかならず、頼もしい味方とわかった瞬間、強烈なナショナリズムに全身ががたがたと震えたとしても、それはイズムといった次元を超えた、いわばごく自然な人間感情の発露ともいえよう。

終戦間近を察知していた石原家

中学生の石原慎太郎がアメリカ軍のP―51やB―29から身を守っている頃、ソ連のスターリンは徐々に本性をあらわしていた。一九四五年四月五日、駐ソ大使の佐藤尚武はモロトフ外相から日ソ中立条約を延長しないと通告された。八月六日、アメリカ軍が広島に原爆投下。八日、モロトフは佐藤大使に「日本とは九日から戦争状態に入る」と通告。九日、長崎に原爆が落とされ、ソ連軍は満州や朝鮮へ侵攻した。

「チェーホフは好きでも彼を生んだロシア、というよりもソ連に一部の日本人、とくに年配の人たちの大方が複雑な感情を抱いているのはたしかです。終戦記念日が近づいてくると、昭和二〇年八月九日のソ連参戦を思い出す人はまだすくなくないと思います。石原さんはあの日の記憶が残っていますか」と石原慎太郎に筆者は聞いた。「ありますね」といって、慎太郎はつぎのように語った。

「あのとき私は中学一年でしたが、ソ連の参戦を聞いて、とてもいやなこと、不安なことがとうとう決定的になったという思いを痛切に覚えました。これでやっぱり日本はいよいよだめだな、神風はまったく吹かなかったなという感じがしましたね。

それと広島に原爆が落ちて多くの人が殺された八月六日。私は勤労動員で出ていたのですが、突然、『今日は早く帰っていい』といわれて、早退の理由もわからないままに急に帰されたんです。しかし、口コミの情報は早いもので、その日の午後には、広島にキノコ雲があらわれた、それは強力な新型爆弾が落ちたからだ、マグネシウムを使ったすごい破壊力を持った爆弾らしいと伝わってきたんですね。原子爆弾とソ連参戦、この二つが終戦に関する決定的な印象でした」（『正論』一九九〇年九月号）

船会社の重役である石原潔は、戦況に敏感な海運業界の情報網に接していたので終戦が間近なのを察知していた。八月六日以降、父親は息子たちが外出するのを禁じた。せっかくの夏だというのに逗子の海岸は立ち入り禁止となって、子どもたちをがっかりさせた。昭和史を戦前と戦後に分断する日が刻一刻と近づいた。

八月一四日午後九時、NHKラジオは「明日正午、重大放送がある」と伝えた。一五日午前七時二〇分過ぎ、ラジオが同じ予告を繰り返した。朝、石原家に新聞が配達されず、届けられたのは午後になってからだった。意図的な遅配は情報局から全国の新聞各社への要請だった。一部の新聞は「正午に重大放送」と一面トップで報じ、普段通り朝に配達した。玉音放送が正午となったのは、一番聴取率が高い時刻だったからだ。日本列島がどこも暑い日、石原家も家族全員ラジオの前で聞いた。

「朕深く世界の大勢と帝国の現状とに鑑《かんが》み非常の措置を以て時局を収拾せんと欲し茲《ここ》に忠良なる爾《なんじ》臣民に告ぐ。朕は帝国政府をして米英支蘇四国に対しその共同宣言を受諾する旨通告せしめたり……」で始まる正味四分三〇秒の玉音放送が始まると、スタジオで見守る情報局総裁の下村宏ら関係者は一斉に直立不動となった。

「天皇の詔勅の玉音放送については、わりと醒めたというか、既知の事柄として聞きました」（『正論』一九九〇年九月号）と石原慎太郎は筆者に語った。石原家には終戦に関する情報が入っていたからだが、大方の日本人は甲高い天皇の声をすぐに理解できなかった。音量は不足し、ガーガーと雑音がひどかった。そのうえ、むずかしいことばが使われていた。

じつは、無条件降伏という衝撃的な事実が、比較的丁寧に国民へ伝えられていた。初めてそれを知ったとき、筆者は日本人の生真面目な国民性の一端にふれた気がして感銘を受けた。軍部の暴発不安など極度に混乱していた状況下、情報司令塔のなかに冷静にことをすすめていた幹部や現場スタッフ、放送関係者がいたのである。戦後、玉音放送だけがクローズアップされ、それも昭和天皇の独特の声に関心が偏ってしまった。たとえば玉音放送のあと、和田信賢《のぶかた》アナウンサーは昭和天皇の詔書を再読していた。そのあとにポツダム宣言受諾に至る経緯などが詳しく説明された。さらには平和再建の詔書まで読みあげられ、打ちひしがれた国民に希望を与える三七分三〇秒の長い放送となっていた（日本放送協会編『20世紀放送史』上巻一九五頁）。とはいえ、石原家のように事前に終戦を察知していればともかく、そうでない大半の国民にはすぐに理解できる内容ではなかったのもたしかだ。

湘南高校が仰天したアイスキャンディー殴打事件

日本列島を巨大な舞台にたとえるなら、季節は変わらないのに終戦を契機に列島はまわり舞台が動いたように一変した。一九四五（昭和二〇）年八月一五日正午を境にしてまるっきりちがう世界になった。一日でこれほど様変わりした例はそうあるまい。「負けたっていう実感は、つぎの日の八月一六日ですね」と石原裕次郎は述べているが、これまで立ち入り禁止だった逗子海岸は戦争終結とともに出入り自由となり、欲求不満から解き放された裕次郎らは一斉に海へ飛び込んだ。ところが、翌日、さっそくあらたな邪魔者があらわれた。

「朝飯食って、また泳ぎに行ったら第七艦隊が逗子沖にデーッと並んでいる。で、グラマンが低空でデモンストレーションやっている。そのうちに、そのなかの軍艦が星条旗あげて――なんで戦争なのに女がいるんだろう――と思ったんですけど、金髪の女が五人くらい、兵隊と乗ってるんですね。そういう姿を目の当たりにしたときには、ムカーッときたですね、負けたということに」と石原裕次郎は高平哲郎（放送作家）との対談で語っている（植草信和責任編集『石原裕次郎――そしてその仲間』三六頁）。戦時中、戦争に負けたら鬼のような野蛮人に食われてしまう、と聞かされていたので、大艦隊の出現に裕次郎たちは怯《おび》えた。

「終戦直後、逗子の家に父の同郷人という家族が一か月ぐらい逗留したことがあります。夫人が子どもを二人つれて引き揚げてきたんですね。その人の髪が五分刈りだったのを覚えています。凌辱《りょうじょく》を免れるために、男のような格好をして帰ってきた。それはとても強烈なイメージでした」（『正論』一九九〇年九月号）と石原慎太郎は語った。

逗子の少年たちの不安はすぐに消えた。進駐軍は野蛮どころかサンタクロースのようで、逗子っ子はアメリカ兵の軍用車に「ギブミー・チューインガム」「ギブミー・チョコレート」と叫んで群がった。小学五年生の石原裕次郎は率先して仲間に入って、アメリカの味を堪能した。中学一年生の石原慎太郎はその場に通りかかっても、名門校の生徒としてのプライドを保った。それでも一度だけ、とろけるような甘さを味わった。知り合いがもらったばかりのチョコレート一枚を半分に折ってわけてくれたのだ。慎太郎はだれもいないところで、あたりを気にしながらそれを口に入れた。

感受性の強い石原慎太郎は逗子の街の雰囲気や価値観の急激な変化に戸惑い、怒り、啞然とし心を痛めた。ほんのしばらく前まで見た目もきりっとした海軍士官が出入りしていた水交社の建物はガラリと変わって、黒人兵と厚化粧の女がたわむれる場所になっていた。

石原慎太郎はいう、「敗戦直後の九月末の暑い日だったけれど、逗子の商店街を抜けて家へ帰る途中、むこうから若いアメリカ兵がアイスキャンディーをしゃぶりながら得意気に歩いてきた。彼等は酔っていて、町の人たちは恐々と道をあけていたけれど、私はわざと彼等を無視してまっすぐ歩いていった。すれちがいざま、彼等の一人がアイスキャンディーで私の頰を殴ってきたんだね」(『正論』一九九八年九月号)。

アイスキャンディー殴打事件は逗子の商店街で話題となり、すぐに湘南中学の教員室まで伝わった。石原慎太郎は校長室へ呼び出され、教頭らから「決して進駐軍に逆らうな」と叱責された。学校側は、小生意気なやつが本校生とアメリカ側へ知られるのを極度に恐れていた。八月一五日前までは米英への敵愾心《てきがいしん》を駆り立てていた教師たちの一八〇度の転換に、慎太郎の反抗心がわきあがった。「戦争に負けるとはこういうことなんだ。いまはがまんするしかない」と復員帰りの教師からなだめられ、慎太郎は怒りの感情を抑えた。

「当時のあの学校では先生にとって理想の生徒は、何年浪人しても東大へ行ってお役人になるような人材だった。校長が得意げに、当校卒業生のなかでの出世頭だと紹介した先輩が、大蔵省の理財局長だったので、がっかりしたのを覚えています」（『産経新聞』一九八八年二月二四日）と石原慎太郎。一夜明ければ海軍兵学校から東京大学へ、鬼畜米英からギブミー・チョコレートへのいきなりの転換。すべてが極端すぎた。

もっとも昭和九年生まれの石原裕次郎は二歳年下の分、兄よりも新しい時代の到来を素直に喜んでいた。「子ども会というのが流行って、野球が盛んになりましてね。制約なしに遊べるという自由はあるし、行っちゃいけないというところもなくて、自由っていうのは、こんなにいいのかって思うようになりましたね」と前出の高平哲郎との対談で述べている。ガキ大将の裕次郎にとって、我が世の春の到来という気分であったのだろう。

東京裁判を傍聴していた中学生

終戦直後の夏の後半、山下亀三郎の孫たちが、逗子の海岸へ海水浴にきた。石原家が借りている山下家の別荘は彼等の休憩所となるので、事前にそれを知らされた石原潔は息子たちにも亀三郎の孫たちの接待という大切な役目を与えた。兄弟は砂浜で彼等と一緒にカニの穴を掘ったりして、孫たちも満足して帰っていった。

ところが、急に「べつのところへ移ってほしい」というお達しがあって、石原家は快適な住まいを去ることになった。山下家と縁のある経済学者の脇村義太郎（のちに東京大学教授を経て学士院長）が空襲で家を焼かれ、とても困っているので別荘を提供することになったという。二〇〇メートル離れたところの空き家を紹介され、そこへ引っ越した。

一階は座敷と居間、それに台所に浴室、トイレのごくふつうの家で二階の二間が兄弟の部屋となった。これまで住んでいた別荘と比べれば、かなり見劣りし、石原光子は口惜しさを隠さなかった。だが、息子たちは逗子湾を眼下に望む新しい居場所がすぐに気に入った。河内という隣家には、小学校高学年の兄と猛という名前の五歳の弟がいた。兄弟同士すぐに遊び仲間となり、河内猛はのちに石原裕次郎の推薦で日活へ入り、川地民夫の芸名でスターとなった。

一九四六（昭和二一）年一月一九日、GHQのマッカーサー最高司令官は極東国際軍事裁判所の設置命令を発し、五月三日、かつて陸軍の中枢が集中していた市ヶ谷台の一角で東京裁判は始まった。一九四八年一一月一二日に判決が下り、一二月二三日午前零時すぎ、巣鴨プリズンで東条英機らA級戦犯七人の死刑が執行された。

その東京裁判を中学生の石原慎太郎が傍聴していた。当時、東京裁判に強い関心を持った日本人は少なくなかったが、実際に市ヶ谷台まで足を運んだ人は、入場制限のためそう多くなかった。ましてや中学生で東京裁判を目撃した者などわずかだ。慎太郎は文芸誌『新潮』の名編集長だった坂本忠雄との対談で「僕には敗戦の屈辱体験があるからね。おやじが東京裁判の傍聴券を手に入れて、一人では行けないから隣に住んでいる大学生のお兄さんと一緒に行ったんですよ」と前置きしてつぎのように語っている（石原慎太郎・坂本忠雄『昔は面白かったな』四五頁）。

「雨の日で、下駄を履いてね。二階へあがって行ったら大きな踊り場でＭＰ（憲兵）が立っていて、僕の肩を捕まえて『お前が履いているもの、うるさいから脱げ』って。わからなかったけど、一緒に行ったお兄さんが『下駄を脱げっていっている』って教えてくれて。しょうがないから脱いだの。そうしたらＭＰが脱いだ下駄をバーンと蹴り飛ばした。濡れた床を這いつくばっていって、下駄をつかんで重ねて持って、濡れた階段を裸足であがった。自分の席についていて、そっと履き直して、裁判を見たんですよ。もちろん通訳なんてついてなかったからね。なにいっているか、さっぱりわからなかったけど。ただ、非常に一方的な感じがしたね。東条英機がいて、そのうしろに大川周明（民間人として唯一Ａ級戦犯となった思想家）がいてさ、他の人はわからなかったな」

ウエッブ裁判長から絞首刑を宣告されたのは東条英機をはじめ松井石根、土肥原賢二、広田弘毅、板垣征四郎、木村兵太郎、武藤章の七人。処刑後、遺体はただちに横浜市の火葬場へ運ばれた。遺族は遺骨の引き取りを請求したが、ＧＨＱはこれを拒否した。殉教者とされるのを恐れたのだ。東条は開戦時の首相として、敗戦の責任は自分にあると明確に言明していた。連合国側は国際法上不当な戦争と糾弾したが、自衛戦争とする東条は敗戦の責任とは異なる問題であり、そこははっきりと区別すべきであると主張し、のちに石原慎太郎も東条の意見に同調している。

石原慎太郎とサッカーとマルキシズム

中学二年の春、石原慎太郎はサッカー部に入った。フォワード五人、ハーフバック三人、フルバック二人という旧式の頃で、慎太郎はライトハーフだった。放課後、彼はグラウンドを駆けまわった。負けず嫌いの性分に加えて、中途入部のハンデを跳ね返しレギュラーに選ばれるために猛練習に耐えた。現在とちがって、当時のルールは融通の利かないところがあった。たとえば試合中に怪我をしてもゴールキーパー以外、選手の交代はなかった。要するに一一人のなかに入らないかぎり、ずっとベンチを温める人で終わってしまうのだ。

秋になって石原慎太郎がポジションを争った中学二年の相手は、練習嫌いであった。ただ、一年生からの部員で、サッカーの腕前はだれが見ても慎太郎より上で、やはり選ばれたのは練習嫌いのほうだった。残されたシーズン中、彼がどんな気持ちでベンチから自分のチームを応援していたのか。自信家だけにその挫折感、歯がみするほどの悔しさは想像するまでもなかろう。

「僕が人生で味わった最初の、そしてたぶん最大の挫折と屈辱だったと思います。だから三年生になって、この練習試合でレギュラーを決める日、僕は足を折り、手を折って死んでもいいと思ってプレイした。この気迫でやっとチームのメンバーになれたわけですが、ベンチウオーマーとして屈辱に耐えた日々のほうが人生の大きな糧になったと思っています」(『産経新聞』

一九八八年二月二四日）と石原慎太郎は筆者に語った。

自分がこうと決めた目標へむかう執念は、生涯変わらなかった。一九八九（平成元）年夏、弱小ながら派閥を率いていた石原慎太郎は同志の亀井静香や平沼赳夫らにすすめられ、本命は最大派閥の竹下派の推す海部俊樹で勝ち目はなかったが、自民党総裁選出馬を決意した。推薦人（二〇人）をやっと集めた総裁選告示当日。慎太郎のリクルート疑惑関与という情報を信じた推薦人の一人、山中貞則が突然、「降りる」と亀井に通告。仰天した慎太郎は亀井とともに山中邸へ駆けつけ、発車寸前の山中の車に強引に乗り込んで、必死で誤解を解いた。「あの迫力は凄かった」（『週刊文春』二〇二二年二月一〇日号）とは亀井の述懐である。

湘南中学の二年生に江頭《えがしら》淳夫という頭脳明晰《めいせき》な生徒がいた。吹奏班のメンバーで体は小さかったが、大きなチューバを吹いていた。のちに文芸評論家として活躍する江藤淳である。以後、江頭ではなくペンネームを使うことにするが、江藤の同級生に辛島昇というサッカー部員がいた。のちにインド文化史の研究で名高い東京大学教授となる秀才だが、某日夕刻、江藤と辛島が校庭にいると、グラウンドから顔かたちの整ったサッカー部員があがってきた。

猛練習のあとでユニフォームが泥だらけの、一見最上級の五年生のように見えた生徒が江藤淳は気になって、「あれはだれだい」と聞いた。「三年の石原さんで、チン太といわれている」と辛島昇は低い声であだ名を教え、「蹴球もやるが学問もできて絵がうまい。上級生としては質のいいほうだ」といった。「私は蹴球も絵も下手で、作曲家になるつもりで管弦楽法の勉強をしていたが、はかがいかない（すすみ具合がよくない）のに絶望しかけていたから、超人があらわれたようなショックを受けた」と江藤は述懐している（江藤淳『石原慎太郎論』八〇頁）。

一九四八（昭和二三）年、学制が変わって旧制湘南中学は新制湘南高校となり、石原慎太郎は高校一年生となった。相変わらず目立つ存在であり、理不尽とか違和感を覚えたら黙っていられない性質《たち》で、満座の前で生徒会長に食ってかかったこともあった。時代の風潮でもあったが、校内には左派グループが徘徊《はいかい》し、オルグ合戦を展開していた。慎太郎も社会研究会という集まりへ顔を出すようになり、そこですでにマルキシズムに傾倒していた江藤淳と知り合った。

江藤淳は石原慎太郎らを連れて東京大学教授の江口朴郎宅へ押しかけた。マルクス主義史学で知られた江口は江藤の従姉の夫であった。平和運動家でもある筋金入りの行動派マルキストの話を高校生たちは、果たしてどこまで理解できたのか。勤勉な江藤ですら、江口の講釈に耳を傾けながらも応接間のピアノに気を取られていた。そして「私は江口家の応接間のピアノを片目で見ながら、石原というやつはこのピアノぐらい魅力のあるやつだ、とぼんやり考えたものである。ピアノがなければ、作曲家になれないのか、そんな馬鹿なことがあるものか、これが新しい観念に昂奮していた私のマルキシズムへの接近の根本にある衝動であったが、石原の心の底にあったのはどんな衝動だったのだろうか」（同）とつづるのである。

江藤淳は作曲家志望であったが、ピアノを買えるほど裕福な家ではなく、したがって左傾化の要因もわかりやすい。石原慎太郎の場合、家庭の経済状態が恵まれていた分、わかりにくいともいえる。江藤によれば、石原作品の小説『亀裂』や戯曲『狼生きろ豚は死ね』で彼のマルキシズムへの接近要因をうかがい知ることができるというが、それは江藤のように読み手が達者でないと、なかなかきつい話でもある。こういう検証は深掘りするよりも、若者の社会への反発、といった程度の理解にとどめておいたほうが、かえって慎太郎の当時の心情に近いようにも思える。むしろ興味深いのは、慎太郎の母親の態度だ。慎太郎が文壇デビューした一九五六年の秋、つぎのような記事が週刊誌に出た（『サンデー毎日』一九五六年九月九日号）。

〈慎太郎が高校一年のときだった。学生運動が盛んになろうとしていた昭和二三年、彼は民主学生同盟（民学同）にいち早く入り、学内に社会研究会をつくった。共産党へのヒロイックな気持ちにかられていたとき、母は、「大衆のために両親や弟を、そして地位も財産も捨て、獄につながれても後悔しない自信があるなら、私は反対しないが、その覚悟をしてほしい。それならお父さんがどんなに反対しても、私は賛成する」。このことばに、そのあくる日から彼は学生運動を離れている〉

民学同の前身は終戦直後に誕生した民主主義学生同盟で一九四八年八月に民学同発起人会がひらかれている。同じ年に湘南高校にも民学同の組織ができ、石原慎太郎が誘われて参加したのも民学同だった。メンバーは放課後、彼等が崇拝する片山潜（労働運動家）の新刊『搾取なき社会への熱情――親愛なる同胞に訴う』を読み、熱っぽく社会改革などを語り合った。

『サンデー毎日』の記者が石原光子に直接取材したのは、ほぼまちがいあるまい。ただ、石原慎太郎は母親からいわれてスパッと組織を離れるような人間ではないし、実際、彼はその後も活動をつづけていた。だが、のちに慎太郎は片山潜の著書を「退屈なテキスト」（『老いてこそ生き甲斐』一四五頁）と評しているように、熱心な活動家ではなかった。戦後、多くの若者がフアッションに惹《ひ》かれるようにマルキシズムに魅せられ、魅力を感じなくなれば自然に遠ざかった。

マルキシズムから話は一変するけれど、高校生のとき石原慎太郎はなんと昭和天皇とことばを交わしている。これもめったにない体験だった。異母兄の小河広祐と葉山の御用邸近くを散歩しているとき、相模湾での生物の標本採集を終えた昭和天皇の船が小さな専用桟橋に着いた。いまでは考えられないが、このときあたりに制服の警察官は一人も見当たらず、側近数人がしたがっているだけだった。慎太郎は目の前の桟橋にカメラをむけて天皇が通り過ぎるのを待った。

〈と、陛下がわざわざ私とカメラに向かって、立ち止まられたのである。驚きながらシャッターを切った後で、私は頭を下げ、「今日は陛下」といった。すると陛下はかぶっていた帽子をとられ、「今日は」と答えられたのである〉（『現代史の分水嶺』三四七頁）

東京裁判の傍聴同様、いやそれ以上にごくふつうの若者が天皇とことばを交わすチャンスはそうかんたんにあるものではない。やはり出会いの運に恵まれていたのである。そういえば、スターリン時代のソ連の共産主義という観念の呪縛について話していた石原慎太郎が「戦前の日本も天皇を神と信じて絶対的な存在にして、一億玉砕とかなんとかいったけど、天皇には迷惑なことだったと思います」（『正論』一九九〇年九月号）と話したのを思い出す。

弟に見抜かれていた兄の仮病

一九四九（昭和二四）年になると、マルキシズムに惹かれた湘南高校の生徒たちに少しずつ変化が生じた。江藤淳は社会研究会に愛想をつかして姿を見せなくなり、放課後はチューバの練習に没頭するようになった。石原慎太郎も左派活動から抜けてはいなかったが、絵画部で絵を描くほうに熱心で、二人の接触は中断した。春になると江藤は日比谷高校へ転校し、高校二年生になった慎太郎にももの憂い季節がおとずれようとしていた。学校の授業に身が入らず、かつては海軍兵学校への進学率に一喜一憂し、今度は東京大学の合格者をふやそうと懸命な教育方針に彼はしらけていた。慎太郎が熱中できた絵の制作も裏目に出た。彼の描くシュールレアリズム（超現実主義）ふうの絵を、アカデミズムに凝り固まった美術教師は毛嫌いしたからだ。

もう三六年も前のことだが、筆者は当時、働き盛りで昭和のヒーローのいわば代表格だった石原慎太郎から意外なことばを聞いて「えっ」と一瞬耳を疑った。自他ともに認める絵に描いたような秀才だと思っていた相手が、そうではないというのだ。

一九八八（昭和六三）年二月の寒い日の午後だった。三つ揃いのオーダースーツを着こなした石原慎太郎は運輸大臣室で「じつは、僕は落ちこぼれですよ」といった。「僕は秀才ではなかったし、秀才になりたいとも思わなかったね。先生から『お前はもっと勉強すれば、全国模擬試験で上位に入れる』なんていわれたけれど、サッカーボールを蹴ったり、絵を描いたりするほうがずっとよかった。とにかく僕は、試験ばっかりしている湘南高校という学校がいやでね。仲間は素晴らしかったけど。それで一年、学校をサボっちゃった」（『産経新聞』一九八八年二月二四日）と語った。

石原慎太郎は当初、胃の不調で学校を休んでいた。家で静養しているうちに、次第に負のスパイラルに陥ってしまった。すっかり体調が回復しているにもかかわらず、仮病を使ってだらだらと不登校をつづけ、結局、長期休学となった。慎太郎の生涯には綱渡りのようなところがいくつもあるが、この一年間はその最たるものでリスクも高かった。はっきりいって、彼は家族の理解に助けられた。

兄の仮病を石原裕次郎はとっくに見抜いていたが、両親に告げ口をするようなことはなかったし、息子の病気を装ったサボタージュなど親も早くから気づいていた。父親は「休学なんてさせることはない」と一応は反対しているが、さりとて息子を説得した様子もない。母親にいたっては最初から石原慎太郎の意向を尊重し、「一年間、彼には油絵の道具を持たせて遊ばせました」と他人事のようにいい、「中学や高校のときの一年間くらい、長い人生のなかで見てみれば、どうということはないでしょう。それよりも、具合が悪いときは養生して体をつくることのほうが大事です」と、あっけらかんとしていた（『我が息子、慎太郎と裕次郎』一二三頁）。

石原慎太郎は休学中、絵ばかり描いていたわけではなく、子どもの頃からの読書好きだから一日中、本とむきあっても飽きなかった。フランス文学を乱読し、漠然とではあるが、将来は東京大学か京都大学の仏文科へすすみたいと思っていた。フランス文学者の斎藤正直（のちに明治大学長）が近くに住んでいたのでフランス語を習ったのも受験勉強のつもりでもあった。

石原慎太郎は手当たり次第に本を読むうちに、フランスの作家アンドレ・ジッドの『地の糧《かて》』

と出会った。「ナタナエル、君に情熱を教えよう。平和な日を送るよりは、悲痛な日を送ることだ」（今日出海訳。石原慎太郎は自分の訳で紹介）という一節に思春期の彼は意を強くしたのか、東京へ出かけて思うままに歩きまわった。観客があまりいない平日の映画館でロードショーを楽しみ、オペラやコンサートはもちろん、シュールレアリズム展の画廊があれば駆けつけ、ときには盛り場をうろついた。その間、世に出ようともがく画家や歌手、底辺の生活者、はてはヤクザと知り合う機会もあった。プライドが高い半面、さっと相手の懐に飛び込んですばやく人間関係を築く、つき合い上手なところもあった。

一見、傍若無人のようでありながら細やかな気配りも見せた。弱小集団の太陽の党を率いていた最晩年、四〇歳も年下の橋下徹と手を組み、日本維新の会で共同代表をつとめたとき、「政治家は武将。抱えている武士の数で上下が決まる。年齢は関係ない」といって政治的な公の場では起立して橋下を迎えた（『産経新聞』二〇二二年二月一〇日）。橋下によれば、食事の場では上座の押し付け合いでいつも余分な時間がかかったという。

石原慎太郎と初めて会ったときから筆者は、一部メディアから唯我独尊、聞く耳を持たない悪しき毒舌家の見本のように評されていた人物が意外に聞き上手であるのに気づいた。身を乗り出し、じっと耳を傾け、一言一句聞き漏らさないという低い姿勢の構えだ。おそらく場末を放浪していた頃も、あの人懐っこい笑顔で雑談を楽しんでいたのであろう。

後年、石原まき子も対照的だった兄弟のキャラクターとして石原慎太郎の聞き上手をあげている。「兄は他人の会話、それがたとえ子ども同士の他愛ない話でも、じっと耳を傾けるようなところがあり、自分の意見は初めと終わりにしか口にしません。一方、裕次郎は、自分の意見もどんどん出しながら議論を楽しみ、なかなか結論を出さないんです。そこに小説家と俳優のちがいが出ていると、私は感じるのですが……」(『現代』一九六九年一〇月号)と述べている。

ただ、石原慎太郎の聞き上手は、だれに対してもそうであったわけではなかった。知ったかぶりの文学論や、又聞きの話を延々としゃべられたりすると、早々に面会を打ち切った。変わった経歴の持ち主や、ささやかな体験談でも自分の知らない話には真剣に耳を傾けたのは、作家という職業の習性なのだろう。石原裕次郎は聞き上手ではなかったが、そのおおらかな性格は大概の話し相手に好感を持たれた。余程のことでもないかぎり、兄のようにいきなり席を立ったり、怒鳴ったりして、つくらなくともよい敵をつくるようなことはなかった。

休学中の石原慎太郎の様子が、偶然出会った江藤淳によって描かれている。某日、湘南高校から日比谷高校へ転じた江藤は日本橋の三越劇場で福田恆存作『キティ台風』を見ていた。登場人物の関係が入り組んでいるうえ、事件の輪郭もぼやけていて難解な戯曲として知られていた。一幕が終わって、休憩時間になったときのことを江藤はつぎのように書いた(『婦人公論』一九六八年九月号)。

〈幕間《まくあい》にロビイに出てみると、ひとりの美少年がソファに腰掛けて長い脚をつき出し、眉根《まゆね》にしわを寄せている。そばに行ってみたら湘南中学でいっしょだった石原で、彼はニコリともせず、「君、この芝居がわかりますか。これは実に難しい芝居だなあ。僕は今一生懸命に考えてるんだ」といった。そういう彼のまぶたはピクピクふるえていて、「一生懸命に考えている」の

が気取りでもてらいでもないことがよくわかった〉

その後、石原慎太郎は新劇の芝居に興味をうしなった。また、絵筆を持ってキャンバスへむかう日々にも飽きてきた。長期休学もこのへんが潮時と思った慎太郎は湘南高校へ戻り、ふたたびサッカーボールを蹴り始めた。しかしながら気安くつき合っていたかつての同級生やサッカー仲間とは以前のような関係になれず、さりとて一学年下の連中ともうまく交われない、一人浮いた中途半端な高校生活となった。やはり一年間のサボタージュは、作家活動のうえでプラスとなったとはいえ、代償も大きかった。

そのなかで新しく赴任していた美術教師の奥野肇に石原慎太郎は惹かれた。「奥野先生から僕は、感性とは自由なもので、自己規制したら芸術なんて成り立たないということを教わった。好きなように生き、好きなように感じればいいんだと絵を通じていってくれたことで、初めて他者から自分を肯定された」（『文藝春秋』二〇〇八年九月号）という。後年、唯一の師という奥野の絵を自宅の玄関に飾った。

第三章　父親っ子だった石原裕次郎の反抗の季節

個室を求めなかった兄弟

一九四〇年代の後半、昭和でいえば二〇年から二四年は戦後の混乱期の真っただ中であり、渾沌《こんとん》としたさなかの石原慎太郎の長期休学であった。二歳しかちがわない図体の大きい兄が、一年も家でぶらぶらしていたのである。弟にすれば目障りであったろうし、煩わしくもあったはずだ。名門高校の生徒という自慢の賢兄が、いつの間にか失速してしまった。宙ぶらりん状態の慎太郎を、中学生の石原裕次郎はどう見ていたのであろうか。

石原裕次郎が入学した新制の逗子市立逗子中学は、兄が在籍した伝統ある旧制湘南中学とは段ちがいのみすぼらしい仮校舎であった。ひと口に中学校といっても、終戦直後の旧制中学と新制中学は天と地ほどの差があり、裕次郎が入学したとき、教室には生徒の机も椅子も定員の半分しか揃っていなかった。にわかに導入されたアメリカの民主主義の下、男女同権が叫ばれたが、実際は男尊女卑から女尊男卑へ転じていた。女子生徒に机と椅子は与えられたが、男子生徒の多くは床にあぐらをかき、なかには腹ばいになって授業を受けた者もいた。裕次郎には、こういう野放図で雑多な雰囲気がむしろ性に合っていた。

富裕層のリゾート施設として知られた「逗子なぎさホテル」は進駐軍に接収され、関係者以外の日本人はシャットアウトされていた。ガキ大将の石原裕次郎は遊び仲間を連れてホテルに忍び込み、別世界の異文化に目を奪われた。夏になれば仲間と湘南の海を存分に楽しみ、だれよりも多く手銛《てもり》で魚をとった。ときには近所に住む河内猛も加わった。前述のようにのちの川地民夫である。近年、全国的に海水浴客は年々大幅に減少し、湘南も例外ではない。だが、裕次郎の少年時代はまったく逆で、年を経るごとに湘南の夏は海を楽しむ人たちでごった返した。

天性のスポーツマンである石原裕次郎は、地元の野球チームの名レフトとして活躍した。機敏で運動神経も抜群。学生服に革靴のままアスファルトの路上でいきなり走り出して倒立転回のアクロバット技を見せて、跳び箱が大の苦手の兄を驚かせた。裕次郎が最も熱中したのはバスケットボールだった。彼は中学二年のとき、男子のバスケット部の創設にリーダーシップを発揮した。女子の創部にも率先して動き、互いに猛練習に励んだ結果、逗子中のバスケット部は男女とも神奈川県下の強豪チームとして知られるようになった。

長身のシュートのうまい選手として他校からも注目されるようになった石原裕次郎の活躍に父親は目を細め、息子がバスケットに適した運動靴（当時はバスケット・シューズはなかった）を欲しがったときは、仕事を終えると神田へ立ち寄りスポーツ店を何軒もまわって希望の靴を見つけてきた。将来、バスケットでオリンピックに出場するというのが裕次郎の夢であり、それはまた父親の願望でもあった。

石原裕次郎は連日、練習でくたくたになって家へ帰った。一緒に暮らす兄の休学によるルーズな生活は相当のストレスになったはずだ。だが、兄の行状への不満をぶちまけることはなかった。「毎日、絵ばかり描いていた。だから、兄貴は将来、絵描きになるのかと思ったくらいだ。絵のほかにフランス語を勉強し、また東大に通っている高校の先輩について、他の学問を勉強していた。兄貴は学校の教育に欠けていたものを、自分で学んでいたと思うんだ」(『太陽の神話』二六頁)とかばった。

石原裕次郎のコメントには、軌道をはずれた兄の生き方をなんとか肯定的に見ようという思いやりがある。兄も弟の前では怠け者には見えないように心がけていたのだろう。互いにいたわり合う仲のよい兄弟で、他人が弟の悪口をいったとき兄は決して許さなかったし、弟も兄への批判にはすぐ反発した。そうかと思えば、二人は人前で兄弟喧嘩でも始めたかと思うような荒っぽい口調でやりとりして周囲を驚かせた。実際、気まずいときもあった。

宝酒造の社長をつとめた大宮隆といえば、後年、石原裕次郎が父親のように慕った人で、裕次郎は大宮のいうことには従った。石原プロで社長がごねたとき、重役連が説得役として頼ったのも大宮だった。意外にも石原慎太郎も弟の一件で大宮に頭を下げていた。

大宮隆によれば、「慎太郎さんが選挙にあたっていつものように応援を頼んだところ、テレなんでしょうか、『テメエの選挙はテメエでやればいいじゃないか。俺の知ったことかよ』と、けんもほろろだった——と、慎太郎さんがビックリして電話をかけてきたのです。『大宮さん、頼みます』といわれ、私が裕次郎さんに電話をして『お兄さんの選挙でまた応援に出なくてはならんね』というと、『ええ、何日の午後から車に乗ります』。裕次郎さんは、ちょっとつむじを曲げてみただけなのでしょう。そのことを慎太郎さんに伝えると『ああ、そうですか』と安心していたものです」（『石原裕次郎写真典』、頁の表示なし）。

兄弟間の後年の波風はともかく、兄がフランス語の個人レッスンを受けていたのに刺激を受けたのか、中学生の石原裕次郎も英語の勉強を始めた。とはいっても、兄のように本格的な取り組みではなく、教材は進駐軍むけのラジオ放送。早口のニュースはとても理解できず、もっぱら深夜のジャズを中心とした音楽番組の熱心なリスナーであった。イヤホンなどかんたんに買ってもらえなかった時代。ふとんを並べる兄の安眠をさまたげないようボリュームをさげて聴いていた。

「兄貴に感化されて、僕も絵が好きになった」という石原裕次郎もシュールレアリズムの画風を好み、ダリやピカソの作品に魅かれていた。後年、裕次郎はスペインのマドリッドに行ったとき、プラド美術館近くのホテルを予約して三日間、三度もプラドで名画を堪能した。彼は見るだけでなく絵描きの才もあり、デッサンを素早く描いてみせた。悪筆の兄とちがってだれもが認める達筆の弟は、習字のほうでも目立った。

石原裕次郎は工作も得意で毎日のように模型飛行機づくりに没頭し、勉強部屋の天井には三〇点を超える模型飛行機が吊るしてあった。「世の中で嫌いなものは一に鳥肉、二に勉強」といって憚らなかったアウトドア派の裕次郎にとって、模型飛行機づくりはインドアで夢中になれた数少ない楽しみだった。勉強そっちのけの弟の熱中ぶりを兄は両親に話した。それはよくないと母親は何度も注意したが、いうことを聞かず、父親の出番となった。叱責されてもやめない強情ぶりに石原潔の堪忍袋の緒が切れ、模型飛行機はすべて天井からはずされたうえ、庭で燃やされた。

石原兄弟は二階にある二つの八畳間を与えられていた。二部屋をそれぞれの個室とせず机を二つ並べた勉強部屋と、もう一方はふとんを二つ並べて寝室とした。互いに個室を求めなかったところにも、兄弟の仲のよさがうかがえる。勉強嫌いの石原裕次郎は博識の兄を百科事典のように重宝にしていた。兄も弟から遊び仲間の話などを興味深く聞いていた。芥川賞受賞作品の発想も弟の雑談がヒントとなった。とにかく稀に見る会話の多い兄弟で、長期休学の石原慎太郎が家でごろごろしていても、弟のストレスにならなかった理由も案外このあたりにあるのかもしれない。

自分の実体験のせいか、石原慎太郎は三〇代前半、逗子の小高い山の崖上に鉄筋コンクリート打ちっぱなしの二階家を建てたとき、小学生の長男を頭に三人の息子（まだ四男は生まれていなかった）を持ちながら子ども部屋を一つしかつくらなかった。「かたや書斎、書庫、アトリエ、プレイルームとおやじ占有スペースが家中にあふれていた」（『石原家の人びと』二四頁）と次男の石原良純《よしずみ》（タレント）が嘆息まじりで書いている。

住まいの設計にあたって妻にも一切相談がなかったようで、石原典子は完成した新居へ入って初めて子ども部屋が一つしかないので驚いたという。そのとき典子は妊娠していた。生まれてくるのは娘かもしれないのに、たった一室とはどういう考えだったのだろう。第四子も男の子と確信し、兄弟は何人いようと同じ部屋で切磋琢磨《せっさたくま》するのがよいと判断したのか。本人に聞いておくべきだった。

父親と風呂とミスター・トレンチ

石原裕次郎が父親について語るとき、かならずふれるのが一緒に風呂に入った話だった。思い出深いはずで、石原潔は息子たちが中学生のときはもちろん、高校生になっても声をかけて一緒に風呂に入った。この年頃になれば、大方の子どもは敬遠して親の誘いに乗ることもないが、こと入浴に関して裕次郎は従順であった。「図体のでっかい二人の息子をおやじはもう頭のてっぺんから足のつま先まで石鹸つけてごしごし洗ってくれるんだ。僕は煙草こそくわえていないけど、足をどーんと投げ出してさ、それをおやじが一所懸命に洗ってくれる。子どもの頃ならともかく、どでかいのを二人も洗うんだからおやじもさぞやくたびれたと思うよ」（『口伝我が人生の辞』一七頁）と裕次郎は振り返った。

一九五〇（昭和二五）年一月七日、昭和世代には馴染みとなる聖徳太子の肖像による千円札が発行された。三月、プロ野球が二リーグ制（セ・リーグ八球団、パ・リーグ七球団）に分裂して開幕した頃、中学三年の石原裕次郎は受験期を迎えた。第一志望は横浜市港北区日吉の慶応高校だったが、失敗した。第二志望は埼玉県志木市に前年創設された慶応農業高校（現在の慶応志木高校）で、こちらは合格した。湘南のプチブルの子弟と農業高校という取り合わせはどこか奇異に映るが、二年目に編入試験をパスすれば慶応高校へ転じられ、それに賭けての選択だった。

慶応農業高校へ入学する前、早熟な石原裕次郎は赤線へ行った。遊郭が赤線、青線と呼ばれるようになったのはGHQの占領下になってからだ。役所では公認された公娼街を赤鉛筆で、公認されていない私娼街は青鉛筆で囲っていたからともいわれている。一九五五（昭和三〇）年七月、厚生省（のちに厚生労働省）は「売春白書」を発表し、そのなかで全国の公娼を五〇万人と推定した。三年後、売春防止法が施行され、都内だけでも一六か所あった赤線の灯が消えた。いわば赤線世代ともいえる裕次郎は若き日に体験した遊郭や娼婦との交遊をしばしば語った。

一九五一（昭和二六）年春、マッカーサーがトルーマンに解任された頃、石原裕次郎は志木から念願だった日吉への転校を実現した。晴れて慶応高校生となった息子のために父親は日本橋の丸善で紺のトレンチコートを買ってきた（むろん、お揃いのもう一着も忘れなかった）。その頃、慶応ボーイでもトレンチコートを持っているのは稀で、洒落たエンジの水玉スカーフを巻いた長身の裕次郎は目立った。同級生から「イシ」と呼ばれていた彼は、通学コースがだぶる他校の女子生徒たちから「ミスター・トレンチ」というあだ名をつけられていた。

ヨットで出遅れた兄の命がけの挑戦

丁稚奉公から叩きあげた苦労人の石原潔は、マナーなどで息子たちに自分のような戸惑いをさせたくないと思ったのだろう。高校生の二人を皇居前に構える東京会館のフランス料理店「プルニエ」などへ連れていった。紙ナプキンやナイフ、フォークの使い方から出された料理の食べ方までを教えるほかに、高級店への場慣れの意味もあった。息子たちはコチコチになってフォークを持ったが、若くして有名人になった彼等は同世代よりずっと早く超一流店へ出入りする機会があり、父親の先見の明に感謝したと思う。

ただ、場慣れしすぎてもいた。石原慎太郎は料理やワインなどへのこだわりが人一倍強かった。いや、強すぎたというべきだろう。出された料理に「これはまずい」と時折顔をしかめ、ワインや日本酒にバッテンをつけ、同席者をハラハラさせた。筆者も末席にいた都心の高級ホテルでの会食の際、ボトルワインのホスト・テイスティングで慎太郎は案の定、首をタテに振らなかった。相当なお値段の高級ワインのはずだが、ホテル側はそういうこともあろうと予測していたのか、全然戸惑うふうもなくべつのワインがすぐに運ばれ、これはＯＫだった。

石原兄弟といえば、なんといってもヨットだ。海外で「職業は？」と聞かれたとき、二人は「ヨットマン」とか「セーラー」と答えるときもあった。「僕はヨットに乗るために仕事をしている」とまで弟はいったが、一体、どういうきっかけでヨットと出会ったのだろう。

「逗子の海岸では、のどかにヨット屋が営業していた。そこで働いていたお兄さんが僕を初めてヨットに乗せてくれた。青い空の下で、白い帆が初夏の風をいっぱいに受けて海面をすべるように走っていく。気持ちよかったね。気分爽快でヨットって、こんなに面白いものだったのかと、すっかり虜《とりこ》になった」（『口伝　我が人生の辞』三二頁）と石原裕次郎は述べている。

やはり湘南は別天地だった。彼の遊び友だちのなかには、モーターボートを乗りまわしている者もいた。仲間は板切れにロープを通してモーターボートに引っ張ってもらって、水上スキーを楽しんだ。海水浴客は初めて見る水上スキーに目を丸くした。こんな遊びに親しんでいた湘南ボーイにとって、小型ヨットなどよそ者が思うほど高嶺の花ではなかった。夏休みに石原裕次郎は貸しヨット店でアルバイトをしていたので、感覚的にもヨットは身近な遊具であった。

とはいっても「ヨットが欲しい」と下の息子が切り出したとき、父親はあっけにとられた。資産家ならともかく、山下汽船の子会社の重役という一般サラリーマン家庭よりほんのちょっと上のランクの給料など知れている。しかも時代は戦後の混乱期。現代でも子どものためにヨットを買うという発想はセレブでもなければ思いつかないのだから、父親が驚いたのは当然だ。意外にも背中を押したのは母親だった。

「昭和二〇年代半ばにヨットを買ってもらったおかげで、私と弟の人生は決まったけれど、最初、父は迷うんです。小さなヨットといっても、当時の二万五〇〇〇円はかなりの出費です。ところが母は『子どもが女の子ならピアノを買って習わしてやろうと思っていましたから、二人の望みをかなえてやりましょう』といったという。カネを出したのは父親かもしれないけれど、母親の助言がなかったら実現しなかった」(『正論』一九九六年九月号)と石原慎太郎は語った。

当時まだプラスチック製はなく、買ってもらったのは板のクラスAタイプのディンギーという小さなヨットの中古品だった。購入したヨットは夏場、貸しヨット店に預けてあった。石原裕次郎はバイトから解放されると自分たちのヨットを海に浮かべ、バイトのない日はガールフレンドも乗せていた。夜、弟はふとんにくるまってその日のデートの様子を話し、兄を羨ましがらせた。

サッカーに熱中していた石原慎太郎は、せっかく買ってもらったヨットに乗る機会を逸し、内心焦っていた。まだ、自分でヨットを一度も動かしていなかった。このままでは弟のヨットになってしまうという不安に駆られていた兄は、「明日もヨットでデートだ」と弟がいったとき、「いや、明日は俺が乗る」と宣言した。兄の未熟さを心配し「俺もつき合おうか」という弟に、「一人がいい」と断わった。

石原慎太郎によれば、「次の日、誰にも見られぬようにそっと、しかし本気で神棚に手を合わせて家を出た」（『弟』六四頁）という。一人であらわれた慎太郎に貸しヨット店の店員は怪訝《けげん》な顔をし、「大丈夫？」と聞いた。海岸では風が吹いていたうえ、顔見知りの慎ちゃんがヨットに乗ったという記憶がないからだ。慎太郎のほうも内心では「なんなら一緒に乗ろうか」と店員がいってくれるのを願っていたが、店番が持ち場を離れて一緒に沖へ出るはずもなく、それは虫のいい期待だった。

石原慎太郎は無謀にも一人で沖へ出た。岸辺からヨットの往来を何度となく眺めていたので、かんたんに操れると高をくくっていた。実際はヨットを反転する方法も知らなかった。バックを知らずに車を走らせたと同じで、この日、船着き場へ無事に戻れたのは幸運というしかない。あたりにヨットが帆走していたのが幸いだった。慎太郎は通り過ぎるヨットの操り方に必死で目をこらし、見よう見まねでなんとか帰港できた。

その後は石原慎太郎らしく、無我夢中でヨットと取り組んだ。ヨット本を乱読し、少しでも機会があれば海にヨットを浮かべ、必死で弟に追いつこうとした。サッカーで死にものぐるいになったように、ヨットも特訓を重ねた。その結果、やがては裕次郎とともに太平洋横断ヨットレースに参加するほどの腕前となり、ついには日本のヨット界をたばねるトップにまでなった。

他社の会議室で急死した父親

石原兄弟は熱心な映画ファンであり、話題の映画が公開されると、東京の封切り館まで出かけた。慎太郎は上映作品を選んだが、裕次郎は手あたり次第という感じで逗子の映画館に入り浸った。感動した映画を見た夜、弟は寝床で傍らの兄に感想を話し、印象的なシーンは微に入り細にわたって再現してみせた。慎太郎は弟の話した映画を見て、なるほど聞いた通りの情景だと感心することが多かった。

弟のほうが感受性も豊かで、観察力が鋭いのを母親は早くから見抜いていた。ただ下の子が、音感にもすぐれていたのには気づいていなかった。裕次郎は深夜のラジオのおかげで映画音楽に詳しく、ダイナ・ショアやドリス・デイらのファンだった。ヨット同様、映画音楽に関しても弟のほうが一歩抜きん出ていて、最新の情報を兄に話した。

石原兄弟のちがいの一つに、霊的なものへの関心があった。「僕はある意味で神がかり的なところのある人間で、心霊とか想念の力、人間の特殊な能力といったものを信じています」（『産経新聞』一九八八年二月一九日）と石原慎太郎は語った。これも母親似の一つで、いずれにしても信仰心のあつかった母親の影響が弟と比べて際立って大きかった。

戦時中、腎盂炎で苦しんでいた石原光子が、逗子駅近くの当時、大日本観音教団といった世界救世教の逗子支部で手かざしという心霊療法を受けた。浄霊のせいか、それとも医療のせいか、やがて彼女は健康を取り戻した。光子は霊的な力のおかげと感謝し、石原慎太郎もそう信じた。高血圧症の持病を抱える父親が母親のすすめで逗子支部へ通うことになったときも、慎太郎は少しも抵抗を感じなかった。しかし、石原裕次郎は神がかり的なものに違和感があり、父親が医療に消極的なのも心霊療法のためではないかと思い、それをおこなう宗教団体に対しても冷ややかなところがあった。

石原光子の友だちでもあった世界救世教逗子支部長は石田政子といい、おかっぱ髪の可愛らしい娘がいた。第一章の末尾でふれた、のちに石原慎太郎と結ばれる石田典子である。典子は母方の実家がある広島で一九三八（昭和一三）年元旦に生まれた。父親の石田光治は横須賀出身で紡績会社に勤めていたが、召集され、その秋、二歳の長男と生後一〇か月の典子を遺して中国で戦死した。母方の実家はもともと横須賀の出で、その後、地元へ戻ったので政子一家も広島から湘南へ移っていた。

一九五一（昭和二六）年は石原兄弟にとってつらい年であった。石原裕次郎がスケートで転んで左の膝の皿を傷めたのもこの年で、バスケットから離れざるをえなかった悔しさはいうまでもあるまい。以来、裕次郎は少しばかり左足を引きずって歩くようになり、後年、その歩き方もファンには魅力的に映ったが、本人にすれば目の前が真っ暗になるほどの衝撃だった。さらに追い打ちをかけるような出来事があった。

一〇月一五日朝、丸の内の山下近海汽船へ出勤する石原潔は、日吉の慶応高校へ行く石原裕次郎と一緒に横須賀線に乗った。横浜駅で「じゃ、行ってくるよ」といって裕次郎は降りたが、これが父親との別れとなった。この日、海運業界の各社幹部は大阪商船ビルの会議室に集まっていた。途中で潔は居眠りし、同席者は疲れているのだろうと思い、昼食のため部屋を出るときも、そっとしておくのがよいと声をかけなかった。脳溢血《のういっけつ》だった。戻った彼等は異変に気づき、ただちに逗子へ電話で知らされた。

石原裕次郎がいう、「おやじの会社の車が、お父さまがお倒れになりました、と迎えにきてくれ、母と僕と、夕方四時頃、逗子から東京へと走った。僕は車のなかで、なんやお前ら、あわくうて、たいしたことあらへんぞ……と、床の上からいう案外元気なおやじの姿を想像しながら、京浜国道を走った。しかし事態はそれを裏切った。商船ビルの会議室に飛び込んでおやじの姿を見た一瞬、駄目だ！　と僕は思った。会議室の床に新聞を敷き詰め、その上に仮の床をつくった、その上の父は、意識はなく大いびきをかいて眠ったままだった。そして午後七時三分だったと記憶するが、他界した」（『人生の意味』二二頁）。

第一報を聞いて石原光子は、すぐに湘南高校へ電話した。迎えの車が到着するまで何度となく電話を入れたが、慎太郎と連絡はつかなかった。ふだんなら帰宅していい時間だったが、待っている余裕はなかった。迎えの車は東京へむかって発車し、お手伝いが逗子駅へ走った。途中で出会った慎太郎は彼女にかばんをあずけると走って駅へ戻り、横須賀線に飛び乗った。車中で彼は神仏の加護を願い、父親が唱えているのを耳にして覚えた祝詞《のりと》とお経を何度も繰り返した。車中の乗客など眼中になく声を出して唱えた。だが、一心不乱の祈りの甲斐もなく、父親の臨終に間に合わなかった。

石原慎太郎はその日、「放課後、同人雑誌の仲間と次の号の打ち合わせのあと、舌ったらずの文学論で午後遅くまで学校に残って」(『わが人生の時の時』一八七頁)家へ帰るのが遅くなったと述べている。しかし石原裕次郎は友人に、兄は当日、全学連の会合に出席していて、連絡の取りようがなかったと話している。「兄貴のやつ、よっぽどそれがこたえたのだろうよ。以来、きっぱりと学生運動からは手を引いちゃったからね」と裕次郎は友人に語っていた(川野泰彦『素顔の石原裕次郎　ここだけの話』一八七頁)。

石原潔、享年五一。葬儀は一〇月二〇日、東京・芝の青松寺で山下近海汽船の社葬で執りおこなわれ、一九歳になったばかりの石原慎太郎が喪主をつとめた。その前に兄弟はそれぞれのやり方で死後の父親を身近におこうとしていた。兄は通夜のときに父親のデスマスクをスケッチし、父親っ子だった弟は火葬場で遺骨の小片をこっそりポケットに入れた。

「お守りみたいにして持っていたようです。いつもは引き出しにおいて、喧嘩しに行くときなど、ポケットに入れていたらしい。それがあるときバレて、父の一番上の姉の伯母さんに怒られた。あとで聞いたんです。『どこへ埋めたの？』『捨てちゃった』『どこへ捨てたんだ』『海だ』って。ポンと投げたんだと思う」（『正論』一九九六年九月号）と石原慎太郎は語った。

風来坊の日々

石原裕次郎にとって父親は特別な存在だった。「俺の神様はおやじだといってもいい。先祖で一番自分に近いのはおやじだから、やっぱり俺はおやじに、ことあるごとに報告するね」（『太陽の神話』一二四頁）と、自分にとって石原潔が父親を超える存在であったと告白した。

葬儀を終え、日常生活に戻った石原家に山下近海汽船から退職金と弔慰金が届けられたが、故人には借入金があって、それが差し引かれた額は多くなかった。石原潔は会社に借金をしてまで部下にご馳走していた。その後、海運業界有志からの多額の義援金が届けられた。石原潔が倒れた会議の場にいた各社の役員が発起人に名を連ねていた。重篤の潔を放置してしまったことへの自責の念があったのだろう。発起人らはライバル企業同士のふだんの垣根を越えて、一口千円で義援金を募った。業界にその名を知られた潔の人望に加えて、青松寺でかしこまっていた二人の息子の姿が同情を引いたのか、四〇万円を超える金額が石原家に渡された。

昭和二六年の四〇万円というのは、いまならどのくらいなのか。比較するものでちがってくるが、慶応高校の年間授業料が、石原裕次郎によれば当時は六〇〇〇円だったという。二〇二四年度の同校の年間授業料は七四万円で、およそ一二三倍だ。この倍率で単純計算すれば、四〇万円は五〇〇〇万円近くになる。感覚的にこれは多すぎるように思うが、その半分にしても二五〇〇万円という大金になる。平成から令和にかけての超低金利時代とはちがって、利子もかなり高い頃である。つつましい生活を心がければ、なんとかなった。

ところが、石原家の残された家族は予期しなかった義援金で安心してしまったのか、家計のやりくりに無頓着なところがあった。石原慎太郎によれば、母親は経済観念があまりなかったという。もはやお手伝いを雇える境遇ではなかったのに、これまで通りの生活レベルを維持していた。その一方で石原裕次郎の浪費がひそかに進行していた。「父が長く生きていたならどんな時期にどんな手ほどきをしてくれたのか知らぬが、弟は少なくとも父が望んだよりはだいぶ早めに女と酒と喧嘩の手ほどきを、教師ならぬ学校で机を並べている悪友たちから受けた」（『弟』八〇頁）と慎太郎は書いている。

慶応高校の生徒は他校と比べ、裕福な家庭の子が多かった。石原裕次郎が付き合った仲間は贅沢に慣れていた。見栄もあって彼も仲間と歩調を合わせ、様々な口実で母親から小遣いをむしり取った。裕次郎が遊びに浮かれたのは悪友の影響だが、父親の急死のほかにバスケットボールができなくなったのも災いした。バスケットに熱中できれば、父親不在の喪失感を乗り越えられたかもしれないが、オリンピック選手どころか、チームのレギュラーになれる見込みも消えてしまった。耐え難い寂寥《せきりょうかん》感を彼は仲間とのマージャンや酒で晴らした。

遊び仲間のボスは、慶応高校二年生の山本謙一というボクシング・クラブに所属する喧嘩が滅法強い生徒で、サングラスの彼が通ると地元のチンピラも道を譲ったという伝説の持ち主だった。のちに淳正《じゅんせい》と改名する山本は、石原兄弟と生涯にわたって親交があった。葉山の森戸川の河口近くにあった老舗旅館「かぎ家」のボンボンで、湘南中学では慎太郎の一級下。慶応高校へすすんだ山本は留年したため、裕次郎と同級という間柄だった。小説『太陽の季節』に登場する西村のモデルであり、後年、裕次郎ら十数人の仲間によって「太陽族元祖会」がつくられた際、その会長に推されている。葉山でレストラン「海狼」を経営し、地域のロータリークラブや青年会議所のトップをつとめた。

世田谷区奥沢に大越卍《ともえ》という仲間の家があり、母と子の二人暮らしであった。石原裕次郎や山本謙一もそうだが、仲間には父親のいない者が多かった。大越の家から日吉の慶応高校まで三〇分と近かったうえ、気立てのよい母親のせいもあり、ウイークデーの悪友連中のたまり場になっていた。裕次郎は逗子に帰らず何日も大越の家に居候《いそうろう》した。

ほとんど風来坊に近い石原裕次郎にとって、布製の大きなスポーツバッグが全財産といってよかった。ズボンやセーター、下着や洗面道具が詰め込まれていた。このスポーツバッグを持って仲間の家を転々とする行動パターンは、のちに映画界に入って脚光をあびてもしばらくつづいた。あるときバッグの中身を裕次郎から見せられた日活宣伝部員は、意外にも下着が清潔だったのに感心した。世話になった家の母親が洗濯してくれたのである。

親戚でもない親世代と子世代のほのぼのとした人間関係は、昭和の時代ならではの情景ともいえよう。石原裕次郎がしばしば世話になった家の母親は長唄の師匠であった。母親は居候する息子の悪友から望まれれば、喜んで長唄を教えた。遊興三昧の高校生が、いっときであれ神妙に三味線に合わせて声を出していたのである。後年、裕次郎は石原プロの宴会などで長唄「勧進帳」のさわり「ついに泣かぬ弁慶も　一期の涙ぞ殊勝なる　判官御手を取りたまい……」を朗々と披露した。社員を驚かせたボスの意外な隠し芸も、風来坊時代の副産物であった。

奥沢の家にはいつも四、五人がたむろし、マージャンに興じ、煙草をすって酒を飲んだ。ときには自由が丘で映画を見たり、その頃大流行のダンスパーティーへ顔を出した。日吉駅前のマージャン屋も彼等の根城であった。月謝を親から預かった者がいれば、これ幸いとばかり授業が終わるとマージャン屋で着替えて銀座へ繰り出した。ときには新宿二丁目の赤線へ足を延ばし、臆面もなく仲間の月謝で遊んだ。息子に泣きつかれて月謝を二度も渡す羽目になった親がいたのも、裕福な家庭ゆえのことであった。

慶応ボーイというブランド効果か、育ちのいい若者のぐれたところが逆に年上女の母性本能をくすぐったのか、石原裕次郎はホステスや娼婦にモテモテだった。新宿の娼婦に裕次郎はラブレターを送り、自分のことを棚にあげて、まともな仕事をしろと忠告めいたことも書いた。後年、ファンレターのなかに赤ん坊を抱いた女性の写真が入っていて、「いただいたお手紙で私の人生は変わり、こんな可愛い赤ちゃんができました」とあった。かつての新宿娼婦からだった。

「世間から見れば不良かもしれないけど、当人たちにしてみれば、家に帰らないからといって非行をしているわけじゃない。人がなんといおうが、自分じゃ不良とは思っていなかったね。友だちが何人か集まってワーワーやるのが楽しいわけで、自分じゃ、健康的で、模範的な学生だと思っていた」(『口伝　我が人生の辞』二一頁)とは石原裕次郎の弁である。模範的とはお世辞にもいえないけれど、裕次郎は大切な授業にはちゃんと出ていたし、要領がよいので試験も落第しない程度の点数を取っていた。新宿で派手に大喧嘩をして留置場へ入れられたが、陰湿な犯罪へ走ることはなかった。

メンバーは上等な恰好をし、金遣いが荒かった。石原裕次郎も分不相応の高価な革のジャンパーなどを見つけてきて、その代金を母親に払わせた。見栄なのか粋なのか、兄が三〇〇円で一〇〇円の靴下を三足買うとすれば、裕次郎は三〇〇円のものを一足買うという具合であった。

のちにみずから太陽族の元祖と名乗る慶応高校の遊び仲間は、一九五〇年代のアプレゲールとはあきらかに異質であった。「光クラブ」というヤミ金融を営んでいた東大生が、経営破綻して自殺した事件。あるいは日大の一九歳の運転手が、一八歳の恋人と遊ぶ金のために同僚の運転する職員の給料運搬車から一九〇万円を奪って逮捕されたときに「オー・ミステーク」と叫んだ事件。これらはアプレゲールの典型例とされた。アプレゲールとは第一次世界大戦直後のフランスで起こった芸術の新しい傾向を指していたが、日本では若者の無軌道な生態をあらわすことばとなって広まった。

アプレゲールのように陰湿ではなかったが、石原裕次郎の行状に母親と兄は手を焼き、苛立った。そして父親の存在感をあらためて思い知った。弟がいうことを聞いたのは、死んだ父親だけであった。気性の激しさもあって、母親は聞く耳を持たない裕次郎に腹を立て、二階から庭にいる不肖の息子にむかって彼の洋服や持ちものを手あたり次第に投げつけたこともあった。火宅寸前の危険な光景であったといえよう。

サッチャー顔負けの鉄の女

石原裕次郎の放蕩はエスカレートし、ついに一線を超えた。逗子の郵便局に預けてあった貯金に手を出し始めたのだ。父親の死後、光子は預金通帳を息子たちに見せ、「これだけの金がある。あなたたち二人が一人前になるために、これを全部使っていいように、あなたたちの名前で貯金しておきます」（『サンデー毎日』一九五六年九月九日号）といった。それをいいことに裕次郎は通帳と印鑑をこっそり持ち出し、勝手に金を引き出した。気づいた母親が印鑑を隠すと、ハンコ店で似たようなのを見つけ、こっそりニセの印でおろした。いまでは不可能なことがかんたんにまかり通る、ある意味ではのどかといえる時代であった。不肖の息子は文字通り湯水のごとく散財し、虎の子の蓄えはどんどん目減りした。愕然とした母親は通帳を隠し、こんこんと説教したが馬の耳に念仏だった。

今度は家から金目のものが消えていった。売れるものはなんでも持ち出し、金に換えていた。その金がある間は仲間の家に居候し、なくなるとこっそり帰宅した。金欠の石原裕次郎がぶらりと姿を見せると、「奥様、泥棒がきました」とお手伝いが母親に耳うちした。しかし母親は息子になにもいわなかった。「いっても仕方がないと、諦めたのとはちょっとちがいます。ここで私がとがめたら、裕次郎は、私からも見放されたと思うだろうし、悪いことをしているのは本人が一番よくわかっているはずだから、ここはあえていうまいと考えたのです」(『我が息子、慎太郎と裕次郎』四七頁)と石原光子は述べている。

後年、石原裕次郎は「家のものを持ち出して売っても、なにもいわずに黙っている母親は怖い存在だった。この母親のためにも、悪いことはできないと思った」と述べ、それを知った母親は「ああ、私のやり方はまちがっていなかったんだな」と胸をなでおろした。また、石原慎太郎は弟の放蕩を繰り返し書いているが、母親は「慎太郎もずいぶん使ったんだから」(『文藝春秋』二〇〇七年六月号)と石原典子に漏らしていた。

彼等がチンピラのような非行集団にならなかったのは、やはり育ちのよさにあった。夏休みになると、仲間は森戸海岸の山本謙一の実家、「かぎ家」にたむろした。彼等は柄の悪いチンピラが海水浴客に迷惑をかけないかパトロールしたり、溺れかけた者を助けるなど、それなりに貢献していた。いつまでも旅館に世話になるわけにもいかず、彼等は頃合いをみて逗子の石原家へ移動した。

石原光子は彼等を大いに歓迎した。小樽時代、石原潔はよく部下を家に招いていたので光子も来客に慣れていた。彼女は率先して高校生たちの雑談の輪に入り、連泊して暴飲し、マージャンで徹夜し、昼近くまで寝坊する若者たちの下着をせっせと洗ってやった。

そうかと思えば、石原光子はときにはゴッドマザーのように振る舞い、驚くべきことに理不尽な言動におよんだ者を容赦なくぶった。番長の山本謙一と下の息子が朝帰りしたときもビンタをくらわした。度胸も腕力も抜群の山本が仲間から一目も二目も置かれているのを、光子が知らないはずはない。そんな物騒な男を平手打ちした彼女の気迫には恐れ入るしかない。

　この凄まじい気迫を石原慎太郎はそっくり受け継いだ。こんなエピソードがある。語るのは、衆議院議員になっていた石原伸晃で、前段は堅い話。二〇〇〇（平成一二）年二月七日、都知事の父親が大手銀行に法人事業税をかける際、外形標準課税というものを導入すると発表し、「なるほど、そんな手があったのか」と驚きの声も聞かれた。資金量五兆円以上の大手行が対象で、最終的な所得ではなく、業務粗利益に課税するというもの。従来とどこがちがうかといえば、赤字決算の大手行からも、たとえわずかでも徴税できる点だ。

　銀行業界は「特定業種のみに導入するのは負担の公平性を欠くので絶対反対」と猛反発した。これは国への挑戦でもあった。都知事は「いいか、悪いか、国民に判断してもらおう」といい放った。都民ではなく、国民といったところがミソだ。

　後段はがらり変わって、石原伸晃はテレビでこの発表を知ったとき、「国にむけて投げた、おやじらしいビーンボールだ」と思った。父親は大リーグの伊良部秀輝投手が好きで、伊良部投手が投げているテレビ中継を見ながら「ぶつけろ、ぶつけろ」とつぶやいていた。そういう父親の姿と、もう一つ、十数年前の記憶が同時によみがえったという（『ＡＥＲＡ』二〇〇〇年二月二一日号）。

　某日、石原伸晃は父親を助手席に乗せて一車線の国道を走っていたとき、後ろの大型トラックから何度となくあおられた。そのうえ無理な追い越しをかけられるなど、事故になりかねないいやがらせに遭った。「すぐに追いかけろ！」と怒った父親は命じ、交差点で停まっていたトラックに近づくと、さっと車を降りた。トラックの運転席の窓が開いていた。父親は窓から手を伸ばし、運転手のメガネをかっさらった。「返してほしけりゃ、謝れ」とどなりつけ、メガネがなければどうにもならない運転手は謝罪した。

石原伸晃がいう、「正しいと信じたら、まっしぐら。だけど、やってはいけない一線は超えない。あのときも運転手を殴ったら、ただの喧嘩だった。今回の政策（銀行課税）も、法的にはぎりぎり問題はない」と。

息子の話はこれくらいにして、石原光子はサッチャー顔負けの鉄の女で、奥沢の家では何日居候しようと文句をいわれなかったが、逗子では容赦なかった。だらだらと居つづける者は有無をいわさず追い出された。それでも彼等は光子をうやまい、「おばさん」ではなく「お母さん」と呼んでいた。食欲旺盛な若者たちを連泊させていたが、家計はすでに火の車であった。やがて石原裕次郎の同級生にもそれがわかってきた。

「彼にもちょっと辛い時期がありました。それこそ学校の月謝も滞るような時期が……。当時、日吉の駅前に慶応の学生が集まる小さなめし屋がありましてね、イシはそこのツケ頭でした。かつ丼が七〇円から八〇円の時代です。彼は白い御飯をその店へ持っていってツケでそれをチャーハンにしてもらっていたんです。それが一番安あがりだった……そこのカミさんは他の学生にはツケの催促をするのに、イシに対してはなにもいわなかった。人徳ですかね」（『石原裕次郎写真典』一八二頁）と、慶応高校と慶応大学で石原裕次郎と同級だった河合克俊（富士建地所会長）が回想している。

その頃、石原光子は不思議な夢を見た。夫や息子たちとちがって海で遊ぶこともないのに、一人で小舟に乗って釣りをしている。魚がどんどん釣れて、しかもどれも金色に輝いていた。やがて二〇代前半の二人の息子があれよあれよという間に飛び切りのセレブになったとき、母親はこの夢を思い出した。宗教心の強い彼女には、金色の魚がなにを意味するのか、ずっと気がかりであったにちがいない。それにしても石原裕次郎が放蕩していたとき、石原慎太郎はなにをしていたのであろうか。

第四章　石原慎太郎の禁じられた恋と一橋大学時代

亡父の上司にいわれるままに一橋大学へ

一九五二（昭和二七）年三月、石原慎太郎は四年かけて湘南高校を卒業し、四月に一橋大学法学部へ入学した。日米安全保障条約が発効し、日本が主権を回復したのは四月二八日であった。彼は京都大学の仏文科へすすみたかったが、生前、父親は許さなかった。戦前は海軍士官、戦後は外交官と将来の目標を描いたときもあったが、一年間の休学で外交官志望などとっくに消えていた。担任の教師には「将来、先生になろうと思っています」と伝えていたが、どこまで本気であったかはわからない。

石原慎太郎が一橋大学を受験したのは、山下近海汽船社長の二神範蔵の助言があったからだという。一橋出身の二神は、慎太郎が仏文科志望と聞いて、それはやめて公認会計士を目指したらよい、とアドバイスしたというのだ。一九四八年にスタートしたばかりの公認会計士は月収が二〇万円くらいになるといわれ、大卒の初任給が一万円前後の頃だから、いずれ一家を支えなければならない立場の慎太郎もこの金額を聞いてその気になったという。ただ、本気で公認会計士になろうとしたのか、そのへんは微妙だ。

独立独歩の強烈なキャラクターに見えるせいで、石原慎太郎は自分の意のままに生きてきたと思われがちであるが、意外なほど素直に他人の意見に従っている。しかもほとんどが良い結果につながっている。慎太郎の人脈は一橋大学抜きには考えられないが、それも亡父の上司にいわれるままに受験した結果であった。是が非でも一橋へ入ってみせるという気迫のようなものは感じられず、実際、同窓の先輩作家、伊藤整との対談でもなんとなく一橋へ入った自分の偽らざる心境をあかしている（『週刊サンケイ』一九五六年五月六日号）。

伊藤　あなたは一橋にどうして入ったんですか。
石原　僕は漠然と入ったんです。
伊藤　数学ができなかったんですか。
石原　そうなんです（笑い）。
伊藤　大体そうです。英語ができないのが工業学校、数学ができないのが外国語学校か一橋に入る。
石原　だけど一橋の入学試験のときなど、数学のできたのは生まれて初めてなんです。天祐《てんゆう》神助《しんじょ》……数学はヤマが全部当たったんです。

石原慎太郎の場合、天祐神助（思わぬ幸運が転がり込んで助かる）は一度や二度ではなかった。そして失敗もまた一度や二度ではなかった。慎太郎はみずから語ることはなかったが、慶応大学経済学部と法学部を受験し、法学部に合格したが、経済学部は落ちていた。父親譲りの垢抜けしたファッション感覚や社交性は、石原裕次郎以上に慶応ボーイらしいうえ、本人も慶応の校風に惹かれていたはずだ。文系最難関の経済学部に合格していれば、慶応と一橋、どちらを選んだのだろう。国立と私立では学費に差がありすぎても、息子が慶応を強く望めば母親は歯を食いしばっても学費はなんとかすると、同意したのではあるまいか。

結果的に自由闊達な一橋大学で、彼は飛躍への足掛かりを得た。慶応大学で学んだとしても、作家になったと思う半面、日本文壇史、というよりも昭和戦後史でひときわ目立つ劇的なデビューをとげられたかどうか。やはり一橋に入ったのが、石原慎太郎という異才の大きなターニングポイントだったと思う。

一橋大学はこぢんまりした社会科学系の国立大学で、全学部合わせても学生数は二〇〇〇人に届かなかった。新入生は教養科目を本部のある国立《くにたち》のキャンパスではなく小平の校舎で学んだが、主要な施設は国立に集中し、往来が盛んであった。マンモス校では考えられないほど、学生たちは学部や学年の垣根を越えて交流が密で、東京大学と比べたとき、なにが一番ちがうかといえば、社会に出てからも先輩後輩の絆が格段に強かった点だ。石原慎太郎ほどに同窓コネクションを最大限に活用した一橋ＯＢは、そう多くはあるまい。

公認会計士を目指したというのに、なぜ商学部や経済学部ではなかったのか。理由は単純で、一橋大学はほかに法学部、社会学部の四学部からなり、入試の際、第二志望の学部も指定できた。要するに法学部は第二志望で、入試の成績が第一志望（それが商学部か、経済学部かはわからないが）のラインに届かなかったということだ。もともと公認会計士になろうという強い意欲があったわけではなく、入学して半年後、この職業は自分にむいていないと覚《さと》って、せいせいしたように資格取得の準備をやめている。

石原慎太郎は社会科学系より人文科学系の教養科目を熱心に聴講し、とりわけ山田九朗のフランス文芸思想史や南博の社会心理学に魅かれた。寄り道したが、本来の志向へ軌道修正したのである。宗教や神秘現象に興味を抱いていくのも、母親からの影響や実体験のせいもあったが、一番大きかったのは心理学の講義だった。法学部に在籍しながら法律への関心はさほどでもなく、これは同じ法学部出身の三島由紀夫と対照的といってよい。

三島由紀夫は農商務省の官僚だった父、平岡梓の強い希望で東京大学法学部から大蔵省（のちに財務省）へ入った。早くから文学に目覚めていた三島の望む進路とは大きく異なっていたが、大蔵省コンプレックスの父親の意向にあえて逆らわず、しかも後年、父親のおかげで法律を学んだことに感謝さえしている。法学の論理的思考は自分の創作活動にとても役立ったというのである。

三島由紀夫とちがって、大学でもサッカーの練習で真っ黒に日焼けしていた石原慎太郎は作家デビュー前、家族に文学青年らしい一面を一度たりとも見せていなかった。途中で転部し法学部と決別しながら、後年、三島よりはるかに閣僚や知事として法律と深く関わり合いを持ち、知識も豊富になるのも、人生のめぐり合わせの皮肉というものであろう。

一九五四（昭和二九）年四月、石原慎太郎は社会学部へ移り、社会学科に籍をおいた。社会科学系に特化した一橋大学で教養科目はべつにして、社会学部は唯一人文科学系に近い講座をそろえていた。社会学部は学内ヒエラルキーでは下位とみなされていたが、慎太郎に劣等意識はさらさらなく、ようやく興味ある講座を思うままに受講できたことで水を得た魚のような気分になっていた。

この頃、石原慎太郎はチームプレーをめぐってサッカー部のキャプテンと口論となり、嫌気がさして柔道部へ移った。柔道部の一年先輩にのちにトヨタを率い、経団連会長となる奥田碩《ひろし》がいた。後年、東京都知事として目玉の政策とした新銀行東京のトップの人選について慎太郎は奥田と相談していた。結果的にはこの人事は裏目に出たが、それはともかく新人部員の慎太郎はカッコよく投げられるので「ジェット機の慎ちゃん」というあだ名をもらっていた。

石原慎太郎は金のかからない学生であった。浪費家の石原裕次郎とは雲泥の差で、石原家がかろうじて破産を免れたのは、若くして家長意識に目覚めた慎太郎の踏ん張りのおかげといえよう。母子家庭という境遇から授業料を免除され、家庭教師のアルバイトで自分の小遣いを稼いでいた。二年目に奨学金の支給が決まり、かつかつとはいえ自立に近い学生生活は、蓄えの目減りが気になる母親へのこのうえない親孝行となった。

不釣り合いのカップルと秘めやかな恋

下の息子に甘すぎた分、石原光子は上の息子に渋かった。雨の休日、石原慎太郎はガールフレンドとデートの約束もなく、一人で映画を見に行くことにした。当時、逗子の映画館の入場料は七〇円だったが、その金もなく母親にも出し渋られた。苛立った彼は、一張羅の背広を着て出かけた弟の学生服に目をつけた。ポケットにはちょうど七〇円あって、それで二本立ての映画を見た。こんな涙ぐましい話もあった頃、彼の心を癒してくれたのがガールフレンドで、何度かふれた世界救世教逗子支部長、石田政子の娘、典子だった。慎太郎は一橋大生になってまもなく石田家をおとずれた。

「私の家をたずねてきた石原に、いろいろな本を選んで貸してもらうことになりました。石原の家まで一緒に逗子の海岸通りを歩いて行きましたが、男の人と二人で歩くなんて初めてのことでしたし、私はあがってしまって話がうまくできず、いつものおしゃべりな私はどこへいってしまったのかと、自分でも不思議に思えてなりませんでした」（『妻がシルクロードを夢みるとき』四七頁）と石原典子は回想する。

こげ茶色のベレー帽にクリーム色のベスト、茶のスカート姿の石田典子は中学三年生だった。石原慎太郎は彼女にラファイエット夫人の『クレーヴの奥方』、シュトルムの『みずうみ』、川端康成の『雪国』などロマンあふれる作品を選んで一〇冊ほど渡した。典子は借りた本にかじりつき、病身の母親は娘の淡い恋心を察した。

石田典子が一四歳の一九五二（昭和二七）年一〇月一五日、母親は四〇歳でこの世を去った。

奇しくも石原潔と同じ日だった。告別式には石原一家もそろって出席した。石原慎太郎は傷心の典子に「これから父の一周忌の法要があります」と声をかけた。遺された高校二年の兄と典子は横浜に住む父方の伯父の家に引き取られた。同じ年頃の従姉妹と長唄の師匠で礼儀作法にうるさい祖母がいた。

中学を卒業した石田典子は横浜市金沢区の関東学院六浦高校へすすんだ。石原慎太郎は典子を新劇やコンサートに誘い、帰宅が遅くなるときもあった。典子の祖母は一橋大生とのデートに不安を募らせ、「交際するなら二〇歳になってからになさい」ときつく孫娘に申し渡した。慎太郎も逗子から大学まで二時間半、往復で五時間の通学が体育会のサッカー部や柔道部へ入ってきつくなっていた。小金井で下宿生活を始めてから、音信も遮断され二人が会う機会はなくなった。

石原慎太郎は大学二年の後半から小平の一橋寮へ移った。北風が入り込むすき間だらけの二階建ての粗末な建物で、雪が降ると枕元に積もった。彼が入ったのは二階の四人部屋。一階のトイレに行くのは稀で、窓をあけて用を足した。そばで寝ている者がいようと大声で放談し、他室の連中のストームに大騒ぎとなり、広間に集まって酒盛りと寮歌の大合唱と、学生寮は深夜まで喧噪をきわめた。ぼろぼろの寮も一九八〇年代に建て替えられ、完成したときに寮生が招いた先輩は政治家となっていた慎太郎だった。寮といえば酒、彼の後輩への土産は四斗樽の日本酒だった。

睡眠に異常ともいえるほど神経質の石原慎太郎が、後年、何日もつづく外洋のヨットレースで眠れたのも、寮生活で鍛えられたからだ。毎日九時間は眠らないと調子がよくないと、彼は述べている。ちょっと寝すぎではないかとずっと思っていたが、最近、大リーグの大谷翔平も将棋の藤井聡太も一〇時間眠ると知って、それなら九時間は驚くにあたらないと納得した。慎太郎とバンカラ、一見ちぐはぐのようだが、彼は弊衣破帽の旧制高校的な情緒たっぷりの雰囲気が好きだった。毎年、東京の日比谷公会堂でひらかれていた「日本寮歌祭」に寮仲間と参加し、声を張りあげていた。

石原裕次郎は相変わらず遊びまわっていた。そのうち裕次郎に年上の彼女ができた。青森県の素封家の娘でどういう事情があったのか家を飛び出して上京、銀座のナイトクラブでホステスをしていた。いってみれば彼女のヒモであり、金もないのにクラブに出入りし、酒代は彼女が負担していた。

週末、石原慎太郎は逗子へ帰った。弟は家に寄りつかず、お手伝いも去って母親は一人で暮らしていた。家へ帰ろうとしていたとき、裕次郎から寮へ電話があって、銀座で会おうという。連れて行かれたナイトクラブで慎太郎は初めてカクテルを口にした。それまで合成酒や焼酎といった安酒ばかり飲んでいた慎太郎には夢のような体験だった。

石原裕次郎は銀座のホステスを逗子の家へ連れてきた。彼女の立ち居振る舞いや気立てのよさに母親は安堵《あんど》した。わがままな息子の妻にはこういう娘さんがいいと思う半面、それが不可能なのもはっきりしていた。経済力ゼロの息子に貢ぐ健気な女性。どう見ても不釣り合いなカップルを目の前にして、母親は申し訳ない気持ちでいっぱいだった。石原光子は真珠の耳飾りを彼女に差し出し、口には出さず母親なりのおわびの気持ちとした。石原兄弟はのちに当時のことを語り合った（『ペントハウス』一九八七年一月号）。

裕次郎　女の遊びは、俺が兄貴に教えようと思ってたけど、教わりにこなかった（笑い）。

慎太郎　お前はナイトクラブに通ってて、そこのホステスと同棲してるみたいで家に帰ってこなかった。でも、その女性がいい人でさ。

裕次郎　昭和二五年から二六年頃かな。同棲ごっこっていうのが流行《はや》ってね、高校生のときだった。

慎太郎　まあ、彼女たちのペットだな、お前たちは。

裕次郎　当時、月賦販売っていうのがデパートで始められて、女に買ってやろうなんて頭金だけ払って、あとは結局、女が全部払ったりなんかして（笑い）。

慶応ボーイらしからぬ悪いヤツラでもあった。放蕩の限りを尽くしながらもなんとか落第は免れ、一九五三（昭和二八）年四月、石原裕次郎は慶応高校から慶応大学法学部法律学科へすすんだ。授業にはあまり出席しなかったが、兄とちがって弟は法科の学生であるのを誇りとした。慶大生は前期を日吉、後期は三田の校舎で学ぶので、遊び仲間は相変わらず日吉に近い奥沢の大越宅をたまり場にしていた。

石原裕次郎は銀座ホステスと別れたあとも仲間とべつのナイトクラブに顔を出したり、ダンスパーティーに出かけてガールハントをしたりして欲望の赴くままに遊びまわっていた。それにしても貢ぐ女もいなくなり、母親からむしり取るのもとっくに不可能になっていて、一体、遊興費はどう工面していたのか。答えは、自分で稼ぎ始めたのである。彼は兄とちがってビジネス感覚に富んでいて、目をつけたのはダンスパーティーだった。

一九五〇年代はダンスパーティー・ブームで盛りあがり、人気のあるバンドが出演するパーティー券はかなりの値段でも売れていた。しかし学生には高嶺の花で手が出せず、そこで昼間、格安料金のダンスパーティーをひらいて学生を集める催しがあちこちでひらかれていた。昼間、空いているホールで、バンドは出演料が小遣い銭程度のアマチュア。パンフレットには慈善事業ふうのうたい文句を並べて売り出していた。チャリティーは客寄せの文句にすぎず、寄付などどこへもびた一文出していなかった。あくどいのは発売するチケットの枚数で、定員一〇〇人のフロアに三〇〇枚以上も売っていた。

石原裕次郎は新橋に「フロリダ」というダンスホールがあり、昼間は貸し切りにしているというのを耳にすると、すぐに動いた。いかに多くの学生を集めるか、それにはキャッチコピーが勝負どころで、そこは兄の才能を借りようと考えた。快楽の匂いを嗅ぎ始めた石原慎太郎も乗り気になって、「スプラウト（新芽）クラブ」という名の学生クラブをでっちあげ、甘いことばで参加者を募った。ご多分に漏れず定員を超えるチケットを売りさばいて、二人で万単位の金を分け合った。

ダンスパーティーの実施で石原慎太郎は不良学生グループの生々しい実態にふれた。一般学生のイベントに介入して、安全対策を名目に売りあげの一部をピンハネするヤクザまがいの連中を目《ま》の当たりにしたのである。彼等にも縄張りがあり、そこでは利権をめぐって各グループが反目し、ときには暴力沙汰もあった。アウトローの世界は慎太郎の重要なテーマとなるが、創作の素材をふんだんに見聞できた経験でもあった。初期の作品『処刑の部屋』（『新潮』一九五六年三月号）にはつぎのような一節がある。

〈その日の夕方、克己の親友の良治兄弟が主催したパーティーが品川のPホテルで行われたのだ。流行の二つのバンドの組み合せでチケットは思わぬ程売れていた。……

日頃の仲で当夜いろいろ雑用を引受けながら、中頃になって克己は良治を捉《とら》えて訊《たず》ねた。

「定員二百のフロアで、一体何枚チケットを売ったんだ」

「千枚」

「商売とは言えひでえことをやりやがるな。クロークも何も満員で建物中がわんわんいってるじゃないか。大分浮いただろう」

「ああ、バンドのギャラを払っても八万がとこは確かだな。まあ当ったと言えるな」

彼等が行う小遣い稼ぎの中でパーティーはあらゆる意味で一番温和しい商売ではあった〉

初夏の某日、交際を禁じられた石原慎太郎と石田典子が偶然、再会した。この出会いがなければ、二人のラブロマンスは実らなかったであろう。双方の音信は石田家の祖母の一喝以来、ピタリと止まっていた。典子はどうして連絡してくれないのか、と思う半面、連絡したくともその方法がない事情もわかっていた。祖母の心配も理解できていたが、ばったり出会って焼けぼっくいに火がついた。典子によれば、その日の午後、クラスメートと音楽の授業をこっそり抜けて鎌倉へ映画を見に行った。エスケープしたスリルに加え、どうしても見たかった映画に感動した典子は、高揚した気持ちで鎌倉駅のプラットホームに立っていた。

「そのとき、横須賀線の下り電車がゆっくり滑るようにホームに入ってきました。がたんと止まったその途端、私は息をのみました。目の前の電車の窓枠のなかにいたのは、なんと石原ではありませんか。石原の目とそのすぐ前に立つ私の目がぴたりと合いました。一寸違わずホームに立っている私の目の前の席に石原が座っていたのでした。電車は一両か二両の長いものでしたのに……」（『妻がシルクロードを夢みるとき』五三頁）と石原典子は回想する。

その頃の石田典子は鎌倉駅から電車に乗る機会などほとんどなく、寮生活の石原慎太郎も逗子へ帰るのは週一回ほど。それも弟に誘われて夜遅くなるのが多かったから、この再会はたしかに奇跡といってよかった。劇的であればあるほど、禁じられた恋は燃えあがる。二人とも若い世代にはめずらしく霊感を信じていたから、これは天の啓示と直感したであろう。久し振りの会話で典子が最も驚き、かつ身震いするほど感動したのは、石原慎太郎がラブレターを何通も送っていたと話したときだった。

石原慎太郎からの手紙は、孫娘に渡されず祖母がすべて仕舞い込んでいた。石田典子は音信不通の本当の理由がわかって、これまでの疑心暗鬼がきれいさっぱりと消えて身も心も軽くなった。慎太郎も同様で、以来、二人は典子の友だちを介して文通をつづけた。弟のオープンすぎた愛とは対照的に、兄の恋は密《ひそ》やかに進行し、デートも再開されたうえ、ときには大胆な行動もあった。

石原慎太郎の将来を左右した同級生と先輩作家

石原慎太郎は一橋大学でも運命の出会いがあった。社会学部の同じクラスにいた西村潔という亡父と同じ名の学生がその相手だった。立川市の出身で自宅から通学していた西村は寮仲間でもなければ、サッカーや柔道の体育会系でもなく、一橋ではそう多くない文学青年であった。それも小説や詩などに偏らず人文科学全般にわたって関心を持っていた。慎太郎は西村との会話で初めてユング（スイスの心理学者）やキューブラー・ロス（アメリカの精神科医）などの存在を知り、友人の学識に追いつくために彼等の著作を読み、やがてその考えに影響されていった。

西村潔と同級になったのが石原慎太郎の将来を大きく左右した。「いま思い出せば、西村は私にとって神様のような存在だった」とまでいい切っている。結局、人類史は出会いの集積から成り立っているのであり、人生の節々で思いがけないめぐり合いがあって、それがステップアップへとつながっていく例は数知れない。慎太郎にとって西村は最大の恩人であったが、西村自身もその前に自分の将来にかかわる重要な出会いを経験し、それが慎太郎の運にもつながった。一橋で学ぶベストセラー作家、伊藤整の次男、伊藤礼と顔見知りになったことだ。

伊藤礼は経済学部から社会学部への転部組であった。のちに英文学者となった礼はエッセイストとしても知られ、一九九一（平成三）年に『狸ビール』という作品で講談社エッセイ賞を受賞している。全八巻の『伊藤整日記』（平凡社、二〇二一〜二二年）の編集に携わるなど九〇歳まで長命を保ったが、一橋生のときには肺の疾患で闘病を余儀なくされ、長く休学していたので、石原慎太郎とは接点がなかった。

戦前、一橋大学が東京商科大学と呼ばれていた頃、のちに文芸評論家となる瀬沼茂樹らが『一橋文芸』を発行し、この同人誌にOBの伊藤整も短編小説を寄稿していたが、その後、長く休刊となっていた。社会科学系とはいえ、この大学にも文学青年はいつの時代も存在したのであり、一九五三（昭和二八）年頃から在学生の文芸部員の間で、『一橋文芸』の復刊を図ろうという動きが起き、そのなかに石原慎太郎と知り合う前の西村潔もいた。復刊への熱望は高かったが、ご多分に漏れず金欠であった。

計画の中心となっていた四年生の部員は金集めが不得手で、せっかくの復刊計画も頓挫寸前のとき、一気にはずみをつけたのは三年生の西村潔による大手柄であった。某日、西村は中央線の豊田駅から歩いて三〇分ほどの、現在は日野市になっている南多摩郡日野町芝山の伊藤整の自宅を訪問した。七年前の夏、雑木林のなかに建てた床面積わずか四〇平方メートルの四角い家であった。西村が来訪の理由を説明し「ぜひ復刊にご協力を」と著名な先輩作家に頭をさげたところ、なんと気前よく現金一万円を出してくれた。

当時の一万円は、現在ならどのくらいになるのか。一九五四（昭和二九）年の国家公務員の大卒初任給は八七〇〇円だった。当時はキャリアとかノンキャリアの区別はなかったが、ひとまず現在の大卒一般職の初任給と比べてみる。二〇二三年（令和五）年は二二万二二四〇円だから、ざっと二五倍ということになる。したがって西村がもらったのは二五万円相当の大金であった。おそらく伊藤整はこの真面目そうな文学青年が大学の後輩であるばかりでなく、病弱な次男の学友と聞いて、快く多額の献金に応じたのだろう。ときめいていた流行作家が気前のよかったのも、莫大な収入があったからにちがいない。

『婦人公論』に一九五三年一月号から一年間連載され、その後新書版で刊行された伊藤整の『女性に関する十二章』（中央公論社）は売れに売れていた。『伊藤整氏の生活と意見』とか新劇女優を主役にした『火の鳥』など出す本がつぎつぎと当たって、伊藤整ブームが到来していたのである。

伊藤整は一九〇五（明治三八）年一月一六日、北海道の現在の松前町で一二人姉弟の長男として生まれた。石原慎太郎より二六歳ほど年上になる。父親は代用教員だった。一九二二（大正一一）年、一七歳のとき、小樽高商に入った。一九二四（大正一三）年、小樽高商を卒業し、新設されたばかりの小樽市立小樽中学（現在の長橋中学）の英語教師になった。この中学は、一五年後に石原慎太郎が通学することになる稲穂小学校に隣接していた。

生活を切り詰め、給料の多くを貯蓄し、学資を準備した伊藤整は一九二七（昭和二）年、神田一ツ橋にあった東京商科大学を受験し、合格した。だが、用意した資金ではとても足りないと、一旦休学し、一年間ふたたび小樽中学で教鞭をとった。大学三年分の授業料や生活費をつくるためで、友人たちは「東京にアルバイト先はいくらでもある。北海道へ戻ったらそのまま居ついてしまうぞ」と忠告したが、聞かなかった。一九二八（昭和三）年、伊藤は予定の金額を稼いで上京した。

作家活動に入っていた伊藤整は一九四九（昭和二四）年五月、東京工業大学（二〇二四年、東京医科歯科大学と統合し東京科学大学に）の英語の専任講師となった。その授業を受けていた学生のなかに、大学を出たあと東芝研究所の化学技術者と文芸評論家の二足の草鞋《わらじ》を履くことになる奥野健男がいた。『太陽の季節』を早い段階から注目した一人だ。一橋大学といい、東京工業大学といい、一見文学畑から縁遠いようなところにいた人たちが、石原慎太郎の文壇デビューに一役買うことになるのだ。慎太郎の古くからの友人、江藤淳も助教授、教授として二六年間、東京工業大学に在籍していた。

東京工業大学で金属結晶学を教えていた桶谷繁雄も、やがて石原慎太郎の青春期に関わる一人だ。浅草の花柳界で育った桶谷は洒脱で関心領域の広い文人でもあり、春日迪彦というペンネームで小説『フライブルグの宿』を書いて第一回夏目漱石賞（一九四六年に設立された桜菊書院の公募新人文学賞）に佳作入賞した異色の金属学者であった。後述する慎太郎の初の南米旅行は桶谷の声がかりで実現している。

東京工業大学は目黒区大岡山にあった。その地名をとって文芸部は同人誌『大岡山文学』を発行していた。文芸部員の奥野健男は伊藤整の研究室へ仲間とともに原稿依頼でおとずれ、それをきっかけに文学の話を聞きに押しかけていた。その頃、というのは一九五〇（昭和二五）年九月であるが、ローレンス『チャタレイ夫人の恋人』（無削除完全版、小山書店）の訳者として伊藤はわいせつ文書販売罪で版元の小山久二郎と東京地検から起訴され、身辺あわただしいときであった。

発禁となる前の二か月間で上下二巻の訳書は合わせて一五万部も売れていた。伊藤整は一審で無罪（小山久二郎は罰金二五万円の有罪）となったが、二審では罰金一〇万円の有罪（小山は一審と同じ）となり、ともに上告した。やがて参議院法制局長から最高裁判事となってチャタレイ裁判に加わる奥野健一は健男の父親であり、これもまた不思議な縁といえよう。最終審はずっとあとの一九五七（昭和三二）年三月に下り、上告却下の有罪であった。

話を戻すと、伊藤整から『大岡山文学』への寄稿の承諾をえた奥野自身も、同じ誌面に掲載する約五〇枚の作家論を書いていた。同人誌ができてからしばらくして、奥野が伊藤研究室に顔を出すと、「あの意地悪な伊藤整論を書いたのは君ですか。工大にこんな学生がいるとは油断できないな」（奥野健男『素顔の作家たち』五九頁）と、部屋の主は笑みを浮かべながら警戒心もにじませていった。その後、文芸部は資金不足で印刷所への支払いもできなくなった。借金取りから逃げまわっていた彼等に代わって、印刷代を立て替えてくれたのが伊藤だった。奥野を含め文芸部員たちは、文字通りの恩師に一円も返済しないままつぎつぎと卒業していった。

後日談がある。語学系の研究室は崖下の木造の建物で、伊藤整の部屋は一階の一番奥にあった。その真上の二階はドイツ文学の研究室で、そこに将来、奥野の妻となる女性が職員として勤務していた。一九五〇年代の中頃、石原慎太郎は自分の意向をそれとなく師匠格の先輩作家へ伝えたいとき、彼は気安い仲になっていた東芝勤務の奥野に話して、それを奥野夫人が職場で伊藤へ取り次いでいた。

流行作家に羨望を感じた日

大先輩の伊藤整から一万円という予想もしなかった大金を寄付され、『一橋文芸』復刊を目指す西村潔ら文芸メンバーが欣喜《きんき》雀躍《じゃくやく》した姿は容易に想像できる。もっとも、彼等が寄付金のすべてを復刊準備金として大切に使用し、かつ保管していたかどうかはわからない。多分、いくばくかは彼等の飲み代となってしまったと思う。それはともかく石原慎太郎が『一橋文芸』の同人にならないかと西村から誘われたのは、この前後と思われる。

石原慎太郎と生涯にわたって最も親しく付き合った一橋大学柔道部仲間の高橋宏（のちに日本郵船副社長）によれば、「石原君は二年のときから一橋寮誌に詩や箴言《しんげん》を投稿していたし、卒業するまでにいい小説を書いてみせるよと、よくいっていた」（『サンデー毎日』一九五六年九月九日号）という。

一橋はマンモス大学とちがって学生間の情報もオープンで、西村潔が石原慎太郎を同人誌に誘ったのも、彼の文才を見込んでのことであろう。『一橋文芸』復刊の資金を得たうえ、文芸部員も若干ふえたけれど肝心の原稿がなかなか集まらず、編集長格の西村は有能な書き手を探していた。ときたま大学新聞の応募広告で知った学生から原稿が届いたがとても掲載するに足りる内容とはいえず、結局、西村からいわれて慎太郎が穴埋め原稿を書くことになった。

一九五四（昭和二九）年の夏休みに石原慎太郎は、妙高高原に建つ一橋大学の寮に籠《こも》って、一〇〇枚の短編小説に取り組んだ。二〇〇枚とか三〇〇枚という数字はパソコン時代の現在も文芸誌の新聞広告でよく目にするが、一枚とは四〇〇字詰め原稿用紙のことで、いまでも文字数の目安になっている。「さして労せずに書きあげた」（本人の弁）原稿を真っ先に読んだ西村潔はその出来栄えに感心し、喜んだ。

ところが一難去ってまた一難で、印刷所から請求された金額を払えない。そのため刷りあがった復刊第一号を引き取れず、あえなく印刷所の倉庫に取り置きとなった。当時の学生の金銭感覚はどこもこの程度で、東京工業大学の『大岡山文学』と同じ憂き目に遭っていた。思案の末、救いの手を差し伸べてくれるのはあの先輩しかいないと、西村潔は石原慎太郎を連れて、あの日野のちっちゃな家ではなく久我山の豪壮な伊藤整邸へむかった。慎太郎は伊藤との対談でこのとき印象に残ったことを語っている（『週刊サンケイ』一九五六年五月六日号）。

石原　そのとき一万五〇〇〇円の金が足りないんです。それで仕様がないから、伊藤先生に頼もうといって伺ったんです。

伊藤　じゃ、そのときに家にきたのがあなたですか。

石原　はい。雨が降ってどしゃぶりの道を泥んこになって行ったんです。先生が出ていらっしゃって、私たちが泥んこになっているのをご覧になって、君たちも雑誌一つ出すのにずいぶん苦労しますね、っておっしゃった。いくら足りないの？　一万五〇〇〇円です。それっきりなにもおっしゃらずに、それじゃといって奥様をお呼びになって、これだけあげてくれっておっしゃった。

伊藤　それはうまくいったな（笑い）。えらい目に遭うところだった。

石原　そのとき、驚いたんですけど、私たちが最初入っていったときの感じで、お金をもらいにきたというふうに奥様は察していらしたんですね。ちゃんと用意して待機してらしたんです。出てらしたとき、割烹着のポケットに千円札が一杯。あのときは流行作家ってすごいなと思って、えらく感心して帰ったんです。

一九五四（昭和二九）年五月五日、伊藤整の一家は日野から杉並区久我山一丁目の新居へ移った。日本ではまだめずらしかったブロック建築の建物は建築工事中からメディアの注目を集め、しばしばヘリコプターが飛んできてベストセラー作家の豪邸を撮っていった。ちなみに伊藤の長男、滋は東京大学工学部建築学科に在学中で建物の設計に助言していたと思われる（のちに東大教授）。その後、家のあるじは五部屋を自分の書斎にしていたが、たちまちどの部屋も書籍や雑誌で埋まり、増築が二回もおこなわれた。

この押しかけ訪問は、石原慎太郎にとって職業としての作家の成功例を目の当たりにできた貴重な体験であった。

第五章　高度成長への号砲とともに日は昇る

石原慎太郎の第一発見者

一九五四（昭和二九）年一二月、一橋大学三年の石原慎太郎の処女作が初めて人目にふれた。同窓の流行作家、伊藤整からの資金提供のおかげで印刷所の未払いも精算され、倉庫に積まれていた『一橋文芸』復刊第一号は学内で配布された。慎太郎の『灰色の教室』と題された短編小説は、「K学園のハイスクールは、T河辺りのなだらかな丘の上にあった」という書き出しで始まる。K学園とは石原裕次郎の通う慶応高校がモデルであり、弟から聞いた話をベースに野球部キャプテンの目を通してさまざまな生徒の生態が描かれていた。

当時一橋大学のキャンパスを闊歩《かっぽ》していたのは左派勢力で、『灰色の教室』を読んだ彼等の目にはブルジョアの子弟たちの馬鹿々々しい生態をつづった通俗小説にしか見えなかった。とりわけ彼等の牙城であった一橋新聞は「唾棄すべき小説」と切り捨てた。

一九五五（昭和三〇）年になると想定外のことが起きた。捨てる神あれば、拾う神あり。学内で切り捨てられた石原慎太郎の小説が学外で拾われたのだ。拾ったのは文芸評論家にして作家でもあった浅見淵《ふかし》。一時期、浅見は阿佐ヶ谷会という中央線沿線に住む作家らの集まりで、伊藤整と交流があった。だが、伊藤からすすめられて『一橋文芸』復刊第一号を手にしたわけでもなく、浅見に拾われるチャンスをつくったのは、またしても級友の西村潔だった。西村はふだんから文芸誌『文學界』を愛読し、同人誌批評の欄も目を通していた。そこで取りあげられるのを期待し、復刊第一号を編集部へ送っていた。

石原慎太郎はこの文芸誌を読んだこともなかったし、自分の処女作の載った同人誌が大手出版社の編集部へ送られていたのも知らなかった。一から十まで級友に助けられたうえ、運にも恵まれた。全国には数えきれないほどの同人誌があり、編集部へは毎月どさっと届けられていた。そのなかで評者の目にとまるのは限られているうえ、よしんば読まれたとしても誌面で取りあげられるのはごくわずかだった。

おんぶに抱っこの石原慎太郎のような例は、なんの保証もなく小説を書いている作家志望組からすれば、ありえない話というより、許されない話であろう。世の中は不公平だとつくづく思うが、得てしてなにも期待していない者のほうが、期待している者より多くの果実を手にしている、という例は結構多いのだ。期末試験が迫っていた頃、慎太郎は大切なノートを借りるため混雑する学生食堂で友人を待っていた。約束した男があらわれずイライラしていたところへ、西村潔が発売されたばかりの『文學界』一九五五年四月号を持ってやってきた。

「おい、ここに載っているぞ」と西村潔が興奮気味に同人雑誌評欄を見せた。浅見淵という文芸評論家が、石原慎太郎の処女作をべた褒めしていた。慎太郎によれば、期末試験のほうが気になってそれほどの感激はなかったという。浅見評を一読して「へえ、そういうものかねえ」と素っ気なくいったというが、果たして本心だろうか。実際は、飛びあがって喜びたかったはずだ。

大学三年生の期末試験は科目数が多いのでたしかに気ぜわしいけれど、予想もしなかった書評に平常心でいられるわけがない。浅見淵の一文は石原慎太郎にマグニチュード6クラスの衝撃を与え、眠れる獅子は目を覚まされた。大学から寮へ戻るや文芸誌の同人評を何度も読み返し、試験勉強どころでなかったというのが、本当のところであろう。

浅見淵は神戸市で生まれ、早稲田大学文学部を出た。一九七三（昭和四八）年三月二八日に七三歳で亡くなったとき、関係の深かった文芸誌『早稲田文学』は「浅見淵追悼」を特集し、丹羽文雄や尾崎一雄、五木寛之らOB作家に交じって早稲田とは関わりのない石原慎太郎も寄稿した。これは同人雑誌評の縁による。二日後におこなわれた浅見の告別式で丹羽は弔辞を述べた。

「浅見淵の批評は、一枚の和紙を水にひたしたようである。水は隈なく紙全体に染み渡る。そのように浅見の批評は、きめ細かい。美点、欠点全般にわたり、丁寧な批評をする。たとえ欠点をつけたとしても、批評家の批評でなく、実作者の立場の批評であるので、いわれた作者は納得する。批評してもらってよかったと思う。批評家浅見淵のあたたかな心を嬉しく受け取るのだ。君の批評眼のすぐれていたことは五木寛之、石原慎太郎の両君をだれよりも先に見い出していたことでもわかるのである」（『早稲田文学』一九七三年六月号）と。

丹羽文雄は文壇デビューが一〇年も早かった石原慎太郎より先に五木寛之の名前をあげた。大学の後輩だからであろう。育ちも作風も対照的な二人は奇しくも同年同月同日生まれだった。五木は一九六六（昭和四一）年に『さらばモスクワ愚連隊』で第六回小説現代新人賞、翌年に『蒼ざめた馬を見よ』で第五六回直木賞を受賞した。慎太郎が文壇の寵児《ちょうじ》になっていた頃、五木はどん底生活で「雨が降って仕事に行けないときには、製薬会社に売血に行き、二〇〇CC抜いて四〇〇円。ときにはインチキして二回抜いて八〇〇円とかね。本当に最低の状況だったんですよ」（『中央公論』二〇二二年四月号）と振り返る。

「一枚の和紙を水にひたしたよう」な批評を書いたという浅見淵の目に石原慎太郎の処女作『灰色の教室』はどう映ったのか。「唾棄すべき小説」と酷評された作品を浅見は「今月第一の力作」と称え、「早熟のアプレ少年たちの剝き出しの欲望といったものが、強靭《きょうじん》な筆触《ひっしょく》の中にナマナマしく生きていて、相当厚手なボリューム感もある」と評した。そして「まだ十分慣れぬせいだろう。描法に省略配合にムラがあることや、筆触は今いったように一応強靭で流暢ながら、新鮮なものと旧套的なものが一つに融け合わずにぶつかりあっていることなどが欠点だが、注目に価する新人作家の出現である」と結ぶ。

のちに石原慎太郎は「私は浅見さんによって発見され、そのため自分で自分を発見することもできた」と述懐した。浅見淵はまぎれもなく慎太郎の第一発見者であった。人の運命は、ほんのちょっとしたところで分かれていく。この世に生まれ、やがて頭角をあらわすのは「だれかに発見された人」であり、そうでなければ「自分で自分を発見した人」のいずれかだ。ずば抜けた才能、あるいは特異な技能を持ちながら、だれにも知られず、また自分でもそれに気づかず、生涯を閉じた人々は無数にいたし、これからも同様のケースが果てしなく展開されるのである。

短い文章ながらパンチ力十分の浅見淵評に石原慎太郎は、ひょっとしたら自分は作家になれるかもしれない、と思った。彼はすぐに行動を起こし、西八王子の浅見宅をいきなり訪問した。自分の才能を確認したかったのであろう。浅見は不在だった。この不在というのもどこか運命的で、その後の両者のあっさりした関係はある意味では清々しく、浅見宅への再訪を踏みとどまったのもそれはそれで賢明であったように思う。

執筆より清書に時間を

この間の石原慎太郎の行動で一番のポイントは、『文學界』一九五五年四月号を寮へ持ち帰ったことにあると筆者は思う。人生の運不運の境目など、探し始めたらきりがないのはわかっているけれど、運命の分かれ目がほんのささいなところにあるという事実には興味をそそられる。西村潔から同人雑誌評を見せられたあと、こみあげる嬉しさを隠すために素っ気ないふりをした慎太郎が、平静を気取って文芸誌を西村に返していたら石原兄弟のサクセスストーリーはその時点で九分九厘消滅していた。これは断言してよい。

西村潔は、級友のためにわざわざ文芸誌一冊を余計に買ってきたのだろうか。それとも自分のものを渡したのか。もし石原慎太郎がポーズとして素っ気ない態度を取りつづけていたら、西村だって愛読する雑誌を渡すのが惜しくなってしまうだろう。どちらにしても、ここで重要なのは同人誌評の部分だけを抜き取って渡したのではなく、雑誌を一冊まるごと渡したという事実だ。西村から同人誌評のところだけ渡されていたら、慎太郎は作家になったとしてもまったくちがう人生を歩んでいたと思う。

というのも、『文學界』四月号の巻頭には、新人賞第一回受賞候補作『傀儡《かいらい》』（戸田順三作）が載っていた。受賞候補作となっているのは、前年に設立が発表された文學界新人賞は年四回にわたって応募作を募り、その都度受賞候補作を一点ずつ選んで掲載する仕組みだった。その四点から新人賞一席が決まるというわけだ。シベリア抑留の体験をもとにした『傀儡』に目を通した石原慎太郎は「つまらない小説だなあ、それなら俺も書いてやろうかな」と思った。自惚《うぬぼ》れと揶揄されようと、こういうときの彼の自信にはゆるぎないものがあった。

もう一つ、文芸誌には重要な記事があった。第二回応募原稿の案内だ。締め切りは四月一五日。審査員は井上靖、吉田健一、武田泰淳、伊藤整、平野謙。無名新人であること。四〇〇字詰め原稿用紙で三〇枚以上、一〇〇枚以内。賞金は五万円。石原慎太郎の目を引いたのは審査員の伊藤であり、多額の賞金であろう。慎太郎はすぐに応募を決意し、期末試験が終わると、作品の構想にとりかかった。

応募作のテーマは浅見淵が指摘した「欲望がモラルと化している早熟のアプレ少年たちの剝

き出しの欲望」をふたたび選んだ。彼は二番煎じといわれようと、気にするようなタイプではなかった。かつて中曽根康弘は石原慎太郎を「彼のいいところは目のつけどころと勇気」と評したが、図星の指摘だった。『灰色の教室』で描いた青春群像からボクシング選手のエピソードを一つ取り出して二晩で一気に書きあげた。その原稿を三日かけて清書した。執筆より清書に時間をかけたのは、左手で一気に書くので文字はのたうちほとんど他人には読めなかったからだ。

石原慎太郎は審査員の目を引くため快楽に関するマルキ・ド・サドの文章をエピグラフ（文章の巻頭におかれる句）とし、「ふざけて」を辞書に助けられながら「巫山戯て」とわざわざ古くさい漢字にした。話の主人公は早熟な少年たちでも、書き手はいかにも年配の知性派ふうに見せかけた。書き出してから一週間足らずで体裁をととのえた応募原稿は『太陽の季節』と題され、逗子の郵便ポストに投函された。

予備選ですら七〇〇倍の倍率

大学四年生の春、石原慎太郎が新人賞の応募原稿を出版社へ送った一九五五（昭和三〇）年は、石原兄弟にとって、また日本にとってもエポックメーキングとなった年であった。政界では鳩山一郎首相の日本民主党と前首相の吉田茂率いる自由党が合同し、一一月一五日に自由民主党が結成され、鳩山が総裁となった。以後五五年体制と呼ばれるようになった、戦後政治史の転換期にあたる。

衝撃度の大きさでいえば、映画『エデンの東』や『理由なき反抗』で人気を博したジェームス・ディーンが二四歳で事故死したのも、この年の九月三〇日のこと。のちに石原裕次郎の親友となる勝新太郎は、長唄三味線方の父親と邦楽のアメリカ巡業に加わり、撮影所でディーンを紹介された。人気スターのボサボサ髪を見て、勝は「これなら俺も俳優になれると思った」という。

敗戦からの復興をおおむね成し遂げ、日本が高度経済成長へと歩み始めるのはこの年からとするのが一般的だ。以後、神武景気や新幹線開通、最初の東京オリンピックや大阪万博、日本列島改造ブームなどがつづいた。アメリカの社会学者ヴォーゲルが日本的経営を高く評価した『ジャパン・アズ・ナンバーワン』を刊行したのは一九七九（昭和五四）年で、諸説あるにしてもここまでが日本経済の黄金期といえよう。いずれにしても一九五五年、元号でいえば昭和三〇年は高度成長へと突っ走る号砲が華々しく鳴り響き、日がゆらゆらと昇り始めた年であった。

相当の文学通でも、石原慎太郎は芥川賞で世に出たと思っている人が少なくない。それがまちがいというわけではないが、芥川賞に匹敵するほど重要なのは文學界新人賞だったと、筆者は思っている。一連の慎太郎本でもほとんどスルーとなっているので、あえて詳しく辿ってみたい。

一九五五年の第二回文學界新人賞候補作募集には、全国から七〇〇〇点を超える作品が寄せられた。予備選ですら七〇〇倍という途方もない倍率だった。まず編集者が手分けしてすべてに目を通し、予選を通過した五篇がコピーされて審査員四人のもとへ送られた。その結果、『太陽の季節』が『解体』（安岡伸好）、『阿波のマンジュシャゲ』（近藤季保）、『弾道状線』（鬼生田貞雄）、『黄昏の誘惑者』（古川幹雄）を抑えて、審査員全員の一致で第二回候補作に選ばれた。

『太陽の季節』のモデルとは

令和の世になっても『太陽の季節』という題名はいささかもすたれていないが、その内容となると、大半は障子破りくらいしか知らないのが実状である。応募作のオリジナルは高見順や伊藤整が設立に奔走した目黒区駒場の日本近代文学館へ寄贈されたが、小説『太陽の季節』は作者によって何度も手を加えられている。当初、サドのことばをエピグラフとしていたが、これは選考委員の一人から不要と指摘され、編集部を通じて削除をうながされた。名を知られるようになっていたら石原慎太郎は引き下がらなかったであろうが、このときはあっさり助言にしたがった。審査員の目を引くためのエピグラフであり、作戦は当たったといえる。

〈竜哉《たつや》が強く英子《えいこ》に魅《ひ》かれたのは、彼が拳闘《けんとう》に魅かれる気持と同じようなものがあった〉という書き出しで『太陽の季節』（引用は新潮文庫版）は始まり、〈それには、リングで叩きのめされる瞬間、抵抗される人間だけが感じる、あの一種驚愕の入り混った快感に通じるものが確かにあった〉とつづく。ボクシングとリングは小説の冒頭を飾る重要な舞台装置であった。

〈生来スポーツに関しては器用であったが、嘗て拳闘のように魅かれたものはない。長身と器用さを見込まれて、バスケットクラブに一年程籍を置いたことは有ったが、練習や試合で、竜哉は一度手にしたボールをなかなか他にパスしようとはせず、頑固に一人で持って廻った。その為にパスワークは乱れ、味方は甚だ迷惑するのだ〉というくだりは、実際にバスケットに熱中した石原裕次郎を思い起こさせる。

『太陽の季節』のモデルは、石原裕次郎というのが定説のようになっている。裕次郎自身、「あの小説のモデルですか」と繰り返し聞かれるので、めんどうくさいこともあって「そうだよ」と素っ気なく返事をしていた。石原慎太郎がこの小説を書く際、弟の行状や彼から聞いた話を参考にしていたのは、まちがいないが、実際には裕次郎より作者自身の体験や考えのほうが濃厚に出ている。〈一度手にしたボールをなかなか他にパスしようとはせず……〉は、サッカーの練習で慎太郎が実際に注意されたことであった。

〈拳闘を始めて以来、日を重ねるに従って彼はこのスポーツに熱中した〉とつづく部分も作者自身の体験にほかならない。石原慎太郎が生まれて初めてプロボクシングの試合を見たのは終戦から数年後の夏、中学生のときであった。いくら父親がスポーツ好きでもボクシング観戦にはちょっと早すぎる年頃で、これは偶然の出来事だった。高校生の異母兄に連れられ、弟も加えた三人で後楽園球場へプロ野球（当時は職業野球といった）を見に出かけたときである。

ダブルヘッダーが終わって帰ろうとしたとき、野球選手の引きあげたグラウンドへ大勢の人間がどやどやと入って作業が始まった。球場はマウンド上に特設リング、周りに椅子が並べられてたちまちプロボクシングの試合会場に早変わりした。興味にかられた三人は、一番安いバックスタンド二階席の切符を買って見物した。隣の席で女性が大声で声援をおくっているのにつられて、彼等もエキサイトしながらボクシングを見た。

プロボクサーの白井義男が一九五二（昭和二七）年五月一九日夜、四万人の観衆の前で世界フライ級タイトル保持者ダド・マリノ（フィリピン系アメリカ人）を判定でくだし、チャンピオンになった。そのときも後楽園球場の特設リングであった。白井の快挙にボクシングは子どもたちの関心を呼ぶようになったが、石原慎太郎はそれ以前からすでに熱心なボクシングファンになっていたのだ。

一橋大生のとき、石原慎太郎は女高生の石田典子と禁じられていたデートをした。むかったのは横浜の造船所の敷地にあった体育館。現在は「みなとみらい」となって当時の面影はないが、その体育館で国体のボクシング試合がおこなわれていた。「料金が安いのでボクシング見物にした」とは慎太郎の弁だが、ロマンチックな雰囲気とはほど遠いところでも、恋する乙女は幸せいっぱいであった。

そのボクシング観戦が思わぬ形で役立った。はっきりいって、文學界新人賞からはずれていたら『太陽の季節』の芥川賞受賞はなかった。まだ、その前段階である第二回新人賞候補作になったにすぎないが、三万円という原稿料を手にしたのである。困窮する石原家にとって、まさに干天の慈雨となった。しかも、のちの芥川賞で見られたような酷評が意外に少なかった。石原慎太郎が自信を深めたのはいうまでもない。選考委員の評を抜粋しておく（『文學界』一九五五年七月号）。

吉田健一　モラルなどという道義心の一種と見做されるものを持ち出すのは無駄である。むしろこの頃、英国、アメリカなどで流行している拳闘家の世界を中心にしたハード・ボイルド小説の下地がこの作品にはある。

井上　靖　アプレ青年の行動をいろいろと深刻に意味づけて取り扱った作品はあるが、これほど知らん顔をして一群の青年男女の生態を描き、一人の青年の行動を無造作に投げ出してみせた作品はないのではないか。

伊藤　整　この作者を私は相当に高く買った。題材が新しいということを消してしまうほど、テーマをはっきり自分で知っていること、セックスのハンランの中に、人間をやっぱりちゃんと見ていること。中でも際立った地位を得る人ではないかと思う。

武田泰淳　選者は口を揃えてどうもこれにするより仕方がないと言ったが、それはこの作品の持っているいやみが問題になったのだ。但し、そのいやみは乾いていてわざとらしくないし、小説としては特別に面白く読め……巧妙な小説を造り出す才腕とエネルギーが満ちていると思う。

平野　謙　私はレスリングもボクシングも一度もみたことがなく、ヨットに乗ったこともない。つまり、私なぞ旧弊な老書生の全然あずかりしらぬ世界が展開されているわけだが、アレヨアレヨという間に、ついおしまいまで読まされたのである。

新人賞第一回候補作とは際立ったちがいが次号の誌面で展開された。『文學界』八月号で阿部知二と高橋義孝の連載「小説診断書」にさっそく『太陽の季節』が取りあげられた。素性のわからない者の、それも新人賞の予備選を通過したに過ぎない作品を俎上《そじょう》に載せるのは異例のことだった。「相当な力量があって、出てゆく可能性はあるでしょう」と阿部は評した。

同じ号の読者投稿「はがき短評」に「私は非常に驚いた。実にこれはタマラナイと思った。ちょうど椎名（麟三）氏があの晦渋《かいじゅう》な文体で出現したときのような、異様なショックを感じた。しかもなぜかカミュの『異邦人』のことが頭にちらついてしかたがなかった」（福島・道山昭次）、「これは、いわゆる戦後派と呼ばれる作家にも、第三の新人といわれる人たちにも描かれなかった世界であり、人間群である。真の意味でのアプレゲールである。僕等の一つのタイプを描いているのだ。おそらくは若い人であろう作者の今後に期待する」（東京・広岡恒男）とあった。すでに新人らしからぬオーラを放ち、一般読者もそれを察知していた。

伊藤整の薫陶を受けた東京工業大学出身の気鋭の文芸評論家、奥野健男も早くから『太陽の季節』に注目していた。「ここには新しい思想や観念や倫理などはない。だが既成の社会秩序やまやかしの道徳や大人たちを、頭から馬鹿にし切っている新しい世代のエネルギーがある」とし、「伝統的な私小説的湿潤、じめじめした人情精神性の重圧、そんなものはひとかけらもない。乾燥した文体と、自分たちの論理がある」（『日本読書新聞』一九五五年六月二七日）と、いち早く石原文学の特性を指摘している。

新潮文庫版『太陽の季節』の巻末で「大人たちからは、ひんしゅくと好奇心で、同時代の青年たちからは、共感と羨望で迎えられた。石原慎太郎の出現によって、今まで年上の世代によって外側から書かれていっただけの、アプレ世代がはじめて内側から一つの必然性と意味を持って提出されたのだ。彼らははじめて同世代の代弁者を得た」と解説を書いたのも奥野健男である。伊藤整の唯一の弟子ともいえる奥野が、まだ東芝の研究所に勤務している頃に執筆した。

有吉佐和子という強敵

第三回候補作には安岡伸好の『あお鳩の声』が選ばれ、『文學界』一九五五年一〇月号で発表された。石原慎太郎は一読して安心した。第四回候補作は有吉佐和子の『地唄』と決まり、翌年一月号に掲載され、これで候補作四篇が出そろった。有吉の筆力はだれの目にもあきらかで、慎太郎は「これは手強いぞ」と思った。芸術院会員であり無形文化財の盲目の大検校と三味線の娘との葛藤を描いた作品は、内容といいキメの細かい文体といい、やはり際立っていた。

しかし、本選で新人賞に選ばれたのは『太陽の季節』だった。うかつにも石原慎太郎は『文學界』一九五六年一月号に第四回候補作発表があっただけでなく、同じ号で新人賞決定の社告が載っていたのを見逃した。編集部も呑気なものですぐ本人に通知もせず、そのため慎太郎はしばらく悶々として過ごす羽目になった。

どうして有吉作品は落とされたのか。オーソドックスな見方をすれば、『太陽の季節』のインパクトに弾き飛ばされたということになろうが、有吉佐和子のほうに減点の要因があった。第四回候補作の選考における平野謙（文芸評論家）の発言がそれを示唆していた。実際は平野の誤解であったが、石原作品はいわば敵失に助けられたようなところがあった。有吉に運がなかった。

平野謙は以前に『地唄』と似た作品を読んだ覚えがあるといい、それは『盲目』という題で同人誌『新思潮』に載っていたと有吉作品に疑問を投げかけた。応募作は未発表が原則だ。肝心の同人誌が見当たらず、平野の記憶に頼った発言で議論はすすんだ。同じ内容なら論外だが、平野は『地唄』には『盲目』とはちがう部分もあったといい、討議の末、改作か書き足したものであれば構わないとなった。平野もためらった末、有吉作品を支持し、第四回候補作となった。

最終的な新人賞の選考は、同じ日に第四回候補作を決めたあとにつづけておこなわれた。『太陽の季節』と『地唄』。どっちにするかとなったとき、平野発言が尾を引いたのはあきらかだ。『地唄』と『盲目』の題材とシチュエーションは同じだったが、実際は続編であり、まったくべつの作品だった。しかし、そうとわかったのは最終選考後であり、有吉佐和子にとってはあとの祭りとなってしまった。

審査員の武田泰淳は選評で石原慎太郎に「あるいは小説家にならずに大実業家になるかもしれぬが、ともかく彼に新人賞を贈るのは当然極まると思う」（『文學界』一九五六年一月号）とエールを送った。武田は一度も会ったことのないこの新人が文学の世界に収まり切れないのを、その作品を読んだだけで直感したのである。

石原慎太郎は賞金五万円で自分の背広をつくったうえ、迷わず三種の神器の一つといわれていた電気洗濯機を購入した。父親の死後もしばらくいたお手伝いは去り、母親の負担はふえる一方だった。なかでも山のようにたまる洗濯物と格闘する母親の姿に心を痛めていた。ときには居候する弟の友だちの下着まで手洗いし、それは慎太郎にとって耐えられない光景だった。ピカピカの洗濯機が家に運ばれたとき、母親は涙を流して喜んだ。

ここで話はがらりと変わるが、それから六六年後の二〇二一（令和三）年に文學界新人賞を受賞したのは、三島由紀夫の愛読者で専門学校講師などをしていた三〇歳の九段理江だった。彼女は二年後に『東京都同情塔』で石原慎太郎同様、第一七〇回芥川賞を受賞した。慎太郎と九段を比べたとき、新人賞の賞金の使い方に時代の差があらわれている。時世がまったく異なるのだから、驚くこともないのだが、それでも彼女の芥川賞受賞者インタビューに目を見張った。九段は「三年前に『悪い音楽』で文學界新人賞を受賞したときに賞金五〇万円をいただいたので、三島由紀夫が三〇歳でボディビルを始めているのに倣って、ジムに全額つき込んで肉体改造をしようと」（『文藝春秋』二〇二四年三月号）と語っていた。昭和三〇年代初頭の湘南のモダン青年が賞金で電気洗濯機を買ったのに対して、令和の才媛のほうはジムで肉体改造。こういうのを隔世の感というのかと、その対照が印象に残った。

石原慎太郎と有吉佐和子はその後、文学仲間としてなんでも話せる間柄となった。互いに才能を認め合っていた二人はともに酒が好きで、東急の五島昇が共通の親友だった。父親の五島慶太もまた有吉と対談して以来、息子以上に有吉をひいきにしていた。あるとき、ナイトクラブで慎太郎と有吉は偶然出会い、ダンスを踊った。フロアで「私、ニンニクを食べてきたの」と彼女がいい、このひとことで作家同士の情事はなしで済んだと、のちに慎太郎は告白している。

第六章　「極楽トンボ」石原慎太郎の失敗と成功の就活余話

日活企画部員の眼力

一九五五（昭和三〇）年初夏、逗子の石原家に日活企画部の荒牧金光と名乗る人物から突然電話があった。文芸誌『文學界』（一九五五年七月号）に掲載された新人賞第一回候補作『太陽の季節』の映画化権について相談したいので来社いただけないかという。予期せざる吉報であった。映画化権といえば、原作料も半端な額ではない。石原慎太郎はダンスパーティーの企画などで交渉ごとに場慣れしている慶大生の弟と一緒に日活本社へ行くことになった。石原裕次郎の同行が正解であったのはあとでわかる。

約束の日、石原兄弟は東京・有楽町の日活本社へむかった。日比谷交差点の東側の角に建つ本社ビルは地上九階、地下四階建てで名称を日活国際会館といった。日活はいくつかホテルを経営し、このビルも大半はホテルや貸しオフィスとして活用されていた。五年後、石原裕次郎と北原三枝の華やかな結婚式はここでおこなわれており、この日を契機に兄弟にとってなにかと縁のある建物となった。

戦前、日活は皇居前に面した一等地にある四二九〇平方メートルの角地を四五〇万円で手に入れていた。一九五二（昭和二七）年四月、ここに日活ホテルがオープンしたときは、東洋一といわれた。日活の経営悪化でその後売却されて日比谷パークビルとなり、それも解体されて、現在は跡地にザ・ペニンシュラ東京が威容を誇っている。

日活国際会館は六階と七階が吹き抜けになっていて、広いホールでは結婚披露宴もひらかれていた。螺旋《らせん》階段をあがると七階にバーがあり、夏場には屋上がビアガーデンになった。石原裕次郎は兄よりもこのビルをよく知っていた。「いま九階建てなんて、どうってことはないけど、当時は銀座・日比谷界わいでただ一棟、日活ホテルだけがそびえていたんだ。このホテルが建った当時、僕はまだ高校生でね。ものめずらしさから、このビルを見に逗子からよくきたものだ」（『口伝　我が人生の辞』二九頁）と裕次郎は語っている。

日活企画部の広い応接間に通された石原兄弟は、洒落た調度品に目を奪われた。石原裕次郎は「こりゃ素晴らしい会社だなと、まず思った」という。荒牧金光ともう一人の企画部員が出てきて、湘南の学生二人を上の階のバーへ案内した。芥川賞はもちろん文學界新人賞もまだ決まっていない段階で、無名の若者の短編小説に目をつけたのは荒牧であった。文芸評論家の浅見淵が石原慎太郎の「第一発見者」なら、日活の荒牧企画部員は「第二発見者」といってよい。この新人賞候補作が映画化されていなかったら、石原兄弟があれほど脚光を浴びることはなかった。

そのうえ映画『太陽の季節』は、半ば倒産しかけていた日活をよみがえらせた。一企画部員の眼力が二人の昭和の寵児を生み、さらに日活と社員、その家族を救ったのだから功績は大きい。もっとも、それは成功したからいえるのであって、金鉱を掘り当てるのは、実際には至難の業《わざ》。無名の新人の作品であれ映画の原作料は安くないうえ、買い取ったとしてもかならずしも映画化されるわけでもなく、むしろドブに捨てられるほうが多かった。

「日活は金を使いすぎた。それも、文字通り湯水のごとくである。ベストセラー小説の映画化権を片っ端から買いまくった。その映画化権は他社の三倍、四倍の高額。にもかかわらず、実際に映画化された小説は五〇本に二、三本で、ほとんどがムダ金になっていた」と映画記者はいう（ナイロビ会『生きてるあいつ裕次郎』五四頁。ナイロビ会は在京各社の映画記者と石原裕次郎が年に二度、旧交をあたためていた会。アフリカのケニアなどにロケした映画『栄光への5000キロ』の現地取材に参加した記者たちだ）。

日活の企画担当者のなかには「映画化しなくてもいいんだ。うちが映画化権を持っていれば、他社はそれを映画化できないだろ。それを狙って買っているんだ」と半ば本気で漏らす者もいたと、先の映画記者はあかす。映画館の二本立て興行が始まると、原作の青田買いはさらに激化していった。とはいえ、荒牧金光は自分の勘を大切にした。文芸誌に掲載された新人賞候補作を一読して、これはいけると直感したから交渉に乗り出したのだ。その頃、日活は大映から引き抜いた南田洋子による性典ものを得意としていて、『太陽の季節』はその路線にフィットしていた。

日活の唯一の取り得はスピーディーな行動だった。一部員が「これはいける」と判断すれば、おおむね上司はゴーサインを出し、直ちに原作者との契約交渉へ入った。日活の場合、新人の原作料の相場は高くて二五万円。交渉が煮詰まってこの額が提示されたとき、若者にしてはなかなかのネゴシエーターであった石原裕次郎が「じつは、大映からも話がありまして」と兄も知らない話をいきなり持ち出した。これが効いて、結局、日活は三〇万円を提示し、話し合いは終わった。相場より五万円の上積みは大きく、いってみれば裕次郎はとっさのアドリブで過去の散財の幾分かを取り戻したのであった。

土壇場で水の江滝子に拾われた企画案

小説『太陽の季節』の映画化権を得た日活企画部員の荒牧金光は、さっそくプロデューサーたちに意見を求めた。「よし、私がやろう」と手をあげるプロデューサーがいて、初めて原作料も無駄にならずに済むのだ。日活のプロデューサーはほとんど他社からの引き抜きで、彼等はいわゆる契約プロデューサーとして監督や俳優を連れて移籍していた。担当プロデューサーが決まれば、そのもとで監督や脚本家、主演者などの人選がすすめられ、その間、プロデューサー会で意見の交換もおこなわれた。最終的には製作担当役員や社長の決済を経てクランクインとなる。

ところが、荒牧金光の提示した企画案はつぎつぎとプロデューサーたちにそっぽをむかれた。

荒牧らは石原作品を『不良少年』というタイトルで提案していた。もうあとがないところで、拾ってくれたのは小樽出身のあの男装の麗人、その頃は契約プロデューサー稼業ではまだ新米の水の江滝子だった。

水の江滝子はこの企画案を真っ先に助監督の中平康《こう》へ伝えた。松竹から日活へ移籍して間もなかった二九歳の中平は監督デビューのための作品を探していた。東京大学で美学を学んだ彼は一八八倍の競争率を突破して松竹の助監督となった。八人の同期生のなかに松山善三がいた。松竹には監督への昇格を目指して黙々とアシスタントに徹する助監督が六〇人もいて、中平は待ちきれず日活に新天地を求めたのであった。水の江は中平と相談して、まず『不良少年』を原題の『太陽の季節』へ戻し、映画化へ社内の根まわしに動いた。しかし、反応は芳しくなかった。それでも彼女はあきらめず、企画案をしっかりと抱きしめていた。

「待てば海路の日和《ひより》あり」というけれど、新米プロデューサーにさしたる展望があったわけでもない。強いて希望の光を探せば、翌一九五六年早々から邦画六社は一斉に二本立て上映を開始することになっていて、映画関係者それぞれに出番の余地がいくらか広がろうとしていた。

多額の原稿料は得たけれど

水の江滝子プロデューサーが日活で宙ぶらりん状態の頃、就職活動の季節を迎えた石原慎太郎も似たようなところがあった。就職活動が就活と短縮されようと、昔もいまも学生の真剣度に変わりはあるまい。にもかかわらず、慎太郎にそれが欠けていた。文芸誌の新人賞候補作に選ばれて以来、もしかしたら自分は作家になれるかもしれない、いやそれはとても無理だろうと、是と否の間を行きつ戻りつ悶々としていた。同級生が会社まわりをしているのに、みずからを「極楽トンボ」という慎太郎は就活もせずにのほほんとしていた。

できればサラリーマンにはなりたくない、それが石原慎太郎の本音であった。「流行作家はすごいな」というのは、伊藤整邸へ無心に行った際、新築の豪邸と夫人の割烹着のポケットをふくらませていた千円札の束を見て感じた。ただ、そのときは雲の上のこととしか思えなかった。作家への願望は文芸評論家らから予想外の評価を得て高まったうえ、新人賞予備選突破で三万円という原稿料をもらって一層強まった。

たかだか数日で書きあげた短編が、大卒初任給の三倍の収入をもたらした。作家で成功すれば高収入を得られるというのは、これから否応なく一家を支えなければならない若き家長にとって魅力がありすぎた。しかし、本当に自分には才能があるのか。途中で挫折した場合のリスクも大きかった。あれこれ悩んだ末、とにかく書いて出版社へ送ってみよう、というのが石原慎太郎の結論だった。

大学の寮を引き払い逗子へ戻った彼は、原稿用紙を買い込んだ。真剣な表情で机にむかう石原慎太郎の姿を、今度は母親も弟も目にした。四苦八苦しながら書きあげた短編は、大学の柔道部で実際に起きた事故を題材にした。小説ではサッカー部に変えて、練習中にあやまって相手を死に至らしめたサッカー選手が、死んだ学生の恋人から憎悪の目にさらされるという筋。

原稿は『文學界』編集部へ送られ、編集者から徹底的なチェックを受けたのち、九月号に「冷たい顔」と題されて掲載された。評価はまずまずだった。文芸評論家の山本健吉からは「前作にあまり共感を感じなかった私も、この作品には将来の方向への予感もあって、かなり好感を持った」(『文學界』一九五五年一〇月号)と評された。また、文芸評論家の十返《とがえり》肇《はじめ》は「第二作『冷たい顔』は多くの人々を失望させた」としながらも、「その感覚には若い人たちを共感せしめるものを、たしかにもっていたことは認めなければならない」(『文學界』一九五五年一二月号)と将来性を認めた。

著名な文芸評論家から期待され、有頂天になった石原慎太郎は机にしがみついて書き飛ばした。悪筆の原稿を達筆の弟が清書し、兄からいくばくかの小遣い銭をせしめた。たっぷりと原稿料が入ると思い、弟のいいなりにはずんでいたが、それは甘い考えであった。苦心して書きあげた原稿が『文學界』編集部から採用されなくなった。「二度目、三度目の原稿がなかなか編集子の満足を買わず戻されたり書き直されたりしながら、不安と焦燥の入り混じった何か月かを過ごした」(『文藝春秋』一九五七年八月号)という慎太郎の告白が当時の苦しい心境を伝えている。

持ち込み原稿が立てつづけにボツとなって、石原慎太郎は振り出しに戻って自分の将来を考えざるを得なくなった。すでに就職活動で他の学生と比べずっと出遅れていた。どこも駄目なら埼玉銀行へ入ろうとも考えた。埼銀が浮かんだのは、逗子にある瀟洒《しょうしゃ》な行員寮を見慣れていたので親近感があった。会社選びといってもその程度の発想で、作家への夢がどんどん遠のくなかで将来の展望もひらけないままキャンパスをうろうろしていた。

兄も弟も日活入りに失敗

いってみれば迷える羊のような石原慎太郎に明確な形で進路を教示したのは、またしても一橋大学の級友、西村潔だった。久しぶりに会った西村もまだ就職先は決まっていなかった。しかし堅実な彼はちゃんとした目標を定めていた。「映画監督を目指すつもりだ」という西村の決然とした口調に、慎太郎は目が覚める思いだった。自分も弟も熱心な映画ファンだったうえ、学生の身でありながらすでに自作を日活に買い取られていた。にもかかわらず映画界に職を求めるという発想はまったくなく、西村の話になるほどそういう選択もあったのかと教えられた。

「一緒に東宝の助監督試験を受けよう」と誘われて頷いた石原慎太郎は、西村潔と別れたあと、自分は日活に縁があるのを思い出した。新聞社や映画会社は一般企業より入社試験が遅く、入社試験は同じ日というケースが多かった。さいわい日活は一足早く筆記試験を実施するので、東宝とはダブっていなかった。

石原慎太郎はさっそく日活本社へ行き、顔見知りとなった企画部の荒牧金光に会った。ヒラ社員になんの力もないのはわかっていたが、なにか有益なアドバイスが聞けると思った。前回とは立場がまるっきり逆転し、洒落たバーへ案内されるはずもなかった。荒牧は「助監督の給料は安く、監督になるまでの苦労は並大抵ではないので、やめたほうがよい」といった。

期待に反したアドバイスに石原慎太郎は落胆した。だが、日活へ願書を出すことと、もう一つ、弟をニューフェイス候補として荒牧金光に売り込んだ。本音としては、自分のこともさることながら弟の身の振り方も切実な問題であった。高校時代と比べれば、ずいぶんおとなしくなったとはいえ、慶応を中退して船員になるといってみたり、いきなり貯金を三等分して分けてくれといい出したり、相変わらず自分本位なところがあった。

石原慎太郎は西村潔から映画界という就職先を示された際、日活本社で見せた弟の目の輝きに思い至った。弟が映画会社に関心を示していたのに気づいた兄は、こうして即座に動いたのだが、慎太郎の勘は当たっていた。日活のニューフェイスに応募してみないか、先方には話しているという兄の提案に石原裕次郎は反対しなかった。荒牧金光からも「それならカメラテストをやりましょう」と返事があった。しかし兄弟の期待に反して、名和宏というデビュー寸前の新人と似ているとか、背が高すぎるといった理由で弟は不合格となった。日活はやがて自社の経営危機を救うことになる金の卵を、一度はつれなく袖にしたのである。

今度は兄がテストされる番だった。筆記試験をパスし、日活本社の面接に臨んだ石原慎太郎を重役がずらりと並んで待ち構え、真ん中に社長の堀久作がいた。戦前の堀は実業家の松方乙《おと》彦《ひこ》（元勲・松方正義の七男）の側近で、山王ホテルの経営に参画していた。松方が請われて経営危機の日活社長になったとき、堀も役員として再建に当たった。「漫画のオバＱみたいな顔をした」と慎太郎がいう異相の堀は、どちらかといえば映画よりホテル経営に関心のあるワンマン経営者だった。

石原慎太郎が椅子に座ると堀久作は開口一番、「お前の専攻は法律だったな。それなら聞くがね」といった。「お前」といわれても就活中の学生なら人生を左右する大事な場でもあり、さてなにを聞かれるかと、身構えるのがふつうだ。しかし、慎太郎はふつうではなかった。途端にカチンときてオバQに食ってかかった。


「お前とはなんですか。私はまだ日活の社員ではありません」

「なんと呼んだらいいのか」

「君とかあなたとか。それに私はたしかに法学部へ入りましたが、途中で社会学部へ転部し、社会心理学を専攻しました。聞くならそっちのほうでお願いします」

「それなら聞くが、君、いま世界にいくつ国があると思うね」

「七七かな、いや八八、いやいや九九でしたね」

「君、どこまでつりあげるんだ。もう帰っていい」（『わが人生の時の人々』二三四〜二三六頁。会話の部分を抜粋した）

在室わずか二、三分で石原慎太郎は追い出された。面接時間の最短記録というのがあれば、おそらくベストテン入りであろう。驚いたのは部屋の外にいた人事部の担当者で、「なにか忘れものですか」とたずねた。意地っ張りの一橋大生はどう返事をしたのか。「いいえ、追い出されました」とはいわなかったと思うが、その場で不合格と観念したはずだ。このように石原兄弟はそろって日活入りに失敗しながら、やがて日活の救世主となるのだから、これこそ神のみぞ知るのどんでん返しといえよう。

石原慎太郎を救った伊藤整の推薦状

日活で失敗した石原慎太郎にとって東宝の助監督採用試験は剣が峰となった。東宝へ願書を出す前、西村潔が「伊藤整先輩のところへ一緒に行って、推薦文をお願いしよう」といった。西村は伊藤が東宝の首脳部とごく親密な関係にあるのを次男の伊藤礼から聞いていた。だが、慎太郎は知らなかった。それにしても西村の態度は清々しい。同じ会社を受ける慎太郎はライバルの一人であり、推薦を受けるのは西村一人のほうが伊藤も書きやすいし、彼自身にとっても東宝への強いアピールとなる。慎太郎が逆の立場だったら、どうしたのだろう。

先輩の威光にすがるため石原慎太郎と西村潔は久我山の伊藤整邸をおとずれ、伊藤もすぐに応じた。彼等の想定外は、一枚の紙に二人の名前を並べて書いて推薦文としたことだ。宛て先は東宝の製作担当常務、藤本真澄《さねずみ》となっていた。これではせっかくのお墨付きも効果半減のように慎太郎には思えたが、それは認識不足で当時の映画界における伊藤の存在感からすれば、この推薦状はそれなりの重みを持っていた。

一九五〇年代において伊藤整はベストセラーを連発する当代きっての売れっ子作家であった。伊藤作品はつぎつぎと映画化され、邦画各社はその映画化権を求めてしのぎを削っていた。

東宝の製作部門を牛耳る藤本真澄にすれば、伊藤の変則的な推薦状といえども、軽々しくは扱えなかった。ただし第一次の筆記試験をパスしないと、強力な推薦状も紙くずとなった。

一九五五（昭和三〇）年の雨が降る秋、石原慎太郎や西村潔ら東宝の助監督採用の第一次試験を通過した学生が港区芝公園の中央労働委員会の一室に集まった。労使関係の調整をおこなう中労委会館が第二次試験の会場になったのは、人事担当の専務である馬淵威雄が中労委の出身だったからである。中労委の第一部長兼第二部長として辣腕《らつわん》を振るった馬淵は、労働争議の頻発する東宝からスカウトされていた。

午前中、受験者は一つの題を示され、映画用のシノプシス（粗すじ）を書かされた。直前、優秀な答案があれば、映画化するという上層部の意向が伝えられ、試験会場がざわめいた。制限時間となって、ペーパーは回収された。昼食後、提出したシノプシスは受験者に戻され、藤本真澄ら重役陣の前で一人一人が自分のシノプシスを読みあげた。このときの石原慎太郎の様子が翌年二月、週刊誌で報じられた（『週刊朝日』一九五六年二月一九日号）。

〈入社試験の面接がいかにも彼らしい。「紺の背広」という題で短い筋書きを書かせ、みんなの前で読ませるのだが、彼は途中でつかえ、尻切れトンボになってしまった。試験員が「どうもまずいじゃないか」というと、「は、我ながら愚劣な筋だと思います」と答える。読みながらつかえるとはおかしい、というわけで答案を見てみると、いましがた読んだはずの筋書きは途中までしか書いてない。彼はつづきをつくりながら読んでいたのだった。とんだ勧進帳である。ある試験員は「君は危険だ、じつに危険だ」と顔を真っ青にさせて興奮したそうだが、結局、

合格となった〉

石原慎太郎によれば、「紺の背広」ではなく「青い背広」だったというが、どちらであれサラリーマン映画を得意とした東宝らしいテーマだった。アウトロー好みの慎太郎には苦手なテーマで、苦し紛れにサラリーマンが銀行強盗事件に巻き込まれる筋にした。主人公は殺され、青い背広が赤い血に染まると。だが、たちまち時間が経って、不本意なストーリーのまま提出せざるを得なかった。そこで昼休みに考えた内容を、重役陣の前では勧進帳のように空読みしたのである。さいわい慎太郎と西村潔は合格となった。

一九五五年暮れから正月にかけて、石原慎太郎は見習い社員として横浜の東宝系映画館で入場券の半券をもぎ取る、いわゆるモギリを体験した。上映していたのは、朝鮮戦争で出撃した空軍パイロットの半生を描いたアメリカ映画『マッコーネル物語』（ゴードン・ダグラス監督）。客席はアメリカ兵が多かった。単調な仕事のなかでアメリカ人の大半から「サンキュー」といわれたときはジーンとして嬉しかったという。日本人で礼をいうのは五〇人に一人程度で、それだけに余計アメリカ人の感謝を自然にあらわす態度に感心した。以来、慎太郎は映画館や劇場へ入るとき、半券をちぎってくれる係員にかならず「どうもありがとう」というのを忘れなかった。

石原慎太郎はモギリの現場で人間観察につとめたが、作業の単調さにうんざりもしていた。とはいえ、東宝から内定をもらった安心感は大きかった。もし不合格となっていたら、暗澹《あんたん》たる日々を送る羽目になっていたと思う。というのは、「彼女を強引に誘って横浜の外れのラブホテルに行って出てきたところを、彼女の親戚の誰かに見られて事が発覚してしまった」(『「私」という男の生涯』一〇二頁)からだ。

石田典子の祖母から「別れるか、それとも結婚するか」と迫られ、石原慎太郎は「結婚します」と答えて許してもらっていた。まだ就職浪人なら、彼女の祖母が結婚ということばを口にしたかどうか。就職のあてもない学生とは、もう金輪際会ってはならないとまだ高校生の孫娘を強く戒めたのではあるまいか。「いま思うと、無鉄砲というか無責任というか、卒業前に一応東宝の助監督の試験に合格はしていたが、その先彼女に対してどんな責任が持てたものか危ういというか無謀きわまる話としかいいようもない」(同一〇三頁)と本人も最晩年に振り返った。慎太郎は何度となく、はらはらするような人生を歩んでいたのであった。

杞憂に過ぎなかった佐藤春夫の懸念

石原兄弟の運命が大きく変わる一九五六(昭和三一)年は、一月一日未明に新潟県の彌彦神社で初詣客が餅まきに殺到し、一二四人が圧死するという痛ましい事故で始まった。それでも二六日、北イタリアでひらかれた第七回冬季オリンピックの回転で猪谷千春が日本初の銀メダルに輝き、国内に歓喜をもたらした。第三四回芥川賞(昭和三〇年度下半期)選考会が築地の料亭「新喜楽」でひらかれたのはその三日前の二三日だった。

選考委員は石川達三、井上靖、宇野浩二、川端康成、瀧井孝作、佐藤春夫、中村光夫、丹羽

文雄、舟橋聖一の九人。このうち中村は初参加だった。選考委員会に諮《はか》られる作品は、前年の七月号から一二月号まで文芸誌などに載った七五篇から文藝春秋新社（当時の社名。一九六六年から現在の文藝春秋に）の編集者らによって絞られていた（現在も芥川賞、直木賞、菊池寛賞、大宅壮一ノンフィクション賞、松本清張賞を主宰するのは日本文学振興会だが、実質的には文藝春秋の運営による。芥川、直木両賞は同日の選考）。

その結果、選ばれた候補作は『太陽の季節』のほかに小島直記『人間勘定』（『幹』一二月号）、佐竹芳之『残夢』（『九州作家』八月号）、中野繁雄『暗い驟雨』（『文學者』一二月号）、原誠『春雷』（『作家』一二月号）、藤枝静男『痩我慢の説』（『近代文學』一一月号）の合わせて六篇だった。

このなかで石原慎太郎の強敵は藤枝静男だった。眼科医の藤枝は優れた筆力の持ち主で、のちに異なる作品で芸術選奨文部大臣賞（一九六八年）、平林たい子賞（一九七四年）、谷崎潤一郎賞（一九七六年）、野間文芸賞（一九七九年）をつぎつぎと受賞していった。選考委員の一人、瀧井孝作は藤枝の師匠でその影響を受けていた。

一月二三日の夜、選考委員会は六篇を三篇に絞り、『太陽の季節』、『痩我慢の説』、『春雷』がさしたる異論もなく残った。三篇から『春雷』がはずされる際もスムーズに進行していた選考委員会が次第に異様な雰囲気になった。宇野浩二は「賞を決めるのに、係りの人が当惑するほど、もやもやした議論がおこった。『太陽の季節』についてである」（『文藝春秋』一九五六年三月号）と選考会場の雰囲気をあかした。芥川賞選考委員会の司会は昔もいまも『文藝春秋』編集長の役目である。海千山千のベテラン編集者が戸惑うくらいだから、文壇の大御所の間で感情的なやりとりもあったのだろう。

宇野浩二によれば、『太陽の季節』を積極的に推したのは舟橋聖一、石川達三の二人。強弱はあるが、瀧井孝作、川端康成、中村光夫、井上靖の四人も支持。反対は佐藤春夫、丹羽文雄、宇野の三人だったという。司会者が多数決で『太陽の季節』に軍配をあげて、ようやく散会となった。

舟橋聖一は〈若い石原が、世間を恐れず、素直に生き生きと、「快楽」に対決し、その実感を用捨なく描きあげた肯定的積極感が好きだ。また彼の描く「快楽」は、戦後の「無頼」とは、異質のものだ。道徳派の人たちにいわせると「快楽」はいつも金銭の力で達しられるものと、決めてかかっているらしいが、これは大きなミスである〉と選評で書いた。

佐藤春夫は〈僕にとって何の取柄もない『太陽の季節』を人々が当選させるという多数決に対して、僕にはそれに反対する多くの理由はあってもこれを阻止する権限も能力もない。僕はまたしても小谷剛を世に送るのかとその経過を傍観しながらも、これに感心したとあっては恥ずかしいから僕は選者でもこの当選には連帯責任は負わないよと念を押し宣言して置いた〉と評した。

小谷剛とは、産婦人科医で作家。戦後復活した芥川賞の最初の受賞者だった。だが、芥川賞受賞作品『確証』も著者も忘れられた存在だ。佐藤春夫が小谷の名前をあげたのは、石原慎太郎も『太陽の季節』もそのうちに忘れられるのではないか。将来性のない作家を選ぶのはもうよそう、という意味だったのか。そうなら佐藤の懸念は、まったくの杞憂に過ぎなかった。

芥川賞選考会から四二年後の『文藝春秋』一九九八年三月号は、前年の一二月号でおこなった読者アンケート「思い出に残る芥川賞作品」の結果を発表している（総投票数八一二二票）。読者が選んだベストテンはつぎの通りだった。

一位、『太陽の季節』（昭和三〇年下期、石原慎太郎）八九一票
二位、『忍ぶ川』（昭和三五年下期、三浦哲郎）五七七票
三位、『月山』（昭和四八年下期、森敦）四八六票
四位、『或る「小倉日記」伝』（昭和二七年下期、松本清張）四八三票
五位、『蒼氓』（昭和一〇年上期、石川達三）三九五票
六位、『蛍川』（昭和五二年下期、宮本輝）三三九票
七位、『エーゲ海に捧ぐ』（昭和五二年上期、池田満寿夫）二九一票
八位、『されどわれらが日々』（昭和三九年上期、柴田翔）二八九票
九位、『闘牛』（昭和二四年下期、井上靖）二五九票
一〇位、『限りなく透明に近いブルー』（昭和五一年上期、村上龍）二五〇票

このように『太陽の季節』は芥川賞のなかで圧倒的な存在感を示し、石原慎太郎自身も佐藤春夫をはるかにしのぐロングセラーを連発する作家になった。どの業界も似たり寄ったりだが、文壇も文芸誌の編集者を含めて人間関係が濃密であったり、政界ほどではないにしても派閥め

いたものもあったりし、反目して口もきかなかったり、なかなか複雑であった。

芥川賞選考委員会のもやもやは長く尾を引き、それが直接の動機ではないにしろ、大学の先輩でもあった佐藤を尊敬する文芸誌『群像』(講談社)の編集長、大久保房男は決して石原慎太郎に原稿を頼まなかった。高見順の家で大久保と口論し殴ったと慎太郎は述べており、それも原因の一つかもしれないが、徹底していたのは歴代編集長も敬遠しつづけたことだ。慎太郎の対談や連載が初めて『群像』に掲載されたのは、慎太郎が八六歳の最晩年になってからだった。

「兄貴、よくやった」と藤棚に半紙

石原慎太郎は都内で芥川賞受賞決定の第一報を受け取った。現在なら直木賞も含め候補者たちは担当編集者らに囲まれて結果を待ち、決定すればＮＨＫはニュースで速報し、当選者らは文壇バーなどへ繰り出すといった具合に両賞の発表自体が社会現象化や祝祭化しているが、その頃は華々しさとは無縁だった。慎太郎はしばしば「私は芥川賞で有名になったのではない。私が芥川賞を有名にした」と述べたが、半分は当たっていた。

都内某所で静かに連絡を待っていた石原慎太郎は自信たっぷりであった。しかし、午後八時になっても連絡がない。「雪の夜、八時半を過ぎた時計を眺めながら、もう決定した筈だと思うと、急に訳もなく受賞に百%自信が持たれたり、次の瞬間全然見込みなく思えて甚だ自分が情けなかった」(『文藝春秋』一九五六年三月号)と慎太郎はいらいらした気持ちを述べている。

直木賞は新田次郎と邱永漢の二人が選ばれた。新田の次男、数学者でエッセイストの藤原正彦が小学六年生のときで、のちに当夜の様子を随筆に書いた（『文藝春秋』二〇二二年四月号）。新田はペンネームで本名は藤原寛人、妻は作家の藤原てい、直木賞受賞作は『強力伝』だった。正彦によると、藤原家に電話がなく、雪がしんしんと降る夜、ゴム長をはいた二軒先の女子短大生が「お電話ですよ」と呼びにきた。正彦がつづける。

〈丹前姿の父は書斎から飛び出て無言のまま下駄をひっかけると、二〇センチ近い積雪の中に飛び出した。母が私に「今日、築地の新喜楽で直木賞の選考委員会があるのよ」と小声で言った。五分ほどして帰った父は「直木賞とった」と堅い表情を崩さないまま言った。母も「よかったわね」と一瞬頬をほころばせたきり、キッと口元を引き締めていた。何か大変なことが起きたらしい、と私は思った〉

石原裕次郎は母親と家にいて、兄より先に共同通信記者から知らされた。文句なしの快挙と聞いて、裕次郎は半紙に墨痕鮮やかに「兄貴、よくやった」としたためた。その半紙を玄関横の藤棚に、暗がりでも目につくよう丁寧にくくりつけた。夜道を急いで帰宅した石原慎太郎は家の前ですぐに気づき、途端に胸が熱くなった。母親と慎太郎は「手を取り合って泣いていた。まったく劇的なシーンだった」（『わが青春物語』二八頁）と裕次郎は書いている。石原光子にすれば、上の息子の芥川賞受賞は、起死回生の逆転ホームランに等しかった。夫の死後、下の息子の放蕩に苦しめられたが、歯を食いしばって切り抜けたおかげで一家揃って夜に届いた朗報を祝うことができたのであった。

第七章　花嫁を置き去りにした芥川賞作家と破天荒な新人俳優

修羅場の結婚前夜と泣き虫の幼な妻

一九五六（昭和三一）年一月三〇日、石原慎太郎は一八歳になったばかりの石田典子と簡素な結婚式をあげた。「もはや戦後ではない」（『文藝春秋』同年二月号）という中野好夫の論文が発表されていた。時代の変わり目を象徴することばとしてこの年の経済白書でも使われた。若いカップルもまたその節目に一歩踏み出したのであった。

二人とも卒業前に式をあげたのは、石田典子の祖母が日取りの吉凶を調べ、「申年《さる》は去るというから節がわりの二月四日より前に」といったからという（『文藝春秋』二〇〇七年六月号）。典子はまた「もし先に芥川賞をもらって華やかな外の世界を見ていたら、私とは結婚しなかったかもしれません」とも述べている。結婚式は双方身内ばかりで石原慎太郎の異母兄、小河広祐も出た。神戸の大学を卒業した広祐は亡父と同じ海運業界に入り、その後、東京支店に異動となって、異母弟たちの家に寄宿していた。

当日、石原慎太郎の芥川賞受賞と結婚という二重の慶事にもかかわらず、石原家の人々は寝不足で一様に目を腫らしていた。弟に至っては右腕を包帯で巻いて胸の前に吊った痛々しい姿であった。新婦側はまさか新郎の家で前夜にてんやわんやの大騒ぎがあったとは、想像もつかなかったであろう。

前日の夕刻、石原家の三兄弟は酒盛りを始めた。料理を出し終えたところで母親も加わって和気あいあいの雰囲気だったが、末弟の酒量が増すにつれ、いうことが刺々しくなって、「兄貴はまだ学生じゃないか。結婚なんて早すぎる」と難癖をつけた。石原裕次郎が反対した理由は、兄の婚約者の家に対するわだかまりもあったのだろう。持病を抱えた父親はその回復を世界救世教の心霊療法に頼ったが、現代医学の進歩を信じる裕次郎にはとても好ましい姿とは思えなかった。だが、そこまでは口にしなかった。

石原慎太郎のほうも学友から「結婚しないで同棲しろ。そのほうが文学的だ」（『週刊朝日』一九五六年二月一九日号）といわれたばかりであった。そのときは笑い飛ばして聞き流したが、今度は身内からのいいがかりである。我慢がならず反発したが、弟は「俺は絶対反対だ！」と叫び、いきなり右手でコップを叩き割った。右手を血だらけにした石原裕次郎は病院に運び込まれ、五針も縫う羽目になった。

華燭《かしょく》の式を待つ石田典子にも想定外のことがあって、気を重くしていた。それは運悪く芥川賞授賞式がハネムーンとダブってしまったことだった。新婚旅行の行き先は石原慎太郎によれば熱海、典子は湯河原と二人の記憶は異なるが、どっちにしても東京からそう遠くない。当初、慎太郎は新婚旅行を優先するつもりであったが、文学仲間から授賞式は是非とも出席したほうがよいといわれ、旅行先から東京の会場へ駆けつけ、終わったらすぐ旅館へ戻ることになった。

芥川賞と直木賞の授賞式は銀座電通通りの文藝春秋新社でおこなわれ、直木賞選考委員の吉川英治、村上元三、永井龍男が出席した。偶然かわけありか、芥川賞選考委員は全員欠席であった。芥川賞の賞金は一〇万円で副賞がロンジンの時計だった。一九四九（昭和二四）年に受賞した由起しげ子のときはオメガの金時計で、一日に三〇分も遅れる欠陥製品だった。それでも「芥川賞の時計を質屋は高く評価し、二〇〇〇〇円も貸してくれた」（『文學界』一九六〇年九月号）という。

授賞式と祝いの席が終了したら銀座から駆け足で目と鼻の先の新橋駅へ急ぎ、時刻表で確認した東海道線に乗れば全然問題はなかった。そうしたいが、そうできないのが、この青年の性分であった。結婚一年を振り返った雑誌への寄稿に「帰りにあちこち引掛かって遅くなり、熱海へ帰り着いたのが夜の九時だった。新婚二日目の新妻を放り出して今頃帰るとは、心得がなさすぎると、宿の女中に真顔で叱られた」（『文藝春秋』一九五七年八月号）と石原慎太郎は書いた。読者から顰蹙《ひんしゅく》を買うのを懸念して午後九時にしたのだろう。いくら幼妻《おさなづま》でも東京での用件がわかっているのだから「夜の九時」の帰還なら許容範囲だ。実際は限りなく深夜に近かった。

「夜遅くなってもなかなか帰って来てはくれません。私はなすこともなく、独りポツネンと夫になったばかりの人を待っていました。人気のない旅館の離れは、波の音ばかりが聞こえます。急に恐ろしいほどの寂しさが私におそいかかりました。心細さに涙がボロボロと頬を落ちるのを拭うこともできずに、私は入り口の石段の隅にふるえて座っていました」(『妻がシルクロードを夢みるとき』五八頁）と石原典子は回想している。

翌日の午後、二人は散歩に出た。途中で彼女は「靴下がずれたから待って下さい」といって立ち止まった。彼はぶらぶらと二〇メートルくらい歩いてから足を止めて待っていたとき、ふいに恐怖感に襲われたという。一〇年後、石原慎太郎は三島由紀夫との対談で新婚三日目に感じた、妻にはとてもいえない心境を漏らした（『婦人画報』一九六六年四月号）。

石原　そばにはだれもいなかった。靴下を直して女房がトコトコとかけて追っかけてきたとき、僕は立ちすくんだな。ゾッとして……。俺はこの女と――それは好き嫌いとか、他にいい女がいるということでなく――つまり一生この女と結びつけられたのか、そういう自縛感、怖さがあったなあ。

三島　なるほどね、よくわかるよ。

石原　男の結婚生活で一番底にあるものがそれだと思うな。

公開の場で、いわなくてもいいことをいってしまう。これだから誤解されてしまうのだが、本来、石原慎太郎はまっとうな結婚観の持ち主であった。結婚は信仰と同じという。後年、結婚披露宴では哲学者ベルグソンのことばを借りながら、「神を信仰しても、神の声を実際に聞くことはないが、それでも多くの人は神を信じている。結婚も多数の男女のなかからたった一人を選び、相手の欠点が見えても生涯連れ添う。そして信仰と同じように結婚によって有形無形の配当を受けることができる」というのがスピーチの定番であった。

途端に売れっ子となった大学生と、まだ女子高生気分の新妻の新婚生活は危なっかしいものであった。姑からは「慎太郎についていくには、駆け足じゃなきゃ間に合わないわよ」といわれるし、なにを考えているのかわからない年上の義弟の目も気になったであろう。彼女は夫の帰りが遅くなると泣いた。そんな兄嫁を見て「兄貴、浮気でもしてバレてみろ。死んじまうぜ」(『文藝春秋』一九五七年八月号)と弟は心配した。

結局、石原典子を落ち着かせたのは、やはり時間の経過だった。二、三か月も経つと作家の妻として多忙な身となったうえ、ようやく生活のペースに慣れてきた。「子どもは、最低四人は欲しい。そしていつか余裕ができたときには、大学へ行かせてあげる」と夫は約束した。これが何度も折れそうになった典子の心を支えた。のちに彼女は長男、次男、三男、四男を産み、末っ子の子育てが一段落したあと、約束通り慶応大学法学部で学ぶことになる。

一九五六年三月、一橋大学を卒業した石原慎太郎は四月、東宝に入社した。とはいえ、時代の寵児となった若者が会社つとめなどできる状態ではなかった。芥川賞受賞以後、原稿や講演の依頼がつぎつぎとあって忙殺されていた。結局、形だけ一日出社し、その後は企画部嘱託(実質的には藤本真澄の企画ブレーン)という自由な立場で東宝の禄をはむことになった。活動領域も一挙に拡大した。同じ月、三笠書房より戸川雄次郎(のちに菊村到のペンネーム)らと『文芸手

『帖』を創刊する一方、連載の執筆や講演のほかに脚本や作詞作曲、映画出演や監督など八面六臂《び》の活躍で席の温まる暇《いとま》もないほどであった。

フランスの詩人ヴェルレーヌの「選ばれたる者の恍惚と不安、この二つ我にあり」と似た心境になったのか、石原慎太郎は五月、師弟対談で「そろそろ自分の満足のゆくような仕事をしたいです」と口にした。それに対して伊藤整はこうアドバイスした（『週刊サンケイ』一九五六年五月六日号）。

伊藤　注文が多いときにはどんなわがままをしても、いいんだ。むこうのツボをはずして全然面白くもなにもないような原稿でも、渡しさえすればいいんです。ジャーナリズムも面白がらない、読者も面白がらない。ただ同業者から見ていい仕事をしてるなというような、仕事をしていればいいんだ。ほんとにわがままができるんだからやることですよ。

石原　いや、とんでもない。

伊藤　またわがままをしなければ、自分を駄目にしますよ。僕なんか、現に家に電話をつけないでしょう。あんまり人にも会わないんです。常に威張った形になってるけど、それは僕の二、三年の経験で威張らなければ、こっちが駄目になっちゃうから……。

いったんブームに乗れば、伊藤整のいう通り大抵のわがままは許された。「頼まれた仕事は、決してことわらない」と、立派なことをいう著名人をいまも見かける。自分の人生哲学のつもりなのだろうが、まことの売れっ子はまちがっても口にしないセリフである。そもそも超多忙の身になれば、すべてに応じるのは肉体的にも不可能であり、そこはドライな石原慎太郎だけに殺到する注文から好みのままに選び、飛んだり跳ねたりしながらもこなしていった。

銀行預金は見る見るうちに増え、近寄ってきた証券営業マンとも付き合いが始まった。恩師から家はあとからでよいとアドバイスされていたが、六月には料亭経営者が住んでいた隣家を買い取った。二三一平方メートル（約七〇坪）の数寄屋づくりの洒落た家であった。

石原典子によれば、「歌舞伎門をくぐり抜けると玉砂利の敷きつめられた道が玄関につづき、両側は緑のコケが生え、石灯籠にハギの花がしだれかかっているような和風の家」（『妻がシルクロードを夢みるとき』一七六頁）だった。想像もしなかったほど短期間で二人だけのマイホームに移った典子は、もう泣き虫の妻ではなくなっていた。一九五七（昭和三二）年四月一九日に生まれた長男の伸晃はこの家で九歳まで育った。

映画館の前に障子が立った頃

石原慎太郎は前述のように「私が芥川賞を有名にした」と広言したが、昭和三〇年代初めのメディアはなぜ彼を大々的に取りあげたかといえば、最大の要因はやはり映画の影響が一番だった。小説『太陽の季節』を超える磁力で、映画『太陽の季節』が慎太郎を、ひいては石原裕次郎をヒノキ舞台に立たせた。

そうはいっても、芥川賞受賞は決定的に重要であり、加えて人間の魅力で映画なしでも彼は有名人になっていたと思う。申し分のないほど条件がそろっていた。青白い文学青年のイメージがまったくなく、東大や早慶より一橋のほうが新鮮だった。サッカーや柔道の体育会系にして容姿端麗。作品も反モラル。反モラルというのは、反権力とともに主要メディアの嗜好に合った。さらにメディアを含む権力層に対して、トゲのある表現をさらっと口にするしたたかさも持ち合わせていた。

半面、素直なところもあった。石原慎太郎ブームの火付け役の一人は評論家の大宅壮一であったが、雑誌の座談会で大宅から本の売れ具合や収入まで聞かれた。こういう質問には「いやあ、たいしたことはありません」と適当にはぐらかすのがふつうだが、慎太郎は素直に応じた(『週刊東京』一九五六年五月五日号)。

大宅　『太陽の季節』はすでに喫茶店の名前にまでなっているし、「太陽青年」とか「太陽族」とかいう新語まで生まれている。映画にもなり、単行本はベストセラーになっているが、いくらくらい売れた？

石原　七万五〇〇〇くらいです。

大宅　映画は？

石原　三つです。一つは僕がシナリオを書く予定です。

大宅　全部でもう五〇〇万円以上入った？

石原 まだ、そこまではいきません。
大宅 税務署に知られたら、具合が悪いだろうからね（笑い）。
石原 税務署というのは、そんなにたくさん取るんですか。

大宅壮一から「一〇〇〇万円入ったとすれば、なにに使うかね」と聞かれたとき、石原慎太郎は堂々と「やるとすれば株ですね。学校で習った学問が身についてきますから」と答えた。新人作家が、デビュー早々利殖の話をとくとくと語ることなどこれまでなかった。その後、『太陽の季節』は二五万部を突破し、収入も軽く一〇〇〇万円を超えた。芥川賞受賞を契機になにが変わったかというテーマで受賞作家の座談会があった。安岡章太郎は「文藝春秋の受付の人が、先生と呼びました」といい、石原慎太郎は「いままでお蔵だった原稿がすぐ出るようになった」と話した（『文學界』一九六〇年九月号）。ボツの連続だった受賞前の屈辱と焦燥感を、彼は生涯決して忘れなかった。中断していた弟の清書アルバイトもその直後から復活し、義姉へバトンタッチされるまでつづいた。

日活もまた手のひらを返してにじり寄ってきた。せっかく映画化権を手にしながら放っておいた小説『太陽の季節』にあわてて飛びつき、古川卓巳を監督に原作通りの題名で製作に踏み切った。プロデューサーの水の江滝子は主役に原作者を起用する考えで、打診された石原慎太郎も乗り気であった。しかし、彼はすでに東宝と出演契約を結んでいた。たとえ原作者であれ、日活への出演は東宝の同意なしには不可能だった。

諦め切れず水の江滝子は、東宝常務の藤本真澄に泣きついた。だが、体よくことわられた。某日、石原慎太郎は日活製作部員の運転する車に乗っていたとき、映画『太陽の季節』に出られなかった悔しさをぶちまけた。一見女性的な部員は「出なくてよかったんですよ。俳優なんて男のやる商売じゃない」(『文藝春秋』一九五六年一〇月号)と、こともなげにいった。

業界人から面とむかって冷笑されても、石原慎太郎は弟をニューフェイスとして映画界入りさせる、いってみれば弟のための就活を決して断念しなかった。映画『太陽の季節』の打ち合わせの際、慎太郎は水の江滝子や監督の古川卓巳になんとか弟の出番をつくってほしいと頼んだ。身内を売り込むには、それなりの厚かましさが必要だ。兄弟そろって日活にふられたあと、慎太郎は懲りもせず大映に弟を売り込んでことわられて、そしてまた弟を思って再度日活のプロデューサーや監督に食らいつく。それは家長としてのあくなき執念だった。

一九五六(昭和三一)年三月三〇日夕刻、東京・神田一ツ橋の如水会館で石原慎太郎の芥川賞受賞を祝う会がひらかれた。一橋大学の前身、東京商科大学時代の跡地に卒業生らの交遊の場となる如水会館が建てられ、慎太郎もしばしば出入りしていた。一九八二(昭和五七)年に古くなった建物は地上一四階、地下二階の高層ビルとなって一般にも開放され、筆者も何度となく足を踏み入れた。「如水」は儒教の経典『礼記《らいき》』の「君子交淡如水(君子の交わりは水のように淡い)」による。心ある者の交遊はさっぱりしているということ。その代わりいつまでもつづくというメタファーがある。慎太郎の場合、同窓との交遊は淡いというよりかなり濃いほうで、如水会コネクションを最大限活用していた。

受賞を祝う会には井上靖、伊藤整、瀬沼茂樹、浅見淵、奥野健男ら文壇関係者、三笠書房の編集長や同人雑誌『文學者』の面々、一橋の学友、湘南の遊び仲間など四〇人ほどが集まった。メインテーブルのすぐ後ろに「弟に会ってくれませんか」と石原慎太郎からいわれた日活プロデューサー水の江滝子がいた。「弟は不良」という噂はすでに彼女の耳にも入っていた。会場に石原兄弟が一緒に入ってきたとき、「ひと目で、これはいけると思った。不良っていってもね、本当の不良かどうかは雰囲気でわかるんです。裕ちゃんにはそういった暗い翳《かげ》はなかった」(『みんな裕ちゃんが好きだった』二六頁)というのが水の江の第一印象であった。

石原裕次郎のルックスに輝きを見た水の江滝子は『太陽の季節』の主役として適任と判断したが、社内の反発は予想以上だった。とくに製作部門の幹部が頑強に反対した。「あんな不良がきたら、女優が軒並み誘惑される」と本気で心配したのだ。結局、主演は長門裕之、その相手役は南田洋子と決まった(のちに石原兄弟は口をそろえて、これはミスキャストだったと広言して憚らなかった)。それでも水の江は強引に裕次郎の出番をつくらせたが、東京都調布市の日活撮影所はこの一件でただならぬ空気に包まれた。

古川卓巳がいう、「ちょうどその頃、外部の俳優ばかり使った映画ができあがり、俳優部会が所長に抗議をしている最中だった。いよいよ裕ちゃんが初めての撮影に入る前日、私は所長に呼ばれて、裕ちゃんの出演反対で俳優部会に不穏な動きがあるから注意するようにといわれたんです」(『文藝春秋』緊急増刊『さよなら石原裕次郎』一九八七年八月)と。

『太陽の季節』の撮影当日、古川卓巳はふたたび所長室に呼ばれた。俳優部会を説得できなかった所長は、「石原裕次郎を使わないでくれ」と頼んだ。古川は「それはできません」といい、スタッフが待機していた裕次郎をスタジオへ案内した。そのあとを追った古川は、俳優部の前を通るとき、彼等の冷たい視線を浴びた。スタジオでは伊佐山三郎カメラマンがスタッフにライティングの指示を出し、その前に裕次郎が立っていた。伊佐山は田坂具隆監督とのコンビで『陽のあたる坂道』などを撮ったベテランだった。

古川卓巳が伊佐山三郎カメラマンのそばへ寄ると、彼は古川にファインダーを覗くようにうながし、「阪妻の再来だよ」と低い声でつぶやいた。一度、日活のカメラテストに落ちた若者が、名カメラマンから阪東妻三郎ほどの名優に擬せられたのである。そのフラッシュを見せられて裕次郎の起用に反対した上層部も納得し、裕次郎はボクシング部員として出演することになった。そのうちに俳優部の面々も古川を睨《にら》みつけるようなことはなかった。

一九五六年四月二日、古川卓巳監督の下で映画『太陽の季節』は撮影を開始し、慶応大学三年生になったばかりの石原裕次郎は登場人物のモデルのようなものだからなにかと重宝がられた。主役の長門裕之は慎太郎刈りと決まったが、肝心の原作者は多忙でとても時間がなく、裕次郎の髪型が参考にされた。彼はあちこちで「お兄さんによく似てますね」といわれると、「兄貴のほうが僕に似ているんですよ」とすました顔で答えた。

石原裕次郎もクランクインの日は印象強く残ったようで、「忘れもしない昭和三一年四月二日の夜だ。場所は新橋のキャバレー・フロリダ。撮影はキャバレーがはねたあと、一一時半から始められたが、一カットごとに古川卓巳監督や主演の長門裕之クンなどが僕のところに相談にくる。事情を知らないほかの俳優やスタッフは、なんだいあの学生服の野郎——てな顔をして不思議そうにこそこそ話し合っている。いい気持ちだった」（『わが青春物語』六七頁）と語っている。五月一七日、映画が公開された。脇役ながらやはり裕次郎は目立った。

作家の井上ひさしは上智大学在学中、浅草のフランス座で台本書きのアルバイトをしていた。フランス座の隣が浅草日活で五月一七日の午前一〇時四〇分に職場に着いたとき、映画館には長い行列ができていた。井上によれば、「行列には女性の姿が多く、それはこの時刻にしてはめずらしいことであった。劇場の前には巨大な障子が立てかけてあり、その横で呼び込みのおじさんが塩辛声《しおから》で原作の問題の場面を読みあげていた」（『ベストセラーの戦後史1』一四二頁）という。小説『太陽の季節』の問題の一節とは——。

〈風呂から出て体一杯に水を浴びながら竜哉は、この時始めて英子に対する心を決めた。裸の上半身にタオルをかけ、離れに上ると彼は障子の外から声を掛けた。

「英子さん」

部屋の英子がこちらを向いた気配に、彼は勃起《ぼっき》した陰茎を外から障子に突き立てた。障子は乾いた音をたてて破れ、それを見た英子は読んでいた本を力一杯障子にぶつけたのだ。本は見事、的に当って畳に落ちた〉

メガホンを持った中年女性のグループが長い行列にむかって、「こんな不良映画を見てはいけません」と真剣な表情で呼びかけていたというが、「問題の場面」を期待していた観客は不満だったにちがいない。障子破りの生々しい情景など全然なかった。

世間にもこの一節だけが広まって、それは現在も尾を引いている。亀井静香といえば、石原慎太郎の半世紀近い政界の盟友であったが、ずいぶん喧嘩もしたという。出会って間もない頃、「おい、お前の小説なんて、男のシンボルで障子を破るだけの話だろう。売れたのはあれ一冊きりじゃないか」といったら、「なんだと！」と怒ってビールをかけられそうになったという（『週刊現代』二〇二二年二月一二日号）。東大出の警察官僚だった亀井にしてこの程度の認識しかなかった。

じつは、映画『太陽の季節』は映倫から一か所も注意を受けていなかった。しかし、各自治体は青少年保護条例を発動して規制し、ＰＴＡなどもこの映画を見てはいけないと訴えた。その後、『処刑の部屋』（大映、六月公開）、『狂った果実』（日活、七月公開）、『逆光線』（日活、八月公開）、『日蝕の夏』（東宝、九月公開）が「太陽族映画」として指弾された。『逆光線』（岩橋邦枝原作）以外は石原慎太郎の作品だった。騒がれた期間は四か月ほどにすぎないが、政治問題にまで発展し、ときの清瀬一郎文相（東京裁判の弁護人）はなぜ厳しい法律をつくらないのかと批判された。

映画館前の障子もその一つであるが、一九五六年中頃、すなわち昭和三一年五月から八月にかけて『太陽の季節』現象が異彩を放った。大宅壮一によって広められた太陽族ということばが流行語となり、サングラスにアロハやポロシャツ姿の若者が湘南のみならず、あちこちの海水浴場を闊歩した。全国の理髪師は映画館へ足を運んで、慎太郎刈りを確認した。斜陽族、カミナリ族、六本木族、みゆき族、原宿族、竹の子族といった「族」が戦後続々登場したが、馬渕公介（コラムニスト）は「太陽族のように中心に教祖を持つ族はきわめて稀である」（『都市のジャーナリズム　「族」たちの戦後史』三六頁）と指摘した。その通りで、まさに石原兄弟は太陽族の太陽そのものであった。

石原裕次郎をスターにした映画『狂った果実』誕生秘話

経営的にピンチに立っていた日活は「太陽族映画」によって救われた。世間から非難の集中砲火を浴びた元凶も、一方からすれば、まごうことなき救世主であった。結果がすべてに優先するのは浮世の習い。かつて入社試験の面接で石原慎太郎にバッテンをつけた日活社長の堀久作は週刊誌のインタビューで一転して彼の才能を讃えた（『週刊朝日』一九五六年七月一五日号）。

記者　これからも儲かるかぎり石原ものをつづけられますか。

堀　いまは企画によってすべて生きる。それとタイムリーだ。『太陽の季節』が一〇月に出たらブームにならなかった。五月だから受けた。昨日もうちの宣伝部に床屋がきて、石原慎太郎の写真を貰っていったよ。慎太郎刈りの客が多いので参考にするといってね。石原ものでは『狂った果実』というのが、もうすぐ出る。「腐った」というところを「狂った」ときた。そこに石原の特異な才能があるんだ。

記者　おたくの宣伝部の人はいま、『狂った果実』と染め抜いたアロハを着ていますね。

堀　あはは。うちは太陽ブームで「狂った宣伝部」さ。

石原裕次郎にとって映画『太陽の季節』より映画『狂った果実』が、はるかに重要な作品だった。ドストエフスキーの『白痴』を下敷きに、兄が一気に書きあげたこの作品こそ裕次郎をスターダムにのしあげた記念すべき映画であった。そもそもの発端はといえば、日活の製作部門を仕切る江守清樹郎専務の地獄耳。石原慎太郎が娯楽小説を書くらしいという情報を小耳に挟むと、すぐさま先物買いをするよう企画部に指示した。慎太郎が雑誌社から短編を依頼されたのは事実だったが、まだテーマすら決まっていなかった。それでも構わないと江守はいい、慎太郎も「裕次郎を主役にするなら」と条件をつけて承諾した。

それが『狂った果実』で『オール讀物』（一九五六年七月号）に掲載された。夏の逗子海岸。性格が対照的な兄弟、大学生の夏久と高校生の春次はヨットを楽しんでいるとき、遊泳中の恵梨という魅惑的な女と出会う。万事に自信満々な兄と、純情な弟。デートに成功したのは、町で偶然女と再会した弟のほうだった。夏久もナイトクラブで外国人と踊る放埓《ほうらつ》な恵梨を見つけ、やがて肉体関係を持つ。春次は二人の関係に激怒したうえ、彼女がアメリカ兵のオンリーと知って衝撃を受ける。ヨットで沖に出た夏久と恵梨を春次がモーターボートで追いかけた末に激突し、二人の血しぶきが舞うという悲劇的な結末。

これが監督デビュー作となる中平康は短編の完成を待ち構え、ゲラを入手すると、日活ホテルにこもってシナリオづくりに没頭した。原作者の石原慎太郎もプロデューサーの水の江滝子らと配役などの検討に加わった。主役は眉目秀麗な高校生の春次。対する兄の夏久は弟の恋人を奪うかたき役。雑誌のゲラを読んだ石原裕次郎は兄に聞いた（『太陽の神話』二六八頁）。

「俺はどの役をやるんだ」
「弟役だ」
「俺が美少年かよ」
「そうだな。でも、お前には弟役しかできねえだろ」

当初、兄の夏久役として名前があがったのは三國連太郎だった。だが、ことわられ、それから人選が難航した。どの候補もぴったりせず、石原慎太郎らが頭を抱えていたとき、長門裕之の家へ遊びに行った石原裕次郎からホテルへ電話があった。

「彼（長門）の弟が早稲田実業（実際は早大高等学院）に入ったばかりのときで、かばんを持って『ただいま』って帰ってきた。それを見たとき、俺は彼を弟にして俺が兄貴役になったらちょうどいいぞと思った。それで兄貴に『会ってみないか』と日活ホテルに電話して、会った途端に兄貴も『これだ』と膝を打って決まっちゃったんだ」（同）と石原裕次郎はいう。

長門の弟とはいうまでもなく津川雅彦で、本名は加藤雅彦。映画監督の牧野省三は祖父で、加藤家は芸能一家として知られていたが、雅彦は芸能界にまったく関心がなく新聞記者になるのが夢だった。芸名の名付け親は石原慎太郎で、津川というのは『太陽の季節』の中心的な人物の姓であり、慎太郎は津川の発見者は自分だと述べている。水の江滝子もまた試写室から出てきた美少年を見い出したのは「アチシ」だといい、津川の真の発見者はいまもうやむやのままだ。

津川雅彦の起用にべつの新人を考えていた中平康はためらったが、津川と石原裕次郎という組み合わせは大成功で、映画『狂った果実』一本で二人のスターが誕生した。近年、中平が弟役に考えたのは小林旭とわかった。あかしたのは小林本人で、映画『狂った果実』初公開から六七年後のこと。「渡り鳥」シリーズで人気を博した彼は一九五五（昭和三〇）年、一七歳のときに日活の第三期ニューフェイス選考に合格した。

小林旭は二〇二三（令和五）年、八五歳を前に『文藝春秋』六月号から回顧録の連載を始め、その第一回に石原裕次郎との交遊を語った。それによると、一九五六年某日、小林は中平康から「小林君、ごめんな。俺はあんたにやってほしかったけど、会社のほうがどうしても津川でというんだ」といわれた。そのときは聞き流したが、「できあがった作品を見たら、結構いい役だったんだよね」と小林はいう。これも映画『狂った果実』誕生秘話のひとコマといえよう。

小林は大スターとなっていた裕次郎を初めて見た日も鮮明に記憶していた。

「その日は日活の撮影所にいて、ちょうどスタジオにむかおうとしているところだった。俳優部の部員さんに、石原裕次郎さんが着きました、と耳打ちされて、世紀の二枚目といわれる男がどんなものか見てやろうと思ってね。離れたところから眺めていると、車のドアがひらいて、まず出てきたのは脚だ。ゴム草履を履いた素足がすっと伸びて、下には海水パンツをはいていた。髪は坊ちゃん刈りでアロハシャツの裾を前で結んでいたな。当時は湘南の貴公子なんて呼ばれていたらしいけど、太陽族そのままのスタイルだった。いらっしゃいませって所長やみんなから出迎えられていたよ。これが噂の裕次郎かって。まあ、たいしたもんだった」

石原裕次郎が同い年で、のちに伝説の専属テーラーといわれた遠藤千寿と出会ったのはこのとき長門裕之の家であった。「俺もつくろうかな」と裕次郎はその場で背広二着を注文した。

遠藤千寿がいう、「寸法を測ったら身長一八二センチ、股下八五センチ。体自体がスターでしたね。裕次郎さんのスタイルで特徴的なのはお年を召しても脚が太らなかったこと。バスケットボールやスキーで怪我をしたことも理由でしたが、上半身ががっちりしていても脚が細い。だから流行していたパンタロンなんかはくと、すそが広がって、きれい。脚が長くて他の人とはあきらかにちがった。俳優になったら売れるだろうなあと思いましたよ」（日経電子版『Men's Fashion　ダンディズム　おくのほそ道』二〇一九年七月一二日）

以来、遠藤千寿は生涯にわたって私服と衣装合わせて二〇〇〇着を仕立てた。単なるテーラーではなく、気の置けない話し相手でもあった。

いきなり北原三枝とラブシーン

映画『狂った果実』のプロデューサー、水の江滝子はわけありの女の恵梨に北原三枝（本名・荒井まき子）を起用した。まだ『太陽の季節』が公開される前、海のものとも山のものともわからない段階で水の江は石原裕次郎と北原のコンビを考えていた。慎太郎からしつこく頼まれていたにしても、水の江なりのひらめきもあった。裕次郎と北原というゴールデンコンビは、かたき役としたたかな女という役柄で始まった。

北原三枝は一九三三（昭和八）年七月二三日、東京の商家で生まれた。戦時中、空襲に遭って家族七人、目黒区のバラックで生活していた。二間だけの住まいから早く抜け出たいと夢見ていた少女は姉に連れられ宝塚の東京公演を見て以来、舞台に出ればお金が稼げると思った。目黒区立第二中学を卒業後、家族に内緒で日劇ダンシングチーム（ＮＤＴ）に応募した。

オーディション当日、少女は有楽町の日劇に時間をまちがえて大幅に遅れてしまった。受付にはだれもおらず、うろうろしているところへ日劇のスタッフが通りかかり、事情を聞いて審査会場へ案内してくれた。オーディションが終わって、審査員たちは帰るところだった。審査終了時にあらわれた少女は、肝心の水着を持っていなかった。水着審査のあることすらわかっていなかった少女は相手にされず追い返されて当然だったが、帰りかけていた審査員たちは席へ戻った。彼等は遅れてしょんぼりしている娘に光るものを感じた。「脚を見せなさい」と、審査員の一人がいった。

後年、北原三枝は「『恥ずかしいな』と一瞬ためらいましたが、チャンスを逃がしたくない、と突嗟に度胸がすわって、スカートを膝のところまで引きあげたのです。……合格通知がきてから、わが家は大変でした。家族中が反対したのですが、姉が私に味方してくれ、最後は私が押し切った形でこの世界に飛び込んだのです」(『新装・告白の記・逢いたい』五七頁)」と語った。

ＮＤＴ五期生として入団した北原三枝はその後、松竹へ移籍し、映画『君の名は』第二部(大庭秀雄監督)のアイヌの娘役で本格デビューした。石原裕次郎は高校生のとき、スクリーン上のアイヌの娘に一目ぼれした。北原が日活へ移ると、大学生になっていた彼は撮影所へ行けば会えるかもしれないと遊び仲間とやってきて、たまたま正面玄関から出てきた北原を目撃している。

北原三枝が初めて石原裕次郎に会ったのは一九五六年四月一四日、『流離の岸』(新藤兼人監督)の地方ロケを終え、久し振りに日活撮影所へ顔を出したときだった。北原は水の江滝子に呼び止められた。

「マコちゃん、石原慎太郎って知ってる?」

「ええ、『太陽の季節』の……」

「その弟でね、とっても面白い子がいるの。マコちゃん、このつぎ一緒に仕事するようになると思うから、ちょっと会ってくれない」

水の江滝子が北原三枝を案内したのは、ナイトクラブのセットが組まれた第三スタジオ。そこでは古川卓巳監督の『太陽の季節』の撮影が進行していた。「私が入って行くと、白い背広を着た背の高い青年が二人。二階から同じような格好で覗いていました。それがファンファン（岡田真澄、バンドマスター役）と裕さん（ボクシング部員役）だったのです」（『裕さん、抱きしめたい』三六頁）。昼食時だったので、揃って食堂へむかった。石原裕次郎はさっさと先を歩き、北原はそのスマートな後ろ姿にさわやかさを感じ、裕次郎は「やっぱり思った通りの清純な人だなっていう感じだった。そのとき相手は二二歳で、俺は二一歳」（『太陽の神話』二六七頁）の出会いだった。

『狂った果実』の中平康監督はベレー帽がトレードマークで、記憶力が抜群だった。シナリオのほとんどを頭に入れていた中平は、出演者がセリフをまちがえると、間髪を入れず指摘した。石原裕次郎は台本通りというスタイルを嫌っていたし、性格的にも水と油だった。肌の合わない監督に平気で文句をいう新人らしくない振る舞いに、映画の世界では先輩の北原三枝が見るに見かねて注意する一幕もあった。

中平康は『狂った果実』の撮影をいきなり石原裕次郎と北原三枝のラブシーンから始めた。弟の愛する女を兄が強引に奪う、映画のなかでは重要な場面。小生意気な新人を黙らせるためのショック療法というわけではなく、中平が松竹時代に仕えた渋沢実監督のクライマックスから撮るという手法を見習ったのだ。このシーンは、裕次郎のほうがむずかしい。受け身の女は少々ぎこちなくとも役柄に合うが、男は猛々しく演じる必要があった。そうでなくとも相手は場数を踏んだベテランのうえ、ずっと憧れていたスターだ。「前の晩は床のなかで輾転反側《てんてんはんそく》、とうとう一睡もできなかった」（『わが青春物語』七〇頁）と裕次郎はいう。

逗子から調布の日活撮影所までは遠いので、石原裕次郎は奥沢の大越卍《ともえ》の家に逗留した。「撮影が始まってしばらく経った頃から、マコちゃんは運転手付きの車でわが家にいる裕次郎を迎えに来るようになった。海で撮影があるときは逗子の自宅に帰っていたが、そのほかはわが家か成城の水の江滝子さんのところに居候だった」（山本淳正『友よ』二〇四頁）と大越は語っている。北原の自宅はそう遠くないところにあった。北原と調布撮影所へむかう車中で裕次郎は夢心地であったにちがいない。

石原裕次郎の意外に少なかったギャラ

監督になったばかりの中平康と、やっと二作目の石原裕次郎は何度も怒鳴り合いを繰り返しながらも一か月足らずで撮影を終えた。監督とのぎくしゃくした関係は、石原光子の耳にも入っていた。母親の心配はそれもさることながら過密スケジュールにあった。葉山でロケという日は、裕次郎が元気な顔を見せるのを心待ちにし、息子もこれまでの罪滅ぼしに可能なかぎり家に立ち寄った。葉山ロケのとき、女性誌の依頼に応じて撮影の間隙を縫って石原兄弟は逗子の家で対談した（『若い女性』一九五六年六月一日号）。

慎太郎　よく抜け出してこられたね。忙しい最中なのに。
裕次郎　今日の予定はヨットのシーンだったんですよ。ところがこの通りの風で、船が出せなくなってね。そこで今日を逃がすと、当分、家へ帰れそうもないというわけで……。

慎太郎　やっぱり、おふくろ思いだよ、君は。

裕次郎　兄貴思いと訂正してもらいたいな。

記　者　いかがです、兄さんの映画『太陽の季節』に出演してみてのご感想は?

裕次郎　全然、なってないですね。

慎太郎　そういうことを彼、はっきり監督(古川卓巳)にいうんですよ。主演俳優(長門裕之)のいる前で、「全然、安っぽい」とか「イメージがない」なんて。そういうことをいうのはやめろといったんですけれども、それをまたジャーナリストは喜ぶらしいんだな。

一九五六(昭和三一)年七月一二日、石原慎太郎と長門裕之もちょい役で出演している映画『狂った果実』が公開された。慎太郎は自分の作品にかならずワンカット顔を出すヒッチコックを真似てみたのだ。主役の津川雅彦より石原裕次郎に関心が集まった。ギャラは津川のほうが多く、裕次郎の出演料は二万円だった。サラリーマンの給料と比べれば高いとはいえ、意外なほどギャラは低かった。原作料には気前のよかった日活も、新人俳優に対してびっくりするほどシブチンであった。近年、作家の小林信彦が「日本映画ベスト50」という雑誌の企画のなかにこの映画を入れていた。「石原裕次郎はかたき役なのだが、ウクレレを弾く姿がかっこいい。北原三枝もいいし、批評家時代のフランソワ・トリュフォーが中平康の演出を絶賛した」(『文藝春秋』二〇二二年八月号)とある。

大胆なカメラアングルの中平演出はフランス・ヌーベルバーグの映画人に注目され、ゴダールが名作『勝手にしやがれ』（一九五九年）に取り組む際、『狂った果実』（フランスでは『浜辺の情熱』と改題されて上映された）を二、三度見て参考にしたといわれている。

この前後、石原裕次郎に他社へ移る動きがあった。最初の動機は日活のギャラへの不満だった。石原慎太郎から聞いて東宝の藤本真澄は「じゃ、うちへ連れてきちゃえ」といった。「おい、五〇万払うといってるぜ。東宝にこいよ」と兄がいい「じゃ、俺、明日から東宝へ行くわ」と弟が応じた。移籍の動きは新聞にすっぱ抜かれ、日活はあわてて一本四〇万円と大幅アップし裕次郎も思いとどまった。「二万円が一挙に二〇倍になった。だけど、東宝が提示した五〇万円じゃなく、それ以下の四〇万円というところが、いかにも日活らしかった」（『口伝　我が人生の辞』七四頁）とは裕次郎の弁だ。

石原裕次郎には大映からも声がかかった。芥川賞受賞直後、石原慎太郎は短編『処刑の部屋』（『新潮』一九五六年三月号）を発表し、いち早く大映が映画化権を得た。主演は川口浩が予定され、監督には日活と喧嘩別れして大映に移った市川崑が指名された。市川は役柄からいって川口より裕次郎がぴったりといい、大映は裕次郎と交渉した。しかし契約問題で折り合いがつかず、市川も「自分としては君で撮りたいけれど、君の将来を思えば日活のほうがいい」（同五七頁）といった。市川のいう通りで、裕次郎には東宝や大映より自由闊達な日活が合っていた。

第八章　嵐を呼ぶ兄弟の女装も涙も失踪もあった頃

アイドルにしてトリックスター

一九五〇年代の半ば、もっと正確にいえば昭和三一年の秋頃までは石原慎太郎のほうが弟より人気があった。売れっ子作家というよりアイドルに近いモテ方で、喧噪に満ちた光景が彼の行く先々で繰り広げられた。活字の力が強いときであったとはいえ、活字メディアだけでは沸騰した人気を巻き起こすのはむずかしい。まだテレビがそれほど普及していない時代に慎太郎ブームを招き寄せたのは、映画という映像メディアであった。活字の世界で生きる作家たちは、異星人を眺めるような目つきでにわかに登場した俳優もこなすハンサムでエネルギッシュな新人作家を見た。

一九五六（昭和三一）年九月一三日夕刻、甲府市で文藝春秋新社主催の講演会があり、石原慎太郎も講師の一人として招かれていた。ほかに子母沢寛（作家）、河盛好蔵（フランス文学者）、和田義三（漫画家）が出ることになっていた。この日、慎太郎は短編『日蝕の夏』（『別冊文藝春秋』一九五六年三月発行で発表)が東宝で映画化されることになり、原作者みずから主演し撮影に入っていた。撮影が長引いて慎太郎は乗車予定の列車に間に合わず、関係者は青ざめた。万一に備え、急きょ源氏鶏太(作家)に声をかけ、ピンチヒッターとして甲府へ駆けつけてもらうことにした。

講演会当日、土砂降りのなか、会場には続々と聴衆が集まった。その数、約三〇〇〇人だったという。流行歌手でもこれだけ集めるのは大変だ。七割は若い女性で、会場に入りきれない人たちのために拡声器が外に取りつけられた。もし石原慎太郎が定刻までに到着しなかったら、暴動とまではいわないけれど、ひと騒ぎは免れなかったであろう。さいわい源氏鶏太が演壇に立つ頃に慎太郎の甲府入りの連絡があり、ハラハラドキドキの主催者側も胸をなでおろした。講演が終わって慎太郎と同じ車で宿舎へむかうことになった子母沢寛は「控え室を出たが、さあ大変だ。まるで若い娘さんに押しかぶされたようになって、身動きもできない」(『週刊朝日』一九五六年一〇月七日号)と騒ぎの凄まじさを語った。

甲府講演から一三日後の九月二六日、石原慎太郎原作・脚本・主演の映画『日蝕の夏』(東宝、堀川弘通監督)が公開された。慎太郎はそこでオートバイやモーターボートを颯爽と乗りまわし、司葉子とラブシーンも演じた。その間、司は「遊びに行きませんか」と慎太郎から誘われた。彼女は男性からの誘いは断わっていたが、相手は共演者にして映画の原作者であるうえ、誘い方が紳士的だったのでOKし、彼の車に同乗した。着いたのは逗子の家だった。

「お母様が出てらっしゃった。そのとき裕ちゃんもいて、一緒に遊びに行くことになったんですけど、私はやはりいいお宅の坊ちゃんだから、遊びに行くのにもお母様に断わってからなんだなと感心したんですよ」と司葉子。実際はちがった。石原慎太郎が司とデートするといっても、母親も弟も笑って本気にせず、それでは賭けをしようとなっていたのだ（『文藝春秋』緊急増刊『さよなら石原裕次郎』一九八七年八月）。

新妻は焼きもちを焼かなかったのだろうか。じつは、彼女は逗子の家にいなかった。『日蝕の夏』の撮影は世田谷区の東宝砧《きぬた》撮影所でおこなわれた。石原典子によれば、「逗子の新居では出版社や新聞社、映画会社からの電話が夜も昼も鳴りっぱなしで、来客もひっきりなし。一晩でいいからゆっくり眠りたいというのが新婚生活の思い出です。夫が映画に出演したので、東宝の撮影所近くの旅館でひと月ほど暮らしたのが、唯一、新婚らしかった時期でしょうね」（『文藝春秋』二〇〇七年六月号）。

石原慎太郎の論壇デビュー第一作は、『中央公論』一九五六年九月号の「僕にも言わせてもらいたい――価値紊乱《びんらん》者の光栄」である。二〇代前半の青年にしては質の高い内容であった。同誌の目次には「太陽族の元締めのごとく扱われ非難を一身に浴びている筆者が試みる体当りのアポロギア！」とある。アポロギアとは弁明という意味。エピグラフとしてコクトーの「青年は確実な証券を買ってはならない」ということばが引かれている。つぎはその一節である。

〈今日我々の世代は価値紊乱者の光栄に浴している。現代は文化的混乱というよりも正しくは価値的混乱の時代である。我々はその混乱期に横行する凶賊のようなものだ。その凶器は「若さ」である。価値紊乱の凶賊の光栄は、「太陽族」云々といった蔑称で一部の青年たちに限られて与えられるのは間違いであろう。僕はこの呼称が現在行なわれているように、単なる風俗的な呼称としてしかいわれぬのをはなはだ好まない。「太陽族」の太陽性なるものは決してズボンの細さや頭髪の形、あるいはセックスに関する多感さといったものだけではないのだ〉

石原慎太郎の初期の代表的な論文である「価値紊乱者の光栄」は七月三〇日、東宝砧撮影所から解放されたあと、妻と一緒の旅館で書かれた。「夜、中央公論の論文を仕上げる。ずっとこの方疲労が貯っている所為《せい》か頭の回転が遅くて弱る。ようやく仕上げてこれで明日から俳優商売一本に徹し切れると思うとほっとする」(『文藝春秋』一九五六年一〇月号)。そう記したように寸暇を惜しんでの執筆であった。

価値紊乱者の光栄という視点のヒントを与えたのは三島由紀夫である。『文學界』一九五六年四月号で三島と石原慎太郎は「新人の季節」というテーマで対談した。そこで三島は「石原さんになぜみんな騒いでいるかというと、原因は簡単なんで、この人はエトランジェなんだね。日本は神代の昔から異邦人を非常に尊敬した。自分の部落民とちがう人間がはいってくると、稀人《まれびと》で客人《まろうど》であり、非常におもしろがられ、珍しがられた。そういうふうにあなたははいってきたわけだ」と語ったあと、こうつづけた。

「ゴンクールの日記にこういうことを書いてあるのです。フローベルがある人にこういう質問をされた。あなたはいかなる光栄を求めるか。するとフローベルは、私の求める光栄はただ一つである。道徳紊乱者の光栄だといったそうだ。そういう点では石原さんもちょっと光栄に浴しているかな(笑い)」と。

石原慎太郎は三島由紀夫がいった「道徳紊乱者の光栄」からたちどころに「価値紊乱者の光栄」というフレーズをつくり出し、それをしっかりと自分のボキャブラリーにした。価値紊乱者とは世間を騒がせるトリックスターであり、憎まれ者であった。慎太郎自身、そう称して憚らなかった。いわば彼はアイドルにしてトリックスターでもあった。

いたずら者の道化師、トリックスターの最大の泣きどころは無視されることだ。たとえ誹謗中傷されようが、注目されているうちが花といえた。石原慎太郎の場合、単なるトリックスターではなく、多くのファンに支えられていた。それだけにせっかちなアンチ石原派は無視するという作戦をわかっていたにもかかわらず、ついつい我慢できずに反発し、まんまと稀代のトリックスターの術中にハマった。

『苦役列車』で二〇一一（平成二三）年に芥川賞を受賞した作家の西村賢太は、「価値紊乱者の光栄」をはじめとする石原作品に一〇代の頃から魅了された。何度も芥川賞候補作になりながら、落選していた西村を高く評価したのが石原慎太郎だった。「お互いインテリヤクザだからね」と語った慎太郎の死からわずか四日後、西村は追悼文を読売新聞に寄せたあと、五四歳で急死した。タクシーに乗っていたときに、西村の容体が急変したのだという。

後年の話はこれくらいにして、映画出演の醍醐味《だいごみ》を知った石原慎太郎は、自分を主役に想定した短編『婚約指輪』（『小説公園』一九五六年六月号）を一気に書きあげた。めずらしくハッピーエンドのラブロマンスで、結ばれる相手役は青山京子。原作、脚本、主演の三役をこなした五一分という短い映画『婚約指輪』（東宝、松林宗恵監督）が一一月二〇日に公開された。

それから一か月後、兄の原作で弟が主演の『月蝕』（日活、井上梅次監督、一九五六年）が公開された。すでにメディアの関心はもっぱら石原裕次郎へ集中し、映画界における人気度で兄はあっという間に弟に大きく水をあけられた。映画ファンは演技がぎこちない作家兼俳優の兄より、自然体でスクリーンに登場する歌う俳優の弟に魅了されていた。石原慎太郎がいわゆる大衆の人気度で裕次郎より優位にあったのは、このように一年にも満たなかった。以後、晩年に至るまで「どうしても弟を超えられないんだよなあ」と慎太郎はしばしば漏らした。

弟とまちがわれた石原慎太郎の心境は

超多忙の身となった石原裕次郎は奥沢の友人宅を引きあげ、世田谷区成城九二番地の水の江滝子の借家に下宿した。その二階が裕次郎の部屋だった。遊び人の若者をもろもろの誘惑からできるだけ遠ざけようとしたのか、それとも将来の映画界の逸材と見込んでのことだったのか。撮影が終わると水の江の家には日活の監督や脚本家、若い俳優が集まって酒を飲み、映画論が賑やかに繰り広げられた。その輪のなかに裕次郎もいて、映画製作者として自立するうえで貴重な学習の場となった。

水の江滝子によれば「世の良識派といわれる人々からしばしば不良というレッテルを貼られたりしたが、実際の裕ちゃんは朗らかで素直な好青年だった。なによりも礼儀の正しさには感心させられたものだ。その頃、私と裕ちゃんの間には三つの約束があった」（舛田利雄総監修『石原裕次郎』一三八頁）という。
一、スターぶらない。
二、取り巻きをつくらない。
三、出演作品のタイトルに文句をいわない。
眼目は三番目にあった。映画のタイトルにうるさいほどこだわるスターがいて、プロデューサーや宣伝部は苦労していた。大スターからの要望やクレームには丁重に対応しなければならず、製作スタッフのストレスを高めていた。石原裕次郎は彼なりに三つの約束を守った。

「太陽族映画」からの転換を迫られた日活は石原裕次郎のイメージチェンジを模索し、その作戦を田坂具隆監督に託した。方向転換は裕次郎の望むところでもあった。選ばれたのは石坂洋次郎の短編『乳母車〈ある序章〉』（『オール讀物』一九五六年五月号）で脚本を沢村勉が担当した。

田坂具隆監督は、石原裕次郎の魅力はその自然体にあると見抜いていた。下手な演技はむしろマイナスで、地で演じたほうがスクリーンでは一段と映えた。セリフを丸暗記するよりも、まず演じる人物の心情を理解してほしいというのが監督の注文であった。俳優には二つのタイプがあると田坂はいう。一つは演技によって現実を表現するもの。もう一つは現実を自分の地によって表現していくタイプで、裕次郎は後者だと。デビュー三作目にして名匠と出会えたのは、人気やギャラのアップ以上の有形かつ無形の恩恵を裕次郎にもたらした。

一九五六年一一月一四日、石原裕次郎主演の映画『乳母車』が公開された。宣伝ポスターには「日活文芸大作」「昭和三二年度　芸術祭参加作品」と銘打たれた。本は売れ、映画にも主演し、どこへ行ってもモテモテの石原慎太郎だが、あろうことか、弟にまちがわれてしまったのも、『乳母車』が話題になった頃だった。まだ自分のほうが人気者と思っていたはずの慎太郎にとって、これは相当のショックだったはず。しかし、そんな素振りは決して見せない。

石原慎太郎によれば、横浜で飲んでいたとき、一人の酔っ払いが気安く近づき、ぽんと肩を叩いて話しかけた（『文藝春秋』一九五七年八月号）。


「あなた、石原さんでしょう？」

「はあ」

「あなたの映画を見ましたよ。良かったなあ。あの『乳母車』って」

「いや、ありがとう」

「あなた、たしかお兄さんがいましたなあ。あの人、この頃、どうしてます？」

「元気ですよ、まあ」

「そう、そりゃよい。彼にもよろしくいっといてくれたまえ」


酔漢は石原慎太郎とがっちり握手して帰っていったというが、まちがわれた兄の心境はいかがなものであったのだろう。弟への声援は嬉しいが、同時期に自分の主演作がダブって上映されていた頃である。弟へのライバル意識がなかったとは思えない。嫉妬と悔しさの入り混じったもやもやした気分になって悪酔いしたのか、それともこれは文章のネタになるぞと苦笑いして終わったのか。もっとも、本人に「あのとき、裕次郎さんにジェラシーを感じましたか？」と聞いても、「ない、ない。全然」と、間髪を入れず返ってきたにちがいない。慎太郎とつぎのようなやりとりを交わしたことがある（『正論』一九九六年九月号）。

筆者　放蕩する慶応高校の弟。目減りしていく蓄え。一歩まちがえたら一家離散の状態だった。裕次郎さんはスターにならなかったら、どうなったでしょう。

石原　弟は船員になったと思います。慶応大学中退の船員も悪くないけれど、「どうせなら卒業してくれ」と私は哀願したんですよ。

筆者　どう事態が展開しようと、石原さんは作家になっていたと思いますよ。

石原　ええ。どういう作品でデビューしたか、知らないけれど。

筆者　裕次郎さんが日活のニューフェースのテストを受けて不合格になる話は意外でした。

石原　質屋へ行った話とか、ニューフェースのテストを受けて落ちる話は弟もいやがるんですよ。

筆者　いやだと思います。

石原　弟は「そんな話、なんでするんだ」という。私は「いいじゃないか。俺は日活の連中にザマミロと思ってんだ。もう一人の俳優に似てるかもしらんけど、そんなのと全然ちがうんだ（第六章でちょっとふれたように名和宏という裕次郎に顔の輪郭の似た俳優がいて、日活は彼を売り出そうとしていた)。いまになって天才的だとか、なにいってるんだ。だから、ことさらいってやるんだよ」といったものです。

筆者　スターはあくまでもスターであらねばならないんです。

石原　そんなことないでしょう。

筆者　実像をあまり出すと、ファンはとまどってしまう。

石原　とまどわせたっていいじゃないですか。そのほうが隠し味が効いて(笑い)。

筆者　最初、裕次郎のスター性を見抜けなかった日活は大変なダイヤモンドを捨てるところだった、というのはたしかですが。

石原　あの頃の活動屋さんは、みんな世間知らずで、無感覚で、いい加減だったんですよ。

筆者　裕次郎さんがどんどんスターの座を駆け足であがっていく。家長とはいえ、うらやましさも相当あったと思いますが。

石原　全然、ちがいます。世界がちがうでしょう。私は弟にシナリオを書いてやったし、スターになってほんとにほっとしました。うらやましいと思ったことはありませんね。

浮かれ過ぎて痛い目に

超多忙となった石原裕次郎が慶応大学を三年で中退した一九五七(昭和三二)年といえば、映画『ALWAYS 三丁目の夕日』(東宝配給、山崎貴監督)の街の風景が目に浮かんでくる。西岸良平の漫画『三丁目の夕日』を原作とし吉岡秀隆が主演の映画は、昭和三〇年代前半の東京の下町を想定してセットが組まれていた。一月一三日、浅草の国際劇場で美空ひばりが一九歳の女性から顔面に塩酸をかけられた事件があった。二月二三日、石橋湛山内閣が総辞職し、二五日に岸信介内閣が成立した。

石原慎太郎の最大の問題作『完全な遊戯』(『新潮』一〇月号) が発表され、その内容が物議を醸《かも》したのも一九五七年の秋だった。三島由紀夫は「これは一種の未来小説」と高く評価した。夫の作品についてほとんど語らなかった石原典子が、強い拒否反応を見せたのもこの作品だった。「ここに描かれているのは、金持ちの不良少年たちが白痴の女を車に引っ張りあげて輪姦し、売り飛ばしたあげくに海に突き落として殺してしまうというだけの話」(『石原慎太郎論』一六七頁) と江藤淳がいうように、古い友人から聞いた実話をもとにした残虐非道な小説に典子は耐えられなかったのだ。

二〇二四(令和六)年七月三日、北海道留萌市の一七歳の女子高校生が二一歳の女らから旭川市の橋で衣服を脱がされたうえ、川に突き落とされた。SNS上の投稿が気に食わなかったという。殺人罪で起訴された女らは、女高生を欄干に座らせたりして動画で撮影していた。筆者がこの事件で思い出したのは、『完全な遊戯』で提起された人間の底知れぬ残酷性や動機の単純性で、作品が発表されてから六六年後の現実の事件発生に慄然《りつぜん》とせざるを得なかった。

一九五七年一一月一四日の伊藤整の日記によれば、この日の夕刻、神田如水会館で一橋出の文士の会がひらかれたという。伊藤のほかに石原慎太郎、城山三郎、瀬沼茂樹らが出席した。

『伊藤整日記3』には「一二時半帰る。貞子、私が冷たいといって泣く。大阪へ行くことを疑い、また先日の旅も疑う」とあるが、伊藤夫人の嫉妬心はともかく、その前段の「石原君の案内にて『カメリヤ』という小さなバーへ行く」というくだりに筆者は目をとめた。銀座一丁目の路地裏にあった「カメリヤ」という小さなバーには、大柄で豊満な肢体の俳優座研究生がアルバイトで働いていて、慎太郎は彼女に一目惚れした。やがて彼女は劇団四季に移籍し、大きな舞台も踏んだが、アルツハイマー病に冒され、五三歳でこの世を去った。慎太郎が晩年に至っても夢に見たのはこの女性で、「妻とその間に生まれた子供たちは別だが、人を熱愛するという体験を味わったのは彼女が初めてであり、最後だった」(『「私」という男の生涯』一六一頁)と、彼女が特別な存在であったことを認めている。

伊藤整の日記から石原慎太郎と女優は、少なくとも一九五七年の晩秋には知り合っていたわけだが、おそらく石原典子は夫と愛人の長期にわたる熱愛を早い段階から気づいていたと思う。聡明な典子は、伊藤夫人のような猜疑心《さいぎしん》で夫をねちねち責めるようなことはなかった。そういう妻の寛大さをいいことに好色な慎太郎はべつの女性を妊娠させ、女性は男の子を産んだ。

そのことを夫からレストランで告白されたとき、さすがの石原典子も店を出た途端、路上で嘔吐した。あの『完全な遊戯』の読後感とはまったく異質の、夫に対する激しい不信の感情に襲われた彼女は「翌日から家を一人で出て、奈良に旅して五日ほど戻らなかった」(同)。どういう思いで五日間を過ごしたのか。いずれにしても、健気な典子は耐えて、家に戻り、家庭を守った。現実を受け止め、生まれた男の子の養育費を送りつづけたのも彼女であった。加藤芳郎（漫画家）と石原慎太郎が対談でつぎのようなやりとりを交わしていた（『産経新聞』一九九九年五月二三日）。

加藤　奥さんはあんまり表に出てこないけど、偉い人ですね。

石原　（声を強めて）偉い人ですよ。加藤さんと何度か講演旅行に行ったけどさ。四国の屋島へ行っておみくじ引いたら、俺だけ大凶って出た。大凶なんてふつうあるわけねえなあ。神社だってサービスが……嫌な気がするじゃない。

加藤　で、もう一回引くと、また凶が出た（笑い）。

石原　宿に帰ったらさ、女房から電話かかってきて、電話してくださいって。なにかなと思ったら、浮気がバレちゃった。

年齢を重ねても大いに「青春」を謳歌していた石原慎太郎だが、浮かれ過ぎて痛い目にも遭った。性懲りもなくべつの愛人を妊娠させたのも、その一つといえようが、下半身に関する醜聞はさておき、彼の文学活動に影響を与えるミスも犯していたのであった。アメリカで自分の作品を発表する好機をみすみす逃したのである。作家という職業にある者には考えられないミスであり、こういう幼稚な失敗例に接すると、慎太郎は本当に運のいい男だったのか、と首をかしげたくもなるのだ。

話はじつに単純である。アメリカの出版社ハーコート・ブレイスから『太陽の季節』をはじめとする石原作品の出版契約をしたいという申し入れの封書が届いていた。にもかかわらず、文壇のみならず芸能界でもちやほやされていたときで、分厚い英語のペーパーなどとても読む気になれず放っておいたのだ。その出版社は辛抱強く一年間にわたって出版契約を求めて手紙を送りつづけた。しかし石原慎太郎が初めて封を切って見た八通目の文面には、「あなたはまったく誠意がない。ゆえにこれをもってあなたとの交渉は打ち切りにする」(『男の業の物語』一二〇頁)とあった。石原作品の『完全な遊戯』や『亀裂』などは日本よりアメリカでなら受け入れられたかもしれず、作家としては致命的ともいえる大失敗であった。

ミステリアスな出来事と母親思いの石原裕次郎の奇策

日活は一九五七(昭和三二)年もドル箱の石原裕次郎をフル回転させていた。この年に公開された裕次郎の出演映画をざっとあげれば、『お転婆三人姉妹・踊る太陽』(井上梅次監督)が正月映画であった。裕次郎はこのミュージカルコメディー映画で制作者協会新人賞を受賞した。以下、公開順に四月三日、『ジャズ娘誕生』(春原政久監督)。五月一日、『勝利者』(井上監督)。六月二六日、『今日のいのち』(田坂具隆監督)。七月一四日、『幕末太陽傳』(川島雄三監督)。八月二一日、『海の野郎ども』(新藤兼人監督)とつづく。

九月二九日、『鷲と鷹』(井上梅次監督)が公開された。このときロケで船に乗っていた石原裕次郎は、甲板でスタッフとふざけているうちに銀色のライターを海へ落としてしまった。北原三枝からプレゼントされたイニシャル入りの高級ライターだった。その年の暮れ、裕次郎が下宿していた水の江滝子の家でパーティーがひらかれたとき、このライターを届けにきた見知らぬ女性がいた。たまたま玄関先にいた石原慎太郎が受け取り、三〇代の女性は去った。一体、彼女はどこで拾ったのか。このミステリアスな出来事は石原作品『人生の時の時』の「ライター」という項で紹介されている。

逸話といえば、一九五七年の秋、湘南地方に「大地震の可能性」という情報が流れた。何月何日が危ないという噂に、石原裕次郎は白髪の目立ってきた母親の安全を心配した。彼は予告の日、避難用のヘリコプターをチャーターし、母親の万一に備えて待機させようと本気で考えた。この案は母親から一笑にふされて見送られ、さいわい地震もなかった。多額の出費を伴う、荒唐無稽のプラン。金に糸目をつけない身分になっていたのかという見方もあろうが、多くの人が噂を信じたなかで気の焦った裕次郎の突飛な発案がわからないでもない。自分を見失うほどの超多忙のなかで、やはり拠りどころは母親であった。かけがえのない人をどうすれば守れるか、そう思い詰めた末の発想だったのだろう。

一〇月二二日、『俺は待ってるぜ』（蔵原惟繕監督）が公開された。テイチクの専属になっていた石原裕次郎は二月、映画より先に、♪霧が流れて　むせぶよな波止場……で始まる映画と同じ名の歌「俺は待ってるぜ」（石崎正美作詞、上原賢六作曲）を吹き込み、一六〇万枚の大ヒットとなっていた。波止場近くの小さなレストランのマスター（裕次郎）にはブラジルに渡った兄がいて、連絡があり次第、現地へ行って再会するのを夢見ていた。しかし兄はブラジルへ渡る前、日本で殺されていた。恋人（北原三枝）の証言で、あれが犯人（二谷英明）と確信したマスターは、男の店に乗り込み、復讐をとげる。石原慎太郎の脚本だった。

三島由紀夫にからかわれた石原慎太郎の女装写真

一九五八（昭和三三）年は後半に大きなニュースのあった年であった。明仁親王（皇太子）と正田美智子（日清製粉社長長女）の婚約が発表されたのは一一月二七日で、一二月二三日に東京タワー（東京都港区）が開業した。三三三メートルの高さはパリのエッフェル塔（三〇〇メートル）を追い越して世界一となった。一二七日には岸信介内閣の三閣僚（池田勇人、三木武夫、灘尾弘吉）が辞表を提出し、永田町に激震が走った。

石原慎太郎もまた一九五八年は、後半のほうが話題の多い年であった。七月一二日、映画監督として初めてメガホンをとった『若い獣』（東宝）が公開された。しかし、撮影に入る前、ひと騒動があった。慎太郎の監督に長年下積みに耐えてきた東宝の助監督たちから強硬な抗議の声があがったのだ。このとき、助監督の一人である旧友の西村潔は、どういう行動を取ったのだろうか。

一一月には「若い日本の会」が結成され、石原慎太郎も加わった。警察官職務執行法改正案に反対したこの会は江藤淳、大江健三郎、開高健らがメンバーだった。

一二月、石原慎太郎は一橋大学自動車部の学生四人と公募したドクターを率いて南米横断スクーター旅行に出発した。中型トラックとスクーター四台による一ドル三六〇円時代の、慎太郎にとって初めての海外雄飛だった。目的はスクーターのキャンペーンでスポンサーは富士重工。二年前の文士劇で慎太郎が漱石原作の「坊っちゃん」に扮したときに「赤シャツ」を演じた桶谷繁雄の紹介で全行程五〇〇〇キロの南米走破が実現した（慎太郎はその後、単独で世界各地を遊歴して翌年四月に帰国）。

ブラジルのリオデジャネイロへは単身で乗り込んだ。石原慎太郎のお目当てはカーニバル。好奇心旺盛な作家は劇場でひらかれた有料（当時の邦貨で約一万円だったとか）の舞踏会に参加した。フォーマル・ウェアか、もしくは仮装が条件。タキシードなど持ち合わせていない彼は、日本の外交官夫人の着古しの赤い着物を拝借し、紙のかつらを被って出かけた。仮装組は舞台を歩かされ、翌朝、地元の新聞にそのときの写真が載った。新聞記事は日本にも知れ渡っていて、帰国して三島由紀夫と顔を合わせると、さっそくからかわれた（『婦人公論』臨時増刊『教養読本』一九五九年六月発行）。

三島　おかえりなさい。君、ブラジルのカーニバルで女装したでしょう。女装の写真を手に入れて、見たよ。
石原　えっ、ひどい人だな。
三島　うちじゃ引っ張りだこ。なんて妖艶なんでしょうといってな（笑い）。扇子を口に当てて、ホホホと上をむいたのがあるだろう。

石原　知らないよ、そんなこと。

めったに動静の伝わることのない妻の平岡瑤子も含めて、笑いに包まれた三島由紀夫一家の様子が目に浮かぶ。それにしてもつぎからつぎへと話題を連発する口八丁、手八丁の石原慎太郎のタフな行動には脱帽するしかないが、遊びほうけてばかりいたわけではない。彼は南米のあとヨーロッパやアラブ世界を精力的に駆けめぐって、民族の多様性や多元的文化など多くを学んでいた。

母親と兄の前で流した石原裕次郎の涙

映画界に旋風を巻き起こした石原裕次郎主演の『嵐を呼ぶ男』（井上梅次監督）は一九五七（昭和三二）年一二月二八日から上映され、年が明けても超満員がつづいた。日活は上映期間を一週間延ばしたが、観客は少しも減らなかった。立ち見の客で館内はあふれ、扉が閉まらないほどだった。

文字通り嵐を呼んだこの映画は三億五六〇〇万円の配給収入をあげ、日活の赤字経営はうそのように改善され、倒産のピンチを脱していた。主題歌「嵐を呼ぶ男」も発売半月で八万五〇〇〇枚を突破、テイチクは笑いが止まらなかった。金を生む人間に休息は許されない。各地の劇場主がずば抜けた集客力を持つ石原裕次郎に期待するのは当然であったうえ、映画界は二本立て興行に踏み切ろうとしていた。その結果、裕次郎は益々殺人的といってよいスケジュールに追われることになった。

一九五八（昭和三三）年の正月、全国津々浦々で石原裕次郎の映画が人気を呼んでいた頃、素顔の本人はスクリーンとはまったくちがう表情を見せていた。彼は久し振りに逗子へ帰って縁側でもの思いにふけり、以前、耳にした戦場で撃たれた兵士の経験談を思い出して身震いした。敵弾に当たって倒れた自分の死体を、霊体となった自分が見つめている。死体がタンカで運ばれると、霊体の自分がのろのろと自分の死体を眺めながらついていく。その姿がとても恥ずかしかったというのだ。スクリーンに映る自分というのは、本当の自分ではない。つくられた自分であり、いつもせかされる自分でしかない。兵士と同じように、そういう自分をみつめているうちに、自分が可哀想になってきたのである。

石原裕次郎は縁側の椅子に座って泣いた。「どうしたの?」と母親は驚いて聞いた。「俳優生活がつくづくいやになったんだよ」というと、兄が近づいて「そうか。それはいいことだ。それがお前も成長したしるしだよ」といった。「このひとことで僕はどれぐらい慰められ、勇気づけられたかしれなかった」（『わが青春物語』三三頁）と裕次郎は述懐した。

当時の大スターである中村錦之介や佐田啓二、市川右太衛門らを圧倒する石原裕次郎ブームの陰でこのようなシーンがあったのだ。嵐を呼んだ男の涙など、世間は想像もできなかったであろう。悩める青年も逗子の家を一歩出れば、虚構の世界へ舞い戻るしかなかった。裕次郎がつぎつぎと組まれていく仕事を片っ端からこなしていた頃、映画界は最盛期を迎えた。

一九五八年、映画の年間観客数は一一億二七〇〇万人に達した。これは日本映画史上最高の数字である。いい換えれば、このときから映画の退潮が静かに始まった。この年二月のテレビの普及率は一〇・三パーセントであった。一年後、それは二三・六パーセントになっていた。中間層の目覚ましい台頭がテレビ人口急増の背景にあった。そういう忍び寄る社会変動を知る由もない石原裕次郎は、映画の黄金期をひたすらに突っ走った。

一九五八年一月一五日、『夜の牙』(井上梅次監督)が公開された。石原裕次郎は銀座に近いガード下で診療所をひらく医師役。謎めいた女を宝塚出身で、井上監督夫人の月岡夢路が演じた。

三月一一日、兄の原作・脚本、舛田利雄監督で弟主演の『錆びたナイフ』が公開された。やくざあがりの石原裕次郎を慕う女性アナウンサーを北原三枝が演じた。♪砂山の砂を 指で掘ってたら……で始まる主題歌「錆びたナイフ」(萩原四朗作詞、上原賢六作曲)も裕次郎ファンには馴染み深い歌だ。初期のわき役も含め裕次郎は石原慎太郎原作の映画一〇本に出ている。このうち四本の監督が石原兄弟と相性のよかった舛田だった。ちなみに慎太郎原作で裕次郎出演の映画はつぎの通りである。

一、『太陽の季節』(日活、古川卓巳監督、一九五六年)
二、『狂った果実』(日活、中平康監督、一九五六年)
三、『月蝕』(日活、井上梅次監督、一九五六年)
四、『俺は待ってるぜ』(日活、蔵原惟繕監督、一九五七年)

五、『錆びたナイフ』（日活、舛田利雄監督、一九五八年）
六、『青年の樹』（日活、舛田監督、一九六〇年）
七、『雲に向かって起つ』（日活、滝沢英輔監督、一九六二年）
八、『敗れざるもの』（日活、松尾昭典監督、一九六四年）
九、『青春とは何だ』（日活、舛田監督、一九六五年）
一〇、『スパルタ教育・くたばれ親父』（日活、舛田監督、一九七〇年）

四月一五日、石坂洋次郎原作・池田一朗脚本の『陽のあたる坂道』（田坂具隆監督）が公開された。原作は『読売新聞』に連載され、石坂はスタインベック原作『エデンの東』から着想を得たといわれる。画家志望の粗野で無作法な主人公は執筆途中から裕次郎をイメージして書きすすめられ、彼は地のままに演じればよかった。主人公の義弟には津川雅彦が予定されていたが、都合がつかず、裕次郎の強い希望で川地民夫が起用された。

以下、四月二九日、『明日は明日の風が吹く』（井上梅次監督）。七月六日、『素晴しき男性』（井上監督）。八月一二日、『風速40米』（蔵原惟繕監督）。九月二三日、『赤い波止場』（舛田利雄監督）。一〇月二九日、『嵐の中を突っ走れ』（蔵原監督）とつづく。

一二月二八日、中平康監督の『紅の翼』（菊村到原作）が公開された。中平と石原裕次郎という『狂った果実』以来のコンビでプロデューサーも水の江滝子だった。中平と裕次郎の、当初のぎくしゃくした関係も互いに才能を認め合って解消していた。映画はヒットし、日活に三億六〇〇〇万円の配給収入をもたらした。

この年の暮れ、日活は石原裕次郎のために建築費四〇〇〇万円をかけ、世田谷区成城一丁目にプールつきの豪邸を建てプレゼントした。敷地一三二〇平方メートル（四〇〇坪）。設計丹下健三。他社からの引き抜き合戦から裕次郎を守るいわば防衛手段で、水の江滝子の助言だったという（大下英治『裕次郎伝説』一二八頁）。水の江も「アチシもここで暮らしたい」と敷地の片隅に自分の住まいを建てた。

その後、石原裕次郎と水の江滝子の間で感情のもつれがあり、水の江は成城を去るが、この家の庭に裕次郎の気持ちを和ませてくれる生きものがいた。あるとき、裕次郎は小さなカメを庭先でみつけた。春になると、冬眠から目覚めたカメは姿を見せた。以来、気がむくと、裕次郎は大きな体を折り曲げてピンポン玉くらいの生きものを探し、見つけると小学生のように喜んだ。一九八一（昭和五六）年、成城四丁目へ豪邸を建てて移ったあとも、成城一丁目の家をそのまま残した。案外、大きくなったカメのためでもあったのかもしれない。

裕次郎失踪事件の意外な原因

一九五九（昭和三四）年一月一五日、石原裕次郎主演の石坂洋次郎原作『若い川の流れ』（田坂具隆監督）が公開された。二四日、岸信介は松村謙三を破り、自民党総裁に再選された。二月末、日活は株主総会で一九五八年度の配給本数九九本（前年度八六本）、年間配給収入五五億四二〇〇万円（東映につぎ二位）、三億円を超える純益があったとし、二年近く無配だった株主配当（利益配当一三％の大盤振る舞い）をおこなうと発表した。一度はカメラテストではねつけた裕次郎のおかげで、日活は累計三〇億円におよぶ莫大な負債を完済し、俳優や社員のギャラとか給料の遅配もなくなった。

三月一〇日、石原裕次郎主演の『今日に生きる』（舛田利雄監督）が公開された。その四日前の六日の夜、裕次郎は横浜のナイトクラブ「ブルースカイ」にいた。『今日に生きる』のすべての撮影が完了し、打ちあげがひらかれていたとき、席をはずした裕次郎はかつての番長、山本淳正（すでにふれたように謙一を改名）へ電話し、「いま横浜にいるけど、ちょっとこない？」（『友よ』九九頁）と誘った。以下、山本の証言を借りながらたどれば、葉山からタクシーで駆けつけた友人に裕次郎はトイレで「これから彼等をまいて、どこかへ行っちゃおうと思ってる。黙って俺と一緒にきてくれるかい？」といい、そのまま一緒に横浜駅へむかった。

石原裕次郎の一〇日間におよぶ失踪騒ぎの始まりであった。二人は入場券で夜汽車に飛び乗り、早朝、京都駅で下車した。衝動的だったのか、裕次郎の所持金は少なく、潜伏先から赤坂の馴染みの芸妓に連絡し、電報為替で逃避資金を送らせた。

二人は京都から神戸へ移動し、花隈町の料亭松廼家に身を寄せた。戦前、山下汽船の若手社員、石原潔がひいきにしていたことはすでにふれた。父親っ子だった息子はその思い出の宿る隠れ家でいくばくかのやすらぎを求めた。

てんやわんやの大混乱になったのは日活だ。箝口令《かんこうれい》が敷かれ、メディアは人気俳優の失踪に気づかなかった。日活は隠密裏に懸命な探索をつづけ、重役の一人は霊能者にお伺いを立てた。「西のほうの海のところで寂しそうに立っている」というお告げであったが、これはそう的外れとはいえなかった。そのうちに松栖家に出入りする姿を石原裕次郎のファンだった街娼に見られ、やがて日活に伝わった。重役らが神戸に急行し、本人を発見。「真っすぐ帰るのはいやだ」という裕次郎のあつかましい希望も素直に聞き入れ、途中下車の祇園で一席もうけて一件落着となった。

四月一〇日、皇太子明仁親王と正田美智子のご成婚があり、パレードがテレビで放映された。テレビ時代の幕開けであった。四か月ぶりに海外から帰国した石原慎太郎は失踪事件の顚末を聞いて弟に「お前、逃げていいことをしたな」とエールを送った。後年、石原裕次郎は失踪の動機をこう語った（『太陽の神話』二二頁）。

「一九五九年、大学卒の初任給が七八〇〇円のとき、俺は一本映画を撮ると、たしか二〇〇万円ぐらいもらっていたわけだ。……俺はだんだん恐ろしくなってきたんだ。一本の映画に出るカネが大卒のサラリーマンの年間収入の数十倍になる。しかも俺は年間八本撮ったのが最高だけど、とにかく一年間で数本の映画に出ていた。そのたびにカネが入ってくる。……でも、俺にはやりてえことがいっぱいあったから、このまま日活にいたら、いつかは俺という男がつぶされるんじゃないかと思った。とにかく銭カネの問題じゃなかったんだ。……それでずらかったわけよ」

ところが後年、石原まき子はまったくちがう失踪の原因をあきらかにした。「こんなことを書くと、天国から裕さんに『よせよ』って叱られそうですが、失踪の大きな原因は、私が長い髪を裕さんに無断で切ったからなのです。裕さんは私の長い髪をとても好きだったのです。それを映画のために私がいともかんたんに切ってしまった。それが失踪のきっかけをつくってしまいました」（『新装・告白の記・逢いたい』六〇頁）。たかが髪型ぐらいで、というなかれ。兄の図太さと対照的に、弟の神経はじつに繊細だった。

六月四日、文藝春秋新社恒例の講演会に出席する石原慎太郎ら講師三人が上野駅から長野市へむかった。あとの二人は伊藤整と東京教育大学（現在の筑波大学）教授の美濃部亮吉。やがて慎太郎と美濃部が都知事選で対決するとは神のみぞ知るである。長野から新潟へ行き、佐渡にも渡った九日までの五泊六日という、いまでは考えられない著名人呉越同舟の長い旅であった。講師は酒席をともにする機会も多く、伊藤は美濃部と大いに語り合ったようで「美濃部氏は外国のことに詳しい好紳士である」（『伊藤整日記4』二六三頁）と印象を記した。

講演旅行で一緒だった石原慎太郎の美濃部亮吉評は伊藤整とちがって芳しくなかった。やはり肌合いがちがっていた。後年、「やるつもりはなかったんだけど、私が出ないと無競争で美濃部三選になってしまうので出ました」といい、都知事選で味わったというにがい経験を筆者に語った（『正論』一九九四年一二月号）。

「銀座の歩行者天国で街頭演説をやったら三万人ぐらいの大群衆が集まった。どこへでもついてくる私の熱烈なファンが一番前にいて、手を振っているんですよ。そのカットを私の後ろから撮るわけ、ＮＨＫが。ところが放映されたものは大群衆のカットが出てくると、次のカットに美濃部（亮吉）氏の演説が映って、美濃部氏のものになっちゃう。もう完全なモンタージュ（加工）がされて美濃部氏の集会になってしまうんです。

あのとき美濃部氏は老醜をさらすのを避けて、街頭演説には出てこなかった。大群衆の次はどうしたって私を映すだろうと思った。ところが私の場合は三多摩に行く電車に乗っているところで、『頑張ってます。やあやあ、よろしく』というシーンだけなんですよ」

当時、ＮＨＫ労組を牛耳っていたのは、天皇と呼ばれていた上田哲（のちに社会党の衆議院議員）だった。意図的だったのかどうか、もはや確認のすべはないが、わかっているのは宿命のライバルともいえる石原慎太郎と美濃部亮吉は、初対面の文芸講演会のときからどこかぎこちなかったということだ。

破局寸前から婚前旅行へ

一九五九（昭和三四）年の初夏、失踪事件を乗り切った石原裕次郎と北原三枝にまたしてもピンチがおとずれた。裕次郎が北原の目の前で暴行事件を起こしたのである。北原の受けた衝撃は大きく、実家で思わず愚痴った。それが発端で二人の間に亀裂が生じた。もともと北原の母親は、娘の交際相手が世間のひんしゅくを買っている太陽族の本家本元であったのに不安を感じていた。それだけに娘の嘆きに青ざめた。

石原兄弟はどちらも結婚前に相手の身内から強い抵抗を受けるが、深刻だったのは弟のほうだ。石原慎太郎の場合、反対したのは石田典子の祖母一人で周辺は静かに見守っていた。それに対して北原三枝の実家の荒井家は、母親だけでなく家族も同じ気持ちになった。石原裕次郎は失恋一歩手前にいたということだ。ちなみに北原が衝撃を受けたという出来事は裕次郎が話しているだけで、北原はなにも語っていない。裕次郎によれば、事件の舞台となったのは横須賀と葉山の境にある長者ヶ崎海岸だったという（『口伝　我が人生の辞』八五頁）。

晴天の午後、石原裕次郎と北原三枝は撮影が早目に終わったので長者が崎へ泳ぎに行った。銀幕のいまをときめくスターと人気女優が、プライベートな水着姿で海に入ろうというのだから大胆であった。長者が崎はバス旅行のコースになっていて、二人が着いたときも観光バス四台が茶店そばの駐車場に停まっていた。裕次郎と北原はこの日が初めてではなく、だれにも邪魔されず泳げる場所を知っていた。しかし、この日は運悪く、気づかれ、ヒソヒソ話が広まった。それを耳にした一杯ひっかけて上機嫌のバス旅行客数人が砂浜へ降りた。

彼等から冷やかされ、石原裕次郎は怒った。痛烈なパンチで打ちのめした。映画で見慣れた喧嘩のシーンとはまったくちがう、裕次郎の目のすわった表情と容赦ない鉄拳に北原三枝は仰天した。「僕の喧嘩を見るのは、これが初めて。恐怖で顔が青ざめ、歯をかたかた鳴らして、いつまでも震えが止まらなかったね」とは裕次郎の弁。恋人の荒々しい行状に北原はすっかり考え込んでしまった。

荒井家は事態を深刻に受け止め、両親が水の江滝子に会って娘の結婚への危惧を切々と訴えた。交際相手の乱暴な素性への不安も口にし、まわりまわって石原裕次郎の耳に入った。「ふざけるな。俺は源氏の血をひく立派な武士。なんたる失礼なことを！」（『太陽の神話』二七〇頁）と激怒した。

兄にもあった家系に対するそれなりのプライドが、一見古風な事柄に無関心そうな弟にもあった。サムライの末裔が直面した負の武勇伝も、最悪の事態は避けられた。一度は動転した北原三枝も時間が経つにつれ、裕次郎の行動に理解を示すようになった。

石原家は落魄《らくはく》した士族の末裔で、家紋は七つ矢車。先祖は松山藩に抱えられた武田武士の残党だという。甲斐武田氏といえば、清和源氏の流れをくむといわれるが、その一族ならともかく武士団となれば源氏との関係は無理筋というしかない。ただ、家系は、他者ではなく自分自身がそれにどうむきあうかというところに存在意義がある。自分にとってそれが人生の大きな拠りどころとなるなら、外野からどういわれようと気にすることはあるまい。

兄弟の少年時代、石原家は正月には家紋のついたお膳で雑煮をいただいた。父親には武家の流れを汲む者としての誇りがあり、サムライとしての矜持《きょうじ》を忘れてはならないと息子たちへそれとなく伝えていた。兄弟はそれぞれに家訓のようなものとして胸に刻んでいたから、「俺は源氏の血をひく立派な武士」ということばも飛び出したのであろう。

二人の結婚に、荒井家以上に猛反対したのは日活首脳部だった。当時の映画界では、スターの結婚はファンの夢を台なしにすると歓迎されなかった。実際に結婚して人気の落ちた例はめずらしくなかった。看板同士であればなおさらで、観客の減少は経営を直撃するだけに日活も結婚阻止に懸命であった。

一九六〇（昭和三五）年一月一二日、石原裕次郎と北原三枝は日活やメディアの目をかいくぐって羽田空港からパンアメリカン航空のジェット機に搭乗し、ひそかにアメリカ婚前旅行を敢行した。四日遅かったら大騒動に巻き込まれるところだった。一六日、岸信介首相の渡米の際、全学連約七〇〇人が羽田空港に座り込み、警官隊と衝突したからだ。一九日、新日米安全保障条約がワシントンで調印されたとき、二人はロングアイランドの友人宅にいた。

民間人が渡米するには、日米双方に保証人が必要な時代であった。当時のややこしい手続きをすべてクリアし、しかも完全に秘密が保たれたのは裕次郎の才覚や豊富な人脈、および有能なスタッフがそばにいたからだ。さらにいえば、スタッフのほかに献身的な助っ人にも彼は恵まれていた。二人はロングアイランドの友人が用意してくれた隠れ家に滞在し、映画を見たり、ショッピングを楽しんだり、日本では味わえない自由を満喫していた。

ところが、しばらくしてどういう方法で居場所を探し出したのか、堀久作からじきじきの電話で、「結婚は認めるから、すぐ帰ってこい」（『口伝　我が人生の辞』八九頁）といわれ、二人は帰国した。その頃のDC―9のファーストクラスはわずか八席しかなく、日本人が予約するのは稀であった。Gパンにヤッケ、スキー帽というラフな格好の裕次郎は、ファーストクラスで酒を浴びるように飲んだ。

DC―9が羽田に着陸し、タラップがつけられると、待ち構えていた報道陣が周りに群がった。これも一九六〇年代ならではの光景で、腕章さえつけていればメディアは堂々と空港のタラップの下まで近づけた。DC―9のエコノミー乗客はむろん、ファーストクラスの数少ない乗客もカメラの放列に驚いた。一体、どんなＶＩＰが乗っているのか。それらしき人物は、どこにも見当たらなかった。そのうちに乗員乗客は、キツネにつままれたような表情でフーテンのような酔っぱらいと美人の連れがフラッシュを浴びている姿を眺めた。

第九章　大プロジェクトと歌と車の知られざる昭和の光景

石原慎太郎と五島昇を結んだ「ミツバチびと」

一九六一（昭和三六）年一二月九日、東急系の伊東と下田の全長四六キロを結ぶ伊東下田電気鉄道（のちに伊豆急行と変更）の開通式が下田でおこなわれた。早くから下田駅周辺は人の波で埋まった。人気絶頂の石原裕次郎がヘリコプターであらわれるというのである。新線を計画したのは「強盗慶太」の異名を持つ五島慶太であった。目黒蒲田電鉄というけし粒のような会社を七〇社三〇万人の東急コンツェルンに育てあげた慶太は一九五九年夏に七七歳で亡くなった。

三七歳で東急コンツェルン総帥となった五島昇は父親の遺影を抱いて伊東から一番電車の最前部に乗った。電車が下田へ到着後、上空に石原裕次郎の乗ったヘリコプターがあらわれ、多数の見物人が見守るなか祝賀会場近くに降り立ち、式典を盛りあげた。裕次郎は神戸のロケ先から東急の用意したヘリコプターで駆けつけ、また神戸へ戻った。

人寄せパンダのような役割を好まない石原裕次郎が無理してまで東急のセレモニーに協力したのは、おそらく兄からも強い要請があったのだろう。五島昇と石原慎太郎は油壺のヨット仲間であり、昵懇《じっこん》の間柄であった。二人の親交のきっかけをつくったのは佐藤正忠という人物で、その経緯がちょっと変わっていた。彼はリコー三愛グループ創始者の市村清の私設秘書を経て雑誌『経済界』を発行し、政財界に人脈を広げていた。佐藤には人と人をつなぎ合わせるという妙な道楽があった。いうなれば「ミツバチびと」である。

石原慎太郎が芥川賞を受賞して間もない二〇代前半の頃、逗子で地元の仲間と野球をしていたとき、二〇代後半の佐藤正忠は突然あらわれて「だれか会いたい人はいませんか。私が紹介します」といった。慎太郎は薄気味悪く思いいっけんどんに追い返したが、佐藤もいきなり声をかけた無礼を書簡で詫びて、後日、ふたたび「会いたい人はいませんか」と繰り返した。半信半疑ながらも慎太郎は世にときめく五島昇と中曽根康弘の名前をあげたところ、佐藤は本当に二人を紹介した。「世の中にはお節介な人間がいるものだが、小説を一つ書いただけで世の中にぽっと出てしまった私にとっては、こんな都合のいい仲人はいなかった」(『歴史の十字路に立って』一〇五頁)と、のちに慎太郎は述懐した。

石原裕次郎は得体の知れない人物を本能的に避けたが、兄は逆に風変わりなタイプに関心を持った。佐藤正忠も変わり者の一人であり、そのうえ強運の持ち主でもあった。一九五四年九月二六日夕刻、学生易者として放浪していた佐藤は函館で青函連絡船の洞爺丸に乗船する直前、母親から「北海道に行ったらスルメを買ってきてね」といわれたのを思い出した。売店で千円札を出すと、「釣り銭がない」という。仕方なく切符売り場に駆け込み両替を頼んだが、断られた。走りまわってやっとべつの売店でこまかくでき、スルメの勘定を済ませるや連絡船へむかって駆けた。「だが、船はタラップを引きあげてしまっていた」（『信仰は力なり』一七七頁）というのである。

台風一五号で荒れ狂う海峡で洞爺丸は転覆し、一一五五人が犠牲になった。佐藤正忠が船に乗っていたら「ミツバチびと」は石原慎太郎に近寄ることもなく、その華麗な人脈も異なっていたと思われる。さいわいにもそうはならず、慎太郎は五島昇を知った。おかげで人脈の拡大、巨大プロジェクトに参画するという幸運、人生を謳歌する術を得た。当初は胡散臭く感じたお節介な人物の提案を半信半疑ながら受け入れた結果、金銭では換算できないほどの恩恵を享受できたのであった。

東急の本拠地は渋谷だが、五島昇は銀座に応接室のような部屋を持っていた。銀座東急ホテルのスイート・ルーム一〇〇一号室である。銀座では各界の多様な人物と会って幅広い知識を吸収し、渋谷では得難いリラックスしたひとときを大切にしていた。また、この一室をサロンとして開放し、政治家や文化人らの意見交換の場としていた。

石原慎太郎が佐藤正忠に伴われて一五歳年上の五島昇と会ったのも、この一〇〇一号室であった。以来、二人はヨット仲間としても肝胆相照らす仲となった。五島が茅ヶ崎に本格的なカントリークラブ「スリーハンドレッドクラブ」を創設する際、慎太郎もアドバイザーとして助言した一人であった。

日生劇場建設という大プロジェクトに参画

五島昇によって石原慎太郎は文壇や映画界とは異なる分野へ引き入れられていくが、特筆すべきは一九六〇年代にまだ二〇代後半の身で日生劇場の取締役になったことであろう。発端は劇団四季を主宰する浅利慶太のぼやきにあった。浅利は都内の劇場不足に悩まされていて、仲間に愚痴っていた。それを耳にしていた慎太郎は渋谷の東急系列の映画館に入ったとき、観客の少ない館内を見て、映画館の一つを新劇なども利用できるシアターに転換してはどうかと思いついた。

石原慎太郎はこの案に飛びついた浅利慶太を五島昇に紹介することにした。一九五九（昭和三四）年某日、浅利の記憶によれば、慎太郎と渋谷の東急本社をおとずれたときは江藤淳も一緒だったという。銀座東急ホテルではなく東急本社を訪問したのは、用件が事業に関わるからであった。慎太郎らの提案に対して東急の営業サイドの反応は芳しくなく、五島も現場の声を尊重した。

このあと、予想もしなかった風が吹いた。石原慎太郎らが落胆して帰ってから数週間後、五島昇は日本生命社長の弘世現《ひろせげん》から「劇場に詳しい人がいないか」と相談を持ちかけられた。東京の一等地、日比谷の帝国ホテル脇に演劇、オペラ、コンサートがひらける大劇場のあるビルを建設するというのだ。そのとき五島の脳裏に浮かんだのは慎太郎と浅利慶太で、ただちに二人は銀座東急ホテル一〇〇一号室へ呼ばれた。五島は「日本生命が新しい本社屋を建て、そのなかに劇場を計画している。設計と設備のアドバイザーを探しているので社長の弘世現さんに君たちを推薦しておいた。会いに行きなさい」(『時の光の中で』三一頁)といった。都内で不足する貸しホールを、それも最大級のものをつくるというのだから二人は目を輝かせた。

日本生命は東急の大株主であり、弘世現は東急の監査役であった。弘世と五島昇は学習院OBで個人的にも親しく、互いに腹蔵なく話し合える仲であった。生保業界の首位を走る日本生命も本社を置く大阪はともかく、東京は知名度において第一生命に後れをとっていた。そこで創業七〇年記念事業に弘世が選んだのは東京のランドマークとなり、文化の向上に寄与する壮大な日本生命日比谷ビル建設構想で、以後、日生劇場ビルの名で呼ばれるようになる大プロジェクトだった。

日生劇場ビルの設計は日本芸術院会員の建築家、村野藤吾に託された。建築場所といい、設計者といい、施主といい、雄大な構想といい、すべてが群を抜くだけに当初から昭和三〇年代における日本の代表的建造物として期待され、実際、一九六四年に日本建築学会賞作品賞を受賞した。それはのちのことだが、石原慎太郎と浅利慶太は大阪で弘世現から直接夢のような大プロジェクト構想を聞かされたとき、武者震いしたであろう。

弘世現のお眼鏡にかなった二人は、晴れて日生劇場準備事務所のメンバーとなった。村野設計チームに戯作者や観客の立場から劇場への注文、あるいは演出家としての意見を述べ、また劇団四季の裏方も参加して照明や音響効果などよりよい劇場設計の素案づくりに協力した。細かすぎる提案もしたので村野藤吾や彼のスタッフから迷惑顔もされたが、当時としては画期的な劇場づくりに慎太郎らの助言は参考になったはずだ。

施主の弘世現は当初、レンガ建築を考えた。ストックホルムを訪れたとき、レンガづくりの市庁舎に目を奪われたからだ。しかしスウェーデンのレンガを日本ではつくれないとわかって断念し、レンガの代わりに岡山市郊外の山から産出する赤みがかった御影石がビルの外装に使われた。地下五階、地上八階、塔屋三階のビルのメインとなるのは、一三五〇人が入れる劇場だ。設計の核心部分であり、内壁面はガラスモザイク張り、天井は硬質石こう板にあこや貝がちりばめられた。壁画は山口蓬春、緞帳は杉山寧ら画壇の巨匠に依頼された。弘世は「隅々まで気を配ったのは、このビルが日本生命のモニュメントとして、永く残ってほしいと願ったこと、いい器《うつわ》をつくればいいものが入ってくると考えたことによるものであった」（『私の履歴書　経済人17』四二四頁）と述べている。

日生劇場の工事がすすむにつれ、アドバイザー役の石原慎太郎と浅利慶太はこれだけのものを待ちの姿勢の貸しホールではもったいない、劇場側のイニシアティブで積極的に運営をしたほうがよいと弘世現や五島昇に進言した。これには日本生命の事務方が難色を示した。堅実な生保業界人には企画興業方式による劇場運営など水商売のように思われた。それでも諦めない慎太郎らの熱意に「では、君たちが中心になってやってみるか」（『時の光の中で』三二頁）と五島昇が助け船を出した。

結局、五島昇がみずから日生劇場を運営する会社の社長になり、石原慎太郎を企画担当（非常勤）、浅利慶太を制作・営業担当（常勤）の取締役とする案を出し、弘世現も社内の異論を抑えて同意した。役員になれば多少の株を持つことになるが、浅利によれば、このとき数パーセントの持ち株の資金を提供したのは藤山愛一郎（元外相）だったという。昭和三〇年代には、周囲のバックアップによって、このような華やかな活躍の場を与えられた二〇代の青年たちがいたのである。

ドイツ・オペラ日本公演実現に奔走した石原慎太郎

日生劇場のオープニングは一九六三（昭和三八）年一〇月二〇日からベルリン・ドイツ・オペラを招いておこなわれ、一一月九日には両陛下（昭和天皇と香淳皇后）と西ドイツ（ドイツ連邦共和国）のリュプケ大統領夫妻が来場するという民間企業の主催ながら国家的な大行事となった。両国の超ＶＩＰを前にドイツ・オペラ専属のオーケストラが日独の国歌を演奏した。音響効果抜群の新劇場に「君が代」がさながら敗戦国同士の驚異的な戦後復興を寿《ことほ》ぐかのように響き渡った。

世紀のセレモニーを企画立案する際、中心となったのも石原慎太郎や浅利慶太であった。初日、ぴかぴかのホールでカクテルパーティーがあった。招待された内外の名士はほとんどが燕尾服で、女性のなかにはローブデコルテ姿もあった。戦後にしてはめずらしく、男性の多くは勲章をつけていた。日生劇場のほど近くに明治時代の鹿鳴館の跡地がある。昭和の高度成長期に突入して間もない頃の本格的なパーティーは、明治の成長期を彷彿《ほうふつ》とさせる光景であった。

弘世現と五島昇は「カネは出すが、口は出さない」という鷹揚な態度で、二人の青年に大役を任せたのだろうか。否である。日本の高度成長を牽引した二人の経営者は、めずらしく若者の声に耳を傾けるタイプであった。しかしながら莫大な経費を要する企画をそのまま認めるほど寛大でもなかった。そのため石原慎太郎らは世界に冠たるベルリン・ドイツ・オペラを招くことを決めて以来、二年の歳月をかけて必死で資金集めに奔走した。

日生劇場オープニングの当初のプランは、これほど大掛かりではなかった。イベント企画の打ち合わせでベルリン・ドイツ・オペラの招へいを提案したのは音楽部門のアドバイザー、吉田秀和（音楽評論家）であった。ともに敗戦国にして、奇跡的ともいえる目覚ましい復興。日独は世界の注目の的でありながら、交流があまり活発でなかった。最初の案は控え目で、招くのはソリスト（独唱者）を中心にしたメンバーで、オーケストラやコーラスは日本人で構成するというものであった。これに対してドイツ側は「ドイツ・オペラの真価はコーラスとオーケストラ、そしてソリストの見事なアンサンブルにある。……オペラ団は東京公演を重大な企画と考えるゆえに、完全なものをお見せしなければならない。全団員が渡航できるよう尽力してほしい」（『時の光の中で』三六頁）と返答してきた。

全団員の招へいとなれば、一体、どれくらいの経費を要するのか、見当すらつかなかった。ああでもない、こうでもないと議論ばかりは盛んだが、一向に先へすすまない。場の空気を変えたのは「大変な計画だし、無理かもしれない。しかし、動いてみる前に議論しても始まらない。まず、やってみよう」（同）という石原慎太郎の決然としたことばだった。

石原慎太郎と浅利慶太は自国の文化を誇りとし、大切にするドイツ人を心底羨んだ。というのは、西ドイツ政府は来日に備えるオペラ団に対して早々と日本円にして七二〇〇万円の資金援助を承認したが、当時の日本政府に民間の文化事業へ助成金を出す雰囲気はないに等しかった。いずれにしろ六〇〇〇万円を日本側でねん出しなければ、このプランはご破算だった。

こうして石原慎太郎らのスポンサー探しが始まった。日本生命との関係から関西財界を中心に検討され、慎太郎と浅利慶太は最初に松下幸之助を訪問した。昭和三〇年代の長者番付の常連であり、創業した松下電器産業（現在のパナソニック）は世界的な企業に成長していた。指定された場所は京都東山の真々庵。幸之助は社長を退いて会長になると東山に住まいを構えていた。物怖じしない慎太郎は単刀直入に希望の金額を口にした。茶室で幸之助は静かにいった。

「今日の日本経済にオペラのために六〇〇〇万円を出せる力はついたと私は思います。お二人でいろいろな人に働きかけてごらんなさい。どうしても見つからなければ、私が助けましょう」（同三七頁）と。

やんわりことわられたのか、それとも脈はあるのか、一瞬、二人は戸惑った。松下幸之助の真意は、スポンサーになれるところはほかにもある、もっとあちこち駆けずりまわって努力しなさい、ということであろう。幸之助のことばに察しのよい青年たちは発奮し、作戦を練り直した。日本でオペラを趣味とするのはインテリ、典型的なインテリといえば医師、多数の医師を営業相手とするのは製薬業界と、ターゲットが絞られた。「大きい会社で、社長が若く、決断力のあるところを探そう」（同三八頁）と、石原慎太郎はいった。五島昇や弘世現のサジェスチョンもあって、塩野義製薬（以下、シオノギ製薬）社長の塩野孝太郎に白羽の矢が立った。塩野が五〇歳になったばかりの頃だ。

シオノギ製薬は大阪市中央区道修町に本社を構え、社長の塩野孝太郎は日本製薬団体連合会の会長をつとめていた。役目柄もあって毎月三回は上京していたが、かならず朝一便の飛行機を利用した。ホテルで一泊して翌日大阪へ戻るときも朝の一便。発着が比較的時間通りであるのと、朝の清々しさを好んだからだ。石原慎太郎らはいくらでも東京で塩野と面会できたが、あえて安易な方法は避けた。五島昇や弘世現の口添えとか、自分たちの知る有力者に紹介を頼むこともしなかった。まえもって丁重な書簡を送り、おおよその用件をしたため、そのあとで秘書室を通じてあらためて面会の希望を伝えた。

列車で大阪にやってきた石原慎太郎と浅利慶太を前に塩野孝太郎は開口一番、「あなた方が私に下さった手紙は手書きですね。普通この種の依頼状はタイプで打っていろいろな企業に宛てられるものですが、なぜこうなのでしょう」といった。これに対して慎太郎が「じつは、このお願いを聞き届けて下さる可能性のある方は、塩野さんをおいてないと思い、ただ一通、浅利が手書きで書かせていただいたのです」と答えた。塩野は一瞬驚いた表情を見せたが、すぐに微笑を浮かべて「ほう、あなた方に見込まれてしまったわけだ。よくわかりました。きちんと検討して御返事を差しあげます」（同）と述べ、三週間後、ドイツ・オペラの協賛に同意した。協賛社にはドイツ・オペラ日本公演の放送権が与えられた。

シオノギ製薬は数年前、資本金とほぼ同じ二〇億円を投じて研究所をつくったばかりで、さらにドイツ・オペラ協賛へ六〇〇〇万円の出費に踏み切るにあたっては社内に異論もあった。創業家の出とはいえ、塩野孝太郎にとっては清水の舞台から飛び降りるくらいの勇気が必要だった。「ビジネスライクに割り切って考えたのです。個人の趣味でやったのではない。協賛することでテレビ、ラジオの二年間の放送独占権をもらうことになっている。視聴率だけからいえば、プロレスのほうが高いかもしれないが、うちの会社がアピールしたい層が、このような番組を一番よく聞いてくれるのではないかと思う」（『週刊朝日』一九六三年七月五日号）と塩野は語っている。

かくして日航機二機がチャーターされ、指揮者のカール・ベームをはじめ総勢二八〇人（フィッシャー・ディスカウら独唱者を中心にオーケストラ一〇三人、コーラス八三人、技術スタッフほか）の来日となり、欧州の超一流オペラの日本公演が実現した。塩野孝太郎の決断とそれをうながした石原慎太郎らの努力のたまものにほかならないが、ここにも昭和という時代のほとばしるような熱情を感じる。ちなみに初日に演じられたのは、ベートーベンの唯一のオペラ『フィデリオ』であった。

昭和を思い出させる光景といえば、公演の打ち合わせは、ときには大阪の北新地のクラブ「太田」でもおこなわれ、五島昇、弘世現、塩野孝太郎という錚々たる実業家に交じってまだ若輩の石原慎太郎と浅利慶太もグラスを傾けながら討議に加わった。高度成長期には当たり前の光景だった酒場での打ち合わせもはさみながら準備に二年もかけた公演は大成功だった。ドイツ・

オペラの中継権を独占したシオノギ製薬はテレビとラジオによって社名がクラシックファンに知れ渡ったうえ、国賓として来日していたリュプケ大統領が一九六三年一一月一四日、大阪のシオノギ研究所を視察して話題となった。予想を超える反響にシオノギ社内にあったもやもやした空気はすっかり消え、塩野の判断に対して評価が高まった。それを知り慎太郎らは胸をなでおろした。

驚くほど歌詞を覚えなかった石原裕次郎

兄が大プロジェクトに走りまわっていた頃、石原裕次郎も大車輪の活躍だった。この項では歌を中心に裕次郎の足跡を追ってみる。歌う大スターとして一世を風靡《ふうび》した裕次郎の初めての吹き込みは、これまで例のない型破りなものであった。レコーディングがおこなわれたのは、一九五六（昭和三一）年六月二六日、映画『狂った果実』の撮影が終わりに近づいているときであった。裕次郎にとって歌との出会いは決定的といってよいほど重要だが、自分から歌手を希望したわけでもなく、日活の新人売り出し作戦に担ぎ出されたのが歌う映画スターになるきっかけだった。

映画各社は力を入れた作品が初公開される際、主な劇場で出演者が舞台であいさつした。日活の場合、新顔も舞台で歌うのが恒例になっていた。石原裕次郎の持ち歌はディック・ミネの「旅姿三人男」と「夜霧のブルース」。低音の甘い声に客席から拍手がわき起こった。プロの歌手に負けない反応を見て、日活はレコード各社へ裕次郎の売り込み作戦を展開した。

映画『狂った果実』には裕次郎がウクレレを弾きながら歌う「想い出」（清水みのる作詞、寺部頼幸作曲）という挿入歌がある。これをテープで聴いてもらうのだが、「どのレコード会社も冷たかった」（小松俊一『俺の裕次郎』一〇三頁）と日活宣伝マンは回想する。太陽族アレルギーがレコード各社にも蔓延《まんえん》していたうえ、裕次郎の低い声に疑問符がつけられた。それでも粘りに粘ってやっと一社からＯＫが出た。応じたのはテイチクである。

日活宣伝部長とテイチク文芸部長は昵懇の間柄で、テイチクはなかば義理で引き受けたともいわれている。もしそうであるなら、この義理の恩恵は莫大であった。テイチクに拾われた裕次郎は、やがてヒット曲を連発するドル箱となるからだ。当時のレコード界でテイチクは苦戦していた。美空ひばりや島倉千代子のコロンビア、鶴田浩二や雪村いづみのビクター、三橋美智也や春日八郎のキングと比べて見劣りしていた。そのテイチクがタナボタで金の卵を手に入れた。

レコードの売れ行きを左右するのはＡ面である。映画『狂った果実』で歌った「想い出」はあくまでもＢ面候補であり、勝負はＡ面を飾る新曲だ。ここで石原慎太郎が強力な助っ人として登場する。映画の主題歌としてではなく、弟のレコードデビューのために小説や映画と同名の「狂った果実」を作詞し、佐藤勝が作曲した。信じがたい話だが、石原裕次郎はレコーディングの当日、スタジオで初めて「狂った果実」のメロディーを耳にしたという。楽譜も渡されていなかった。よしんば事前にもらっても裕次郎はオタマジャクシを読めないので、どっちにしたところで同じだった。スタジオには作曲家の佐藤がきていた。佐藤とディレクターの中島賢二が歌唱指導にあたったが、どうもうまくいかない。

そのさなか石原裕次郎は厚かましくもビールを所望した。どんなベテラン歌手でも、吹き込み前のスタジオでアルコールを口にすることはない。テイチクのスタッフはあきれた。現場にすれば、まだ一枚もレコードを出していない若造を受け入れたのは、上司の強い指示があったからだ。裕次郎は招かれざる新米歌手に過ぎないのに、とんでもないことをいい出し、スタッフはあっけにとられた。

にもかかわらず、吹き込みを終えたあとのスタッフは一様にあかるい表情だった。作曲を担当した佐藤勝は立ち会った日活宣伝部員に「和製アームストロングだ。声がかすれても音程は確かだし、音感が非常にいい。日本にはめずらしい歌手だ」（『俺の裕次郎』一〇〇頁）と顔を上気させてつぶやいた。初めてのレコーディングにもかかわらず、プロから高い評価を得た。以来、裕次郎の吹き込みの際、テイチクのスタジオにはかならず冷えたビールが用意された。

ウソのようなホントの話がある。テイチクは石原裕次郎を専属としながら、彼の歌を拒否したことがあった。それも、あの大ヒットした井上梅次監督の映画『嵐を呼ぶ男』の撮影準備中のこと。主演の裕次郎扮するギター流しが有能な女性マネージャー（北原三枝）と出会い、特訓のおかげで一流のドラマーになるが、ドラム合戦の相手側に右手をつぶされるという筋。音楽と歌を重視する井上監督は、映画にふさわしい主題歌の作詞と作曲をテイチクに依頼した。

ところが、テイチクは石原裕次郎のヒット曲「俺は待ってるぜ」を、あれはほんのまぐれくらいにしか評価していなかったのか、井上梅次の申し出をことわった。仕方なく井上は主題歌「嵐を呼ぶ男」を自分で作詞し、音楽監督の大森盛太郎に作曲を頼んだ。映画が上映されると、♪俺らはドラマー　やくざなドラマー……と口ずさみながら映画館から出てくる人たちがいた。すぐに日活宣伝部はソノシート（ビニール製の代用レコード）をつくり、映画館で売ったところ一枚四〇円のソノシートが飛ぶように売れた。

井上梅次がいう、「このヒットに驚いたのはテイチクである。すぐさまレコード製作を申し込んできたが、もともと著作権を稼ごうなんて気の毛頭ない私はきっぱりお断わりすると、副社長が私の世田谷の自宅へ訪ねてこられて責任者を処分したという。私はあわててその処分の撤回を条件にレコード化に応じた。おかげでいまだに著作権料をいただいている」（『窓の下に裕次郎がいた』四二頁）と。

あまり知られていないが、石原慎太郎も歌をうたっている。高音が魅力的といわれていた。一九五七（昭和三二）一〇月一〇日、京マチ子主演の『穴』（大映、市川崑監督）が公開された。ここに慎太郎が青年作家の役で登場し歌っていた。映画を見た弟は「賢兄への憂さ晴らしに」（本人の弁）面とむかって「なんだ。カラスが酔っ払ったような声を出して。あれじゃカカシも逃げ出すぜ」とからかった。「やはり、歌はお前のほうが一枚上手だな」と兄は素直に認め、「愚弟はいい気持ちになった」と弟は述懐した（『わが青春物語』三七頁）。

それは二人きりのときの話。衆院選で石原慎太郎と初当選の同期、山崎拓（元自民党副総裁）によれば、「家族同士が食事をしに行ったとき、慎太郎さんは裕次郎さんが歌って大ヒットした

『勇者たち』(なかにし礼作詞、浜圭介作曲)を歌った。非常にうまかったので褒めたら、『俺は裕次郎より歌がうまいんだ』と悦に入っていた。つねの太陽のような存在だった弟を意識していたんだな、と思いました」と語っている(『週刊朝日』二〇二二年二月一八日号)。

いろいろあっても、そこは仲のいい兄弟だ。石原裕次郎はしばしば賢兄愚弟と評し、「兄貴は秀才といっても青白い秀才じゃない。喧嘩も強かったし、絶対的に尊敬するよ」と兄弟対談でいったとき、「どこの家だって、弟をしつけるときは、『兄さんは立派だ。見習いなさい』というものだよ。裕さんのほうがよほど秀才だし、デリカシーもあったよ」(『女性セブン』一九六九年一月八日・一五日合併号)と石原慎太郎が応じたように互いに相手の才能を認めていた。

石原裕次郎は「これまで歌ってきたなかで、一番好きな曲は?」と問われてデビュー曲「狂った果実」をあげ、「初めて主演した映画の主題歌で、僕の人生を決めた歌だからね」と述べている。毎年、結婚記念日の一二月二日、裕次郎が歌った曲でもある。

石原まき子によれば、彼の魅力は「なんといってもあのハスキーな歌声でしょう。甘く柔らかな心にしみるような低音の響き。それでいて、高音も澄み切ったきれいな声。歌唱力はもう抜群でした。独特のフィーリングで、なんともいえないロマンチックな雰囲気をかもし出す。日本語の『てにをは』を、いつもきちんと歌う人でした」(『裕さん、抱きしめたい』八二頁)。

石原裕次郎はレコーディングの際、その場で初めて音を耳にしても、わずかばかりの特訓で覚えてしまうほど飲み込みが早かった。テイチクの担当者によれば、「普通、ディレクターは、金魚鉢と呼ばれるスタジオとはガラスで仕切られたミキサー室にいて、歌手に注文を出す。が、裕さんの場合はちがった。スタジオでお互いにビールを飲みながら、まず、その日レコーディングする曲を一緒に歌う」(高柳六郎『石原裕次郎 歌伝説』三八頁)というのだ。三〇分前後で一曲を吹き込み、それを数曲こなした。

石原裕次郎の歌のレッスンを、まき子も見たことがないという。まったく練習もしないでレコーディングに臨むというのは、いくらなんでもありえない。事前にテイチクから、その日吹き込む新曲のテープが届けられる。成城の自宅から杉並区堀ノ内にあるテイチク・スタジオまで四、五〇分の車中で覚えていたようだ。「センスもリズム感も抜群。やはり天性のもの」と、テイチクのディレクターはいう。石原慎太郎にも聞いた(『正論』一九九六年九月号)。

筆者　裕次郎さんのレコーディング風景には驚きです。三、四度さらって、そのままレコーディングしてしまう。ほんとに、あんなものなんですか。

石原　あんなものですね。「お前は裸の王様だ」と弟にいったことがあります。弟のレコーディングを眺めていると申し訳ないような気がしてくるんです。

筆者　ぶっつけ本番スタイルというのは、裕次郎さんだけでしょうね。

石原　うーん。もうちょっと歌い込めば、よくなった歌もあるんです。自分の歌なのに、もう驚くほど歌詞を覚えていない。テレビで歌うときも、自分の有名な歌でも歌詞がわからないので、カメラの後ろに大きな紙で書かしていた。歌いながら、チラッと歌詞を見ている。ほんとにプロンプター付きでなきゃ歌えなかったんですよ。

石原慎太郎によれば、かつて東北地方である民放が開局した際、弟に三曲ワンステージで六〇〇万円という条件で出演依頼があったという。しかし、「俺は歌手じゃない」といって断わった。石原プロにしてもこれだけの収入をみすみす逃す手はなく、慎太郎に説得を依頼した。そこで兄は弟にいった（『文藝春秋』一九八七年八月緊急増刊）。

「ばかだなあ、お前は」
「俺は金なんか欲しくない」
「お前が行かないんなら、俺が行ってやろうか」
「おお、行けよ。兄貴じゃ、相手は六万円も出さないぞ」

兄は一本取られてしまったが、そのあと、二人は一緒に食事をした。まだ宵の口で、そのあと馴染みのクラブへ入った。石原裕次郎はよほど気分がよかったのだろう、ピアノの生演奏で一五、六曲も歌った。三、四人しかいなかった客は思わぬビッグショーに大喜びだった。「たった三、四人のために一五、六曲とは、お前、ばかじゃないか」と兄はいい、「いや、これでいいんだ」と弟は応じた。

筆者　裕次郎さんの歌のなかで、一番好きな歌はなんですか。

石原　最初の歌、「狂った果実」かな。あれはとてもむずかしい歌なんですよ。
筆者　石原さんの作詞ですね。
石原　ええ。それから、泥くさくなくて、しゃれていて、弟も歌がうまくなったなと思ったのは、「夜霧よ今夜も有難う」ですね。
筆者　「赤いハンカチ」は？
石原　あの歌は、寺山修司がバカに気に入っていました（『正論』一九九六年九月号）。

♪アカシヤの　花の下で……といえば、いまもカラオケでよく耳にするが、「赤いハンカチ」にまつわるエピソードをもう一つ。スポーツ紙で長く映画界を取材してきたベテラン記者の家へ石原裕次郎から電話があった。用件が済んで雑談になったとき、「うちのカミさんが『赤いハンカチ』にぞっこんでね」となにげなく漏らした。すると、「嬉しいですね。奥さんを電話口に出して下さい」と裕次郎はいい、驚いて電話を代わった記者の妻にその歌をうたったという。

一九六二（昭和三七）年に発売された「赤いハンカチ」は大ヒットし、二四〇万枚に達した。その頃、華々しくスタートした石原プロも企画は見つからず、開店休業という有様だった。そのときの経営の窮状を救ったのがこの歌であった。

令和の世の新聞に「一九六〇年代の歌謡曲全盛期に生まれたヒット曲。全一三一曲をCD七枚組に収録」という全五段の広告が何度か載った。レコード会社の枠を超えて集められたという。美空ひばりの「悲しい酒」やフランク永井の「君恋し」などが並ぶ、そのど真ん中に石原裕次郎の「赤いハンカチ」が本人の写真とともにあった。「夢を追いかけていた青春の日々がよみがえる」というキャッチコピーが、その時代を通り過ぎてきた人間には眩しい。

先般、筆者の住む街で吉田正記念オーケストラ「元気が出る！ コンサート」があった。吉田正ヒットメドレーに並んで石原裕次郎メドレーも演奏された。五曲ほどの最後は「赤いハンカチ」で、指揮者の大沢可直《よしなお》は六〇〇人ほど入った客席に「赤いハンカチ」の合唱を求めた。前ぶれもなければ、プログラムに歌詞もなかったが、老若男女の大合唱であった。そこで再認識したのは、歌の強靭な生命力だ。小説や映画は忘れられても、どっこい歌だけはしたたかに生き延びるのだろう。

石原裕次郎は文壇の兄同様、歌謡界のミリオンセラー男であった。彼は一貫してテイチク専属として会社の屋台骨を背負い、この世を去ったのちも貢献しつづけている。デビュー以来の稼ぎを総計すれば、莫大な額になるはずだ。主なヒット曲はつぎの通りである。

一九五七年三月、「俺は待ってるぜ」（石崎正美作詞、上原賢六作曲）
一九五七年九月、「錆びたナイフ」（萩原四朗作詞、上原賢六作曲）
一九五八年四月、「嵐を呼ぶ男」（井上梅次作詞、大森盛太郎作曲）
一九五八年七月、「明日は明日の風が吹く」（井上梅次作詞、大森盛太郎作曲）
一九六一年三月、「銀座の恋の物語」（大高ひさを作詞、鏑木創作曲、牧村旬子とデュエット）
一九六二年一一月、「赤いハンカチ」（萩原四朗作詞、上原賢六作曲）

一九六五年五月、「二人の世界」（池田充男作詞、鶴岡雅義作曲）
一九六七年三月、「夜霧よ今夜も有難う」（作詞／作曲浜口庫之助）
一九六七年六月、「倖せはここに」（作詞／作曲大橋節夫）
一九六八年七月、「夜霧の恋の物語」（大高ひさを作詞、鶴岡雅義作曲）
一九七二年五月、「恋の町札幌」（作詞／作曲浜口庫之助）
一九七四年八月、「別れの夜明け」（池田充男作詞、伊藤雪彦作曲、八代亜紀とデュエット）
一九七九年一一月、「ブランデーグラス」（山口洋子作詞、小谷充作曲）

なぜ石原裕次郎は、自分の持ち歌を覚えようとしなかったのか。理由はかんたんで、自分を本職の歌手と思っていなかったからだ。これだけのヒット曲を持てばテレビから引っ張りだこになるが、稀にしか出演を承諾しないし、地方のキャバレーをまわることもない。日本列島津々浦々で裕次郎節が流れてもそれは有線やカラオケなどであって、当の本人はそもそも歌う機会がめったにない。したがって、歌詞もすぐに忘れてしまうのは当然ともいえよう。ただし、石原プロが倒産の危機に陥ったときは、背に腹は代えられず、全国ツアーを敢行した。

命知らずのドライバーだった兄と弟

日本で車が最高にステータスシンボルだった一九五〇年代の中頃から石原兄弟はヨット同

様、マイカーにも執着した。それも並みの車ではなく、当時の若者たちの感覚からすれば夢のような話になるが、セレブになった二人にすれば、これぐらい好きなようにさせてよ、といった心境であったと思う。ただ、兄弟でその意識にははっきりとしたちがいがあったはずだ。

石原裕次郎の場合、彼ほどの映画スターになれば、自家用車はどれでもよいというわけにはいかない。裕次郎がダイハツの軽自動車で銀座四丁目交差点にあらわれたら、ファンはシラケてしまう。できるだけファンのイメージを傷つけないのがスターの心得というもので、飛び切りの高級車であればあるほど、ある意味ではそれがファンへのサービスともなる。ちなみに小樽市にあった石原裕次郎記念館に展示されていた愛車は、ベンツ300SLガルウィングであった。

その点、石原慎太郎のほうが車選びに関するかぎり、自由気ままであった。高級車であろうと大衆車であろうと、自分の気に入ったものに乗ればよいのだ。慎太郎が熱中したのはスポーツカーで、イギリス製のMGのTFやオースチンヒーレー、モーガン、ジャガーのXK、ドイツ製のポルシェ、そしてトヨタが誇るハードトップ型オープンカーを乗りまわした。慎太郎によれば、「モーガンは私が日本で一番最初に購入したスポーツカー」だという。

石原慎太郎は自他ともに認めるスピード狂であった。『スポーツカー・レース』(『新潮』一九六〇年九月号)というエッセイにつぎのような一節がある。

〈とにかく人間は、ひとり自動車だけとはいわない。ヨットにしろ飛行機にしろ、なぜこう走るものに憧れて惹かれるのだろうか。

それはスピードの魅力というよりも、スピードを増すことによって自分をより強く、遠く、独りだけの世界に閉じ込めることへの陶酔感だろう〉

これは作家自身の実感であり、スピードがもたらす陶酔感の虜《とりこ》となって、ゆるい規制のせいもあり、彼の乱暴な運転はどんどんエスカレートした。この頃はまさしく「暴走青年」といってよく、そのうえ居眠り運転もしばしば経験していた。命知らずというか、もうハチャメチャで石原慎太郎は、酔っ払い運転など日常茶飯事だった。銀座のバーで痛飲したあと、オートバイをぶっ飛ばして逗子の自宅まで四〇分で着いたこともあった。また、スポーツカー仲間とともんでもないスピード競争にも興じていた。はっきりいって暴走族で、たとえば真夜中に東京から軽井沢までだれが一番速いタイムで着けるか、五分おきに出発していたこともあった。その際、彼等は平気で信号を無視し、制限速度などどこ吹く風であった。ルールを守ろうとしない特定の人間の自分本位な行為ではあったが、半面、これもまたまぎれもなく昭和という時代の悪しき実相であったのは否めない。

某夕、石原慎太郎が逗子から東京の馴染みの酒場へむかうときだった。いい気分でトライアンフTR3を運転し、第二京浜で前を走る車をつぎつぎに追い越していた。途中、タクシーに追い越され、持ち前の闘争心にかられてすぐに抜き返したが、工事中のため車線制限のところで並ばれた。タクシーの三〇代後半とおぼしき厳めしい顔の運転手は窓をあけ、「あんた、運転がうまいねえ」といって去った。「なんだ、あれは」と首を傾げた慎太郎は、スピードをあげようとしてハッとした。これは亡父がタクシー運転手となって、自分の目に余る無謀運転を戒めたにちがいないと直感した。慎太郎は霊感を素直に受け入れる人間であり、以来、きっぱりとラリーもどきの遊びから身を引いた。

初の日本グランプリ決勝大会があったとき、石原慎太郎は主催者側から出場をすすめられたが、ことわった。例の霊感に従ったのだ。それから一年も経たない一九六四（昭和三九）年一月三一日、剣豪作家として知られた五味康祐が乗用車を運転中、ところも鈴鹿市の国道一号線でトラックと激突した。五味のスピードの出し過ぎで、雪駄を履いて運転していた。一時は重体となった五味には、石原慎太郎のような無謀運転を戒める天のシグナルもなかったようで、一年半後には名古屋市でわき見運転とスピード違反により六〇歳の女性と六歳の孫を死亡させてしまった。禁固一年六か月、執行猶予五年の有罪判決だった。慎太郎にしても、五味のような死亡事故を起こしていれば、政治家への道は閉ざされたであろう。

石原裕次郎も車好きで、やはり危ないドライバーの一人であった。小林旭によれば、裕次郎と銀座で飲んでいたとき、お互いに翌日が休みであるのに気づいた。二人の休みが重なることはめったにないうえ、酒の勢いで「これから京都へ行こう」という話になった。いい出しっぺは裕次郎だという。酒場ですでにボトルを何本か空けていたという。酔っ払い運転とスピード違反の無法者たちは一睡もせずに深夜の東海道を突っ走り、朝の六時に京都の先斗町に着いたとか（『文藝春秋』二〇二三年六月号）。その間、人身事故を起こさなかったのは、もはや奇跡といってよい。

第一〇章　一九六〇年代の石原兄弟の喜怒哀楽

六〇年安保激動期の一風景

一九六〇（昭和三五）年は、昭和戦後史においてエポックメイキングとなる年であった。その中心はいわゆる六〇年安保だ。五月二〇日、自民党は衆議院本会議場で新安保条約を単独採決、政局は混乱した。六月一五日、デモ隊が国会突入を図り、東大生の樺美智子が死亡した。三畳間のアパートでテレビはむろん、ラジオもなければ新聞も取っていない田舎からぽっと出の私大一年生の筆者にも、デモ隊がシュプレヒコールを叫ぶ殺気立ったキャンパスのただならぬ雰囲気から永田町の機動隊とデモ隊の激突もそれとなく察しがついた。教室では過激派学生がアジ演説を延々とつづけ、しばらくは授業どころでなかった。激動の三か月間、鳴りをひそめていた石原慎太郎はなにをしていたのであろうか。

『伊藤整日記』のおかげで六月一三日の夕刻、石原慎太郎は目黒駅から徒歩二分の中華料理店の老舗「香港園」にいたのがわかる。テーブルを囲んだのは慎太郎のほかアメリカ生まれのヴィリエルモという日本文学研究家、伊藤整夫妻、奥野健男夫妻、中央公論社の宮脇俊三夫妻だった。プリンストン大学へ行くヴィリエルモの送別会であった。伊藤はこの日の日記に「羽田に着いたアイゼンハワー秘書ハガチーは車を取り囲まれて動けず、危うくヘリコプターで救い出され、米大使館に入ったという。一九日は騒ぎになるだろう」（『伊藤整日記4』三八七頁）と予言していた。日記は「そのあと石原君の案内で銀座の喜楽寿司へ行く」とつづく。

水の江滝子は銀座の喜楽寿司の常連で、世に出て間もない頃の石原兄弟はよくこの店で水の江におごってもらっていた。喜楽寿司は下ごしらえのネタのほかに、注文に応じて水槽で泳ぎまわるヒラメやキスなど生魚もさばいて出していた。ヴィリエルモが寿司通を気取って講釈を始めた。そういう手合いをからかってみたくなるのが石原慎太郎。いつもの癖が出て、それではこういうのを知っているかといわんばかりに、水槽の底にうごめいていた平たい体と大きなヒレのあるコチという魚を注文した。板前がコチの小さな肝を取り出し、レモンをかけてヴィリエルモの前に置いた。よほど薄気味わるかったのだろう。ヴィリエルモが大袈裟《おおげさ》に身震いした。「石原君、あまりいじめちゃ駄目だよ」（『男の粋な生き方』九九頁）と伊藤整がたしなめた。

その頃、安保闘争の盛りあがりで都心部は大混乱していたかといえば、国会周辺を除けば、どこもふだんと変わりなかった。伊藤整も石原慎太郎も好奇心の人一倍旺盛な作家であり、多数のヤジウマに交じってデモ隊の行動をじっくり観察していた。伊藤は樺美智子が横死した翌日の午後三時から約一時間、主に霞が関の東京地検などの入る検察庁舎側の石垣に立って国会議事堂へむかうデモ隊をカメラにおさめていた。

石原慎太郎の目を引いたのは、機動隊と全学連が睨み合う国会議事堂近くの騒然とした現場ではなかった。大通りを避け、彼は首相官邸の裏道へ入った。「あの騒動のなかで私が一番印象的だったのは……一歩官邸の横に入ると辺りは閑散としたもので、その奥の公邸の裏門にはろくな警備もなかったことだ。国会正門前にはあれほどの騒ぎがあるのに、わずか二、三〇〇メートルしか離れていないそこには嘘のような静寂があった」（『歴史の十字路に立って』七五頁）と振り返る。

石原慎太郎は六〇年安保にどう対応していたかといえば、国会で十分に審議をつくすべきだという考えで、岸内閣と自民党の強引な手法による単独採決には反対だった。日米安保の新旧条約を真剣に比較検討し、改定の危険性を感じて反対していたわけではなかった。のちに慎太郎自身、自分のまわりで条文を精読していたのは江藤淳くらいだろうと思っていた。慎太郎も条文を精読し安保を容認したが、それを積極的に口にしたのはあとのこと。当時の空気からして、いったところで反対派は聞く耳を持たなかった。反対派に対する慎太郎の評価は「思慮分別を欠いた……軽率というよりも滑稽に近いものだったとしかいいようがない」（同七二頁）と手厳しかった。

石原慎太郎は安保審議の衆院予算委員会で官房長官の椎名悦三郎が述べた答弁をいつまでも忘れなかった。社会党の質問者から「アメリカは日本にとってなんなのか」と問われ、「いってみれば日本の番犬ですな」と答えた。委員会は笑いに包まれたが、質問者が「番犬とは失礼だ」と注意すると、「これは失言でした。訂正します。アメリカは日本の番犬様です」といい直した。

椎名は野党にもあったアメリカに対するコンプレックスを念頭において口にしたが、慎太郎は椎名発言に日米関係の本質を感じていた（同一七五頁）。

石原慎太郎はメディアから痛烈に批判された岸信介と佐藤栄作の兄弟を、彼らしい視点で肯定的に観察していた。二人の政治家のタカ派的体質も慎太郎の体質に合っていた。後年、「慎太郎さんと裕次郎さんは、どちらも大活躍のすごい兄弟ですね」といわれても、「いやいや、岸さんと佐藤さんと比べれば、たいしたことはありませんよ」と答えていた。政治ジャーナリストの冨森叡児が岸・佐藤兄弟を「頭の回転が速く、能弁で、万事にそつない岸に対して、佐藤は口が重く、じっくり考え、状況をよく見たうえで行動するタイプである。そのうえ、二人を決定的に分かつものは戦前体験の差であった」（『戦後保守党史』二〇七頁）と評していた。これは石原兄弟にもおおむね当てはまっていて、偶然の符合にしてもどこか似た大物兄弟二組が同時代を疾駆していたのは、ある意味では壮観といえよう。

対照的だった池田勇人首相と石原兄弟の関係

一九六〇（昭和三五）年七月一五日、岸内閣は総辞職し、途端に筆者が通学していたキャンパスの空気があきれるくらいがらりと変わった。激しい総裁選挙の末、一九日、所得倍増をスローガンに池田勇人内閣が誕生した。秋のライバル校との伝統の大学野球は、優勝をかけた試合となったのを思い出す。双方譲らず六連戦もつづくという異例の展開となり、スタンドは沸きに沸いた。授業が休講となったのは春と同じだが、春とはまったく異質の秋の熱狂に筆者もようやく都会の風に慣れて自然体で振る舞うことができた。一一月二〇日、第二九回衆院総選挙がおこなわれ、自民党二九六議席、社会党一四五議席、民社党一七議席、共産党三議席を得た。その間、石原兄弟に対照的な出来事があった。

自民党広報委員会は総選挙前、機関紙『自由民主』で池田勇人総裁と石原慎太郎の対談を企画した。当時の広報委員長は原健三郎で、日活の渡り鳥シリーズ作詞者として知られる芸能界とつながりのある政治家だった。その頃の慎太郎は高校時代以来の左がかった姿勢から脱していたが、自民党シンパでもなかった。中曽根康弘をはじめ何人かの自民党の政治家と付き合っていたので、原らの目には自民党支持に見えたのであろう。

石原慎太郎は自民党総裁との対談を多忙という理由でことわった。何本も連載を抱える流行作家が、ハードスケジュールに追われていたのは事実であろう。ただ、慎太郎の性格からして現職の総理大臣である池田勇人に少しでも関心があれば、二つ返事で引き受けたと思う。人見知りの激しい佐藤栄作と相性のよかった慎太郎だが、「寛容と忍耐」を唱えたソフトな池田のような大らかなタイプはかえって苦手だったのか。たしかにハト派とか池田が演じた低姿勢というポーズは肌に合わなかったかもしれない。宏池会という池田派の面々とも疎遠な関係だった。池田のブレーンだった大平正芳は一橋の同窓であり、池田はともかく大平とはもっと接点があってもおかしくないが、大平との交遊も耳にしない。

池田勇人の愛弟子、宮沢喜一とも石原慎太郎はそりが合わなかった。二人の間柄を象徴するような話がある。宮沢が首相であった一九九二（平成四）年四月二二日、「特攻隊員の母」として知られる鳥浜トメが薩摩半島南端の枕崎市で八九歳の生涯を終えた。戦前、トメは鹿児島県知覧町で「富屋食堂」をひらいていた。戦争末期、知覧飛行場は陸軍特攻隊の出撃基地となり、食堂を利用する隊員たちは彼女を母親のように慕った。慎太郎は昔、出版社から宮崎県で講演を頼まれ、指宿《いぶすき》に宿泊すると聞き、知覧訪問を思い立った。かねてより関心のあったトメに面会したときの印象を慎太郎に筆者は聞いたことがある（『正論』一九九二年九月号）。

筆者　初めてトメさんに会ったときは、なにか神々しさを感じましたか。

石原　全然、そうじゃないですね。村夫子《そんぷうし》然とした田舎のおばさんでした。ただ、話すことばは飾らないけれども、ほんとに千鈞の重みがあった。その日はしとしとと雨が降っていた日だったのですが、河出書房の人と行ったんですけれど、知らないうちに二人とも正座して涙して聞いていました。かつてあの若者たちがたむろした家の二階で、とてもあぐらをかいて、お茶を飲みながら聞けるような話ではなかった。

筆者　とつとつと語るわけですか。

石原　そう。まさに現代の最高の語り部だと思いました。だから宮沢首相に、「感謝の意をこめて英霊の鎮魂のために国民栄誉賞をどうですか」といったら、宮沢さんは「結構ざんすねえ。ただこういうものは国民の側から声があがってくるとよろしいんですけどね」（笑い）といっていた。僕はそのためにも金丸（信）さんにも頼もうと思ったけれど、そのとき金丸さんは外国にいっていいなかったんですよ。帰ってきてから、そのことを話したら、金丸さんが「ああ、それは、君、いいことといってくれた。いい話だ。トメさんの名を書いておいてくれ」と、秘書にいっていたけれど、忙しいから忘れちゃったのかね（笑い）。

これまでの著名人ぞろいの受賞者とはまったく異質の、しかし世間の意表をつくような石原慎太郎の進言に、典型的な正統派人間でこういう発想に不慣れな宮沢喜一はさぞや戸惑ったであろう。慎太郎にしても、宮沢にかぎらず肌合いのちがう人間につとめて合わせようともしなかった。このインタビューのさわりのところを再録しておく。

筆者　トメさんから聞いた話を聞かせて下さい。

石原　宮川三郎という特攻隊員は「自分は明日出撃して何時頃には沖縄で死にます」といって秘密裏の出撃をトメさんに打ちあける。故郷が蛍の名所だったので「沖縄の海で死んだら、好きな蛍になって帰ってきます」といって出かける。翌日、飛行場に近寄ることは禁忌《きんき》だったけれど、トメさんだけは黙認されていて、飛行機が飛んでいくのを外から拝んで見送った。

家へ帰ってきて、夕刻、水仕事をしていたら、彼女の家の裏庭には井戸があって藤棚があるんですけれど、そこからすっと蛍が一匹飛んできた。はっと、きのういわれたことを思い出した。ほかの隊員が食堂で歓談しているから、「宮川さんがいった通り、蛍になって帰ってきましたよ」というと、みんな敬礼して肩を組み、「同期の桜」をうたったというんです。蛍はみんなの頭の上を一巡して裏に流れていく小さな川に消えていったという。

筆者　すごい話ですね。

石原　建ったばかりの特攻観音にトメさんと連れ立ってお参りしたことがあります。「終戦直後の夕方、一面、菜の花畑となった飛行場跡を眺めながらこんな話を語ってくれました。そしたら突然、私を迎えるみたいに飛行場跡にガスの栓をともしたようにパッと一面に鬼火が燃えあがって、風もないのに激しくゆらいだものです。そこで二人でぬかずいてお祈りをしたら、鬼火はすっと消えていきました」。聞いたあと、トメさんの家に戻って、たまたま、そのお手伝いさんが私の横へものを運んできたので、こういうことがあったんですねといったら、「恐ろしいけど、美しい風景でした」といっていました。そういうエピソードはこと欠かないですね。

横道へそれてしまったが、前へ戻すと、総裁の池田勇人との対談を石原慎太郎にことわられた自民党側は、すぐには引き下がらず、慎太郎と顔見知りの政治記者を介して対談を受けるよう説得した。めんどうくさくなったか、慎太郎は「そちらがそんなに希望されるなら、首相がこちらにおいでになったらいいでしょう」（『読売新聞』一九六一年五月一〇日夕刊）といい放った。

その際、政治記者はおとなしく引き下がったが、あとで周辺に八つ当たりし、石原慎太郎の耳にも届いた。政治記者は「文士ふぜいがいかに忙しかろうと、いかに理由があろうと、一国の首相にむかってそちらからこいとはけしからん」と激怒していた。慎太郎はそれを教えてくれた知人にいった、「総選挙と小説の締め切り、首相が扱っている世界と作家が扱っている世界と、どちらがほんとうに大きいか、そんなやつにわかりゃしまい」と。

相手が総理大臣であろうとまったく意に介さないところは、まさに石原慎太郎の真骨頂である。もっとも、こういうキャラクターだから首相になれなかったといえなくもない。池田流の寛容と忍耐があれば、彼は野望をすんなりと達成できたように思うが、さりとて自分を抑えることで強烈なキャラクターが薄められたら、慎太郎の魅力は半減し、筆者もこうして本を書くこともなかったであろう。天は二物を与えず、それが人間界を面白くしている。

池田勇人総裁との対談相手として自民党広報委員会は、今度は石原裕次郎に白羽の矢を立てた。これは池田首相の意向というより、裕次郎の兄へのあてこすりをいくぶん含んだ原健三郎の思惑もなきにしもあらずだが、そういう些末なことより、ときの政権与党が石原兄弟のフレッシュなイメージに固執した点に注目したい。池田サイドはお堅い官僚政治家という総選挙の顔のイメージを時代の寵児の力を借りて少しでも払拭したかったのであろう。

このとき、石原裕次郎は正月用の映画『闘牛に賭ける男』（舛田利雄監督）の撮影に追われていた。スペインでのロケも近々に予定されていて、兄を上まわる相変わらずの超過密スケジュールであった。「総理が君を夕食に招待したいそうだ」といわれ、裕次郎はあっさりと応じた。自民党側は作戦を変えて、二人の初顔合わせを芸能週刊誌に売り込んでいた。掲載が自民党の機関紙ではなくとも、政党の宣伝であるのは一目瞭然だ。それを知りながらあえて応じたのは裕次郎の大らかな性格もさることながら、首相の池田勇人がときの政界で五指に入る酒豪だったのも彼の好奇心を駆り立てたにちがいない。

一九六〇年一〇月一四日午後八時、チャコールグレーのジャケットを粋に着こなした二五歳の石原裕次郎は自民党が用意した車で都内のセット撮影先から東京・信濃町の池田邸へ到着した。和服姿で迎えた六〇歳の池田勇人は、これまでの銀ぶちメガネをこのとき初めてアメ色のべっ甲ぶちに代えていた。「銀ぶちは冷たい感じを与える」という意見があり、イメージチェンジの一環としてメガネのフレーム交換が実施されたというわけだ。

応接室で対談がおこなわれ、自民党広報委員長の原健三郎が司会をつとめ、原から誘われた『週刊明星』記者も立ち会った。話題は主に映画談義であったが、二日前に起きた社会党の浅沼稲次郎委員長刺殺事件にもふれた。裕次郎が「テレビの臨時ニュースで知ったときは、ただ呆然としました。ああいうテロは断じて許せませんね。僕は与党とか野党とかいうのでなく、まず一人の市民の生命を守るのが、政治の力だと思うんです」というと、池田勇人は「君は僕以上に、政治家的な識見を持っている。いまの世の中では、敵味方なく寛容と忍耐で愛し合っていくことが、なにより大切だからね」と応じた。

石原裕次郎が正直に「じつは僕、いままで政治に興味がなくて、一度も投票したことないんです。しかし、この前の安保闘争を見てから、ただ銭稼いで酒飲んでるだけじゃいけないと感じて、新聞の政治面なんかもよく……」と話すと、「その心構えが立派だ。君は将来、まちがいなく世界的スターになれるな。もし政界入りすれば総理にもなれるだろうが、やっぱり日本一のスターになるほうがむずかしいかもしれん」と、池田はいって感服した表情を浮かべた（『週刊明星』一九六〇年一〇月三〇日号）。

池田邸は第一応接室、第二応接室、表座敷、奥座敷とあって、来客や用件によって招かれるところがちがった。対談が終わると、石原裕次郎だけが別室へ通された。池田勇人は「今日はゆっくりしていけるのかね」といい、「深夜からロケ撮影があります」という返事を聞くと、「それまでの間ならいいだろう……どうだ、一緒に風呂でも入らんか」といった。「まだ仕事が残っていますので」と風呂は辞退したが、一二月二日の裕次郎の結婚式と翌三日の池田の誕生日の前祝いも兼ねて「ビールから始まって、日本酒に移り、ブランデーで仕上げた」という酒宴は大いに盛りあがった。おしまいは池田邸の上客には定番の麦飯のカレーライスだった。

帰り際に池田勇人から「君は絵が好きか」と聞かれ、石原裕次郎は「絵画や骨とう品の収集を趣味としています」と答えた。「それなら記念にこれを持っていきなさい」と、池田は梅原龍三郎の水彩画をプレゼントした。その小品は梅原からの贈りものだったようで、池田はその場で画家に電話し、了解を得たうえで、裕次郎に手渡した。池田邸を辞した裕次郎は夜の上野駅へむかった。終電から始発までの森閑とした上野駅ホームでロケが予定されていた。不眠不休のスケジュールの間をぬっておこなわれた夜の総理訪問は、その後数多の著名士と交流のあったタフガイにとっても生涯の忘れ得ぬ思い出の一つとなった（『太陽の神話』六四頁）。

「政界入りすれば総理にもなれるだろう」というのも半分はお世辞にしても、半分は当たらずとも遠からずといえなくもない。池田勇人のことばには、権力闘争を勝ち抜いた政治家の独特の勘もあったと思う。兄とそう変わらない頃から、石原裕次郎も政治家と付き合っていた。その気になれば、兄より早く政界入りのチャンスがあった。

後年、石原裕次郎は大阪市北区の中之島公会堂でひらかれた三悪追放運動の講演会に呼ばれたことがあった。三悪とは売春、麻薬、性病で実業家の菅原通済《つうさい》がすすめていた社会運動であった。そのとき会場にいた裕次郎の友人、川野泰彦は菅原が「兄貴より裕ちゃんのほうが、政治家にむいているんじゃないかね。じつに大衆の心を思いやった見事な講演だったよ」(『素顔の石原裕次郎』二一二頁)としみじみいったのを長く記憶していた。川野によれば、裕次郎は佐藤栄作首相時代に官邸裏の公邸に招かれ、「参議院選挙に立たないか」(同二一二頁)といわれたという。

佐藤栄作もまた、石原裕次郎が政界入りすればかならず大成すると見ていた。レーガンが俳優からアメリカ大統領になったように、裕次郎が健康に恵まれたうえ、衆議院議員選挙への出馬に踏み切っていたら、案外、そう低くない確率で首相になれたかもしれない。裕次郎には、兄が逆立ちしても敵わない強烈なパワーがあった。人望の厚さである。慎太郎は神輿《みこし》に乗せにくいタイプだが、裕次郎は神輿に乗せやすいタイプであった。首相になれる確率が高いのは、断然、担がれやすいキャラクターの持ち主のほうだ。

石原慎太郎は参議院議員になったばかりの頃、文壇のゴルフで一緒になった小林秀雄から「君、政治を始めて、弟子は出来たかね」(『新潮』一九八三年四月臨時増刊号)と聞かれた。慎太郎が「子分ですか」と聞き返すと、「いや弟子だよ。君のためなら人を殺すような奴が何人かいるかい」と小林は真顔でいった。「そんな人間なら、今のところ二人、いや三人はいます」というと、「それならたいしたもんだ。ますます本気でやれよ。俺なんざ、弟子は一人もいないや」といって、あははははと笑った。

小林秀雄がいうように、自分のために命を捨てるような人間が三人もいたらたいしたものである。実際、石原慎太郎にはそういう人間がいたと思う。ただし、最大限三人であって、どう考えめぐらしてもこの時点では四人はいなかったということでもある。

石原裕次郎が同じ質問をされたらどう答えたであろうか。たぶん、「そんなのわからないや」と質問自体を無視したように思う。決して兄のように特定の人間の顔を思い浮かべて、本気で数えることはなかったはずだ。石原プロがメディアによって石原軍団と呼ばれていたように、彼は鉄の結束を誇る組織のトップであった。「この人のためなら死んでもいい」というブレーンやスタッフを自然に集められる天性の資質を裕次郎は備えており、池田勇人や佐藤栄作といった権力闘争を勝ち抜いた政治家は動物的嗅覚でそこを嗅ぎつけていた。

弟の最晩年、兄は最後の対談で「お前はまわりにいいスタッフがいるし、裕さんのためなら死んでもいいというような人たちばかりだ。政治家っていうのは、なかなかそういう面の仲間っていうのはできないね」（『ペントハウス』一九八七年一月号）と羨んだ。ただ、如何せん、すべてに優先するのは健康と運である。その点で弟は兄にかなわなかった。

後年、石原裕次郎は何度も信濃町の慶応病院に入院することになるが、そのたびに病床で病院からすぐ近くの池田勇人邸を訪問した夜の、楽しかったひとときを思い返していた。池田は喉頭がん（本人には告知されず前がん症状と公表された）のため一九六四（昭和三九）年一〇月二五日、東京オリンピック閉会式の翌日に退陣を表明、一一月九日の自民党議員総会で佐藤栄作を後継総裁に指名した。翌年八月一三日、六五歳で死去。私邸はやがてマンションになった。

石原裕次郎が求めた夫婦間の最低ルール

一九六〇（昭和三五）年一二月二日、石原裕次郎と北原三枝は結婚した。挙式と披露宴は日活ホテルで、裕次郎は前夜からホテルに泊まるつもりで部屋を取っていた。兄の結婚前夜はひと騒動あったが、弟の場合もいかにも裕次郎らしい過ごし方であった。このとき映画『銀座の恋の物語』（蔵原惟繕監督）を撮影中で、一日の深夜、映画のダビング用とレコーディングをおこなった。翌日に結婚式を控えていたが、この時間しかなかった。♪心の底まで　しびれる様な……で始まる牧村旬子とのデュエット「銀座の恋の物語」（大高ひさを作詞、鏑木創作曲）は真夜中の吹き込みだった。

レコーディングを終えたあと、石原裕次郎は独身最後の夜を飲みあかそうと友人たちと酒場へ繰り出した。真っすぐホテルへ直行しないのが裕次郎流であり、いつの間にかハナ肇らも加わって盛りあがった。ホテルへ帰ったのは朝の六時。結婚式当日の朝帰りも彼らしい。朝帰りといえば、裕次郎は妻となるまき子に「朝帰りしても、がたがたいうな。どんなことがあっても、がたがたいうな。男のつき合いは大切だ」（『石原裕次郎　日本人が最も愛した男』七五頁）とくぎを刺していた。さらに「長い人生を一緒に歩いていく最低のルールとして、それぞれにきた郵便物は勝手に封を切らない。机の引き出しはあけない」と裕次郎はつけ加え、まき子も同意した。身勝手なところもある一方的な約束だったが、裕次郎の求めた夫婦間の最低ルールをまき子は律儀に守った。

挙式は午後四時からだったが、新婦のほうは実家で午前一〇時には早くも支度を始めた。一段落すると両親の前に正座し、「どうぞいつまでもお元気で……」（『裕さん、抱きしめたい』五〇頁）といって涙を流した。病気で式に出られない母親は「あんたも元気でね」といい、門を出るとき、荒井家の全員が泣いた。一方、朝帰りの新郎が目を覚ましたのは挙式のちょっと前。神前結婚の場は同じホテル内なので遅刻は免れたが、あわてていたので胸につけるカトレアの花を忘れてしまった。媒酌人の堀久作は新郎に「おい、酒臭いな」と顔をしかめた。当日、一社につき記者とカメラマンが一人ずつに制限したにもかかわらず、取材のため集まったメディアは一二〇社二四〇人を超えた。

この日をもって北原三枝は女優の看板をおろし、石原まき子となった。石原家の一員となって、「裕ちゃん」という慣れ親しんだ呼称を封印した。どう呼ぶべきかを思案した末、義兄が使う「裕さん」を真似ることにした。令和のZ世代には理解できないであろうが、まき子のような昭和ひとけた世代にすれば、細やかな心遣いはファミリーの一員となるためには不可欠に思われた。

家庭の主婦になり切るという覚悟は、義母の意向にも沿っていた。この年の五月、石原光子は女性雑誌で裕次郎の結婚について手記を発表していた。そこで光子は自分なりに息子の理想の嫁についていくつかあげている（『若い女性』一九六〇年五月号）。

一、両親のしっかりしたふつうの家庭の人

一、できれば職業婦人でない人

一、やさしい人

一、ある程度の教養のある人

二番目の希望は現代では物議をかもすであろうが、明治生まれの世代には「働く女性」がまだ馴染めなかった。「女性があまり世間を、特に男性の社会を知りすぎてしまうと、いざ家庭に入った場合、男性のわがままが許せなくなるような気がするのです」というのが彼女の意見であった。石原光子は結婚を運命的なものと考えていた。これは上の息子とまったく同じだった。年の初めから夏にかけての安保闘争によるぎすぎすした雰囲気はあとかたもなく、巷《ちまた》ではダッコちゃんという腕に抱きつく人形がブームとなっていた。

新婚早々に石原裕次郎の深刻な大怪我

一九六一（昭和三六）年一月二〇日、ワシントンでケネディの大統領就任式があった。前年一一月、民主党のケネディは共和党のニクソンを僅差で破っていた。二四日、ようやく正月休みが取れた新婚早々の石原裕次郎夫妻は志賀高原ブナ平でスキーを楽しんでいた。裕次郎が滑り降りていたとき、事故が起きた。前方を女性スキーヤーが横切り、それを避けようとした彼は木にぶつかって転倒した。メタルのスキーだったので、木の板よりダメージが大きかった。内出血のため右足のズボンが異様に膨れあがった。重傷人を乗せたワゴン車は、東京・信濃町の慶応病院へ急行した。石原まき子は夫の骨折した足を自分の膝に乗せ、少しでも動かせば骨折部分が粉々になりそうで八時間もじっと耐えねばならなかった。新婚早々の深刻な突発事故。必死の思いでようやく病院に到着したとき、両脚の感覚をうしなって彼女はしばらく立ちあがれなかった。

電話で息子の大怪我を聞いた母親は、「ええ？　また、折ったの？」（『裕さん、抱きしめたい』六〇頁）と落ち着いた声でいった。下の子の怪我は幼児の頃から慣れっこになっていたのだ。義母にショックを与えないため、深呼吸したあと慎重にことばを選んで電話した石原まき子は予想外の義母の声に驚いたが、「いくら慣れているとはいえ、どんなに気丈な母親でも平常心でいられるとは思いません。落ち着いた声は、私の動揺ぶりを見抜いた義母の心づかいではなかったかと、いまにして思います」（同）と述懐する。

二二か所も骨折していた右足は、粉砕複雑骨折と診断された。医師は「力自慢のお相撲さんが竹箒《ぼうき》の両端を持って、ぎゅうっと三六〇度曲げていくと、途中でばりばりばりと裂けるが……そんな状態になった」（『口伝　我が人生の辞』九五頁）と説明し、全治まで半年以上かかるといった。「五体満足ならそれで十分。俳優はいつやめてもよい」と石原裕次郎は最悪の事態も覚悟をしていた。だが、日活にとってもドル箱スターの長期入院は経営を直撃する出来事でうろたえた。最も恐れたのは、容姿の変貌であった。日数はかかるけれど、右足の切開手術をやめて自然治癒の治療法が選ばれたのは、無様な歩き方になる確率が低いであろうという判断からだった。

石原裕次郎のつぎの主演映画『激流に生きる男』の代役には「和製ジェームス・ディーン」といわれ、人気急上昇の赤木圭一郎が選ばれた。だが、アクシデントは重なる。二月一四日、赤木はセールスマンが持ち込んだゴーカートの試運転中、日活撮影所内にある大道具工作場の壁に激突し、頭蓋骨を骨折。意識不明のまま七日後、二一歳の若さで死んだ。

四歳年下の赤木圭一郎の死は、入院中の石原裕次郎に大きな衝撃を与えた。彼は親しい映画記者に「まだ入院して一か月くらい、お先真っ暗って心境だったんで、赤木の事故はこたえました。二、三日眠れなかった」(『生きてるあいつ裕次郎』九〇頁)と語った。裕次郎はこのとき、兄がずっとこだわりつづけていた死生観に強く囚われていた。人生観と死生観は表と裏であって、突き詰めれば人間の命には限りがあり、一日も無駄にはできないという焦燥である。俳優で終わるつもりなど最初からまったくなかった裕次郎は、たっぷり時間を与えられた病室で自分の将来を真剣に考えた。

とはいえ、彼は映画界から離れるつもりはなかった。「自分が納得する映画をつくる。自分が人気者になるのではなく、人気者を自分がつくる」というのが彼の夢であった。長期入院を契機にその実現のためにみずからのプロダクション設立を検討しはじめた。プレイヤーからプロデューサーへの転身、というより実業家への挑戦といったほうが本人の心境に近い。兄は弟の独立プロ構想にもろ手を挙げて賛成した。

石原裕次郎は三月二三日に慶応病院を退院し、山梨県身延町の下部温泉で保養した。いよいよギブスを取る日がやってきた。スキー事故から八か月が経っていた。当日の朝、石原まき子は主治医から「ギブスを取って、足首のところがカクッといったら、今度は手術しないと治りません」(『裕さん、抱きしめたい』六一頁)と告げられ、心臓の鼓動が高まった。

ギブスをはずしても異変は生じなかった。石原まき子は「そのときの感謝の気持ちを、どういいあらわしたらいいのでしょう。石原裕次郎に第一回目の奇跡が起きたのです」(同)と振り返る。

奇跡といえば、長くスクリーンから遠ざかっていたにもかかわらず、石原裕次郎ブームに陰りは見えなかった。大怪我の直前に発売されたレコード「銀座の恋の物語」が二〇〇万枚を超える大ヒットになったのもラッキーだった。全国津々浦々に流れたこの歌が、途絶えた映画出演料を補うほどの多額の収入をもたらした。不安な長期治療を二人は手をたずさえて乗り越え、夫婦の絆は一層深まった。

映画『太平洋ひとりぼっち』で石原プロの船出

一九六二(昭和三七)年一二月二七日、石原裕次郎は帝国ホテルで誕生日前日、すなわち二七歳最後の日に記者会見をおこない、年あけに自分のプロダクションを設立すると発表した。独立宣言である。慶応病院で思い立ってから、まだ二年も経っていなかった。会見には兄も同席し、「いつまで経ってもピストル持ってドンパンじゃ成長がないよ。そんなことをやってるから、弟も映画俳優なんて男子一生の仕事にあらず、なんていい出しちゃう。これからは少なくとも、前むきに、年間三本程度は自分のやりたい仕事を選んでやっていけばいい」(『素顔の石原裕次郎』三九頁)と励ました。壇上には日活の敏腕プロデューサー中井景《あきら》も並んで、映画記者の注目を浴びた。中井はこの日、日活に辞表を出していた。

石原裕次郎は独立プロ設立を事前に江守清樹郎に伝えていた。日活の映画部門を率いる専務の江守にとって歓迎せざる話だったが、日活と縁を切るわけではないので渋々了解した。記者会見の始まる三時間前に裕次郎はもう一度専務室をおとずれ、今日発表することを伝えた。きちんと筋を通す律義さが裕次郎にはあった。江守は「君は日活の石原裕次郎なんだから」(『映画にかけた夢　石原プロモーション58年の軌跡　石原裕次郎・渡哲也』四三頁)といって、これまで通り契約本数の映画出演を守るようあらためて念を押した。配給ルートは日活に頼らざるを得ないのであり、独立プロといっても収入面を含めたくさんの制約があった。

一九六三(昭和三八)年一月一六日、石原プロモーション(石原プロ)が設立された。資本金五〇〇万円の株式会社で虎ノ門に狭いながらもオフィスを構えた。社長の石原裕次郎をナンバーツーの常務として中井景がサポートし、社長の妻と兄が非常勤の取締役、水の江滝子が顧問として名をつらねた。ほかに営業担当の常務と社員三人のこぢんまりした所帯でのスタートであった。慶応の先輩で映画製作で経験豊富な中井は、裕次郎より一一歳年上だった。

石原プロを実質的に仕切ったのは中井景であり、石原裕次郎も彼が頼りだった。前年の一九六二年一月一五日に石原慎太郎の次男、良純（のちに俳優）が生まれていた。成人したあと、叔父の石原プロへ入った。

この頃、石原裕次郎は映画記者らに「たかだか映画界のなかでのこと、でっかいこと目指したって、外から見たら『小《ち》せえ小《い》せえ』でしょう。プロをつくって、テレビの影響を受け始めてきた日本映画をどうこうしようなんて大きなことはちっとも考えてません。ただ既成の映画会社では企画できないような、小さくてもいいから独自の目のつけどころのあるもの、儲かる必要はない、とんとんでいいですから、後悔しないような映画をつくります」（『生きてるあいつ裕次郎』九二頁）と語っている。表むきの淡々とした心境とは裏腹に、独立プロ発表以前から裕次郎の心は一つのことで占められていた。石原プロの第一回作品の選定で、決まっているのは、主演は自分ということだけだった。

日活から相変わらずヒット曲とアクションをからめた企画が提示されたが、石原裕次郎と中井景は頑なにはねつけた。映画会社にとって八月のお盆映画は正月とともにもっとも稼ぎどきにもかかわらず、日活は裕次郎映画を逃がしてしまった。

長い間、石原裕次郎と中井景が思案を重ねた末、ようやくたどり着いたのが堀江謙一原作『太平洋ひとりぼっち』（一九六二年、文藝春秋新社）だった。堀江は一九六二（昭和三七）年五月一二日夜、兵庫県の西宮港から一九フィート（約五・八メートル）の小型ヨット「マーメイド号」でサンフランシスコを目指して出航した。ときには命をかけて荒波と苦闘した九四日間におよぶ単身の無寄港太平洋横断の航海日記は、ベストセラーとなった。ヨットマンの裕次郎には、まさにぴったりの企画だったが、すでに大映が映画化権を得ていた。

石原裕次郎は大映に先を越されて地団駄を踏んだ。ここで月光仮面のごとく「俺に任せろ」と兄が登場する。弟のピンチに立ちむかうときの石原慎太郎は機敏だった。彼は単身、大映本社に乗り込み、永田雅一社長と対面した。気の短いことで知られた永田ラッパだけに、慎太郎はすぐに拒否されるのも覚悟して用件を切り出した。意外にも永田はじっと耳を傾け、ときどきうなずいた。慎太郎の弟を思う切々とした懇願に心を動かされた、といいたいところだが、実際は渡りに船だった。大映は『太平洋ひとりぼっち』の映画化権を買い取ったが、映画化に二の足を踏んでいた。「製作費がかかりすぎるという理由で宙に浮いていただけに、慎太郎を通じての石原プロモーションの申し入れを快く受け入れ、譲渡することを約束した」(『素顔の石原裕次郎』六〇頁)というのが真相だった。

石原プロの記念すべき第一作の監督と脚本は中井景の提案で市川崑《こん》、和田夏十《なつと》の夫婦コンビに決まった。撮影中、主演の石原裕次郎はこれまでになく細部にまでこだわった。堀江謙一によれば、「裕次郎さん自身、非常に細かいところにまで注意を払っていて、それはもう僕がびっくりするほどでした。たとえば、三か月もヨットに乗っているんだから、食糧が減ってくればヨットの重量もだんだん軽くなるはずだ、とおっしゃるんです。だから、映画を注意深く見てもらえれば、最初沈み気味のヨットが次第にあがってくるのがちゃんとわかるはずです」(『石原裕次郎写真典』一八七頁)といった具合だ。果たしてそこまで気づく観客がいるかどうか、いてもごく少数と思うが、製作責任者として初めて作品を世に問う裕次郎にすれば、だからといって、いい加減にしていいのか、という気負いを感じさせる話だ。

一九六三年九月、下田ロケの休憩時、石原裕次郎と中井景は下田東急ホテルの奥のバーで退屈しのぎにロビーを行きかうカップルの品定めをしていた。そのとき作詞家のなかにし礼は新婚旅行でロビーにいて、「お二人さんが一等賞。一杯飲もう」と声をかけられた。裕次郎から「君はなにやって食ってんの」と聞かれ「訳詞やってます」と答えると、「訳詞なんてやめとけ。なんで日本の流行歌《はやりうた》を書かないのよ。いつでも持ってこいよ。力になってやるから」といわれた。

「そんな裕さんのことばを信じて、石原プロに自作の歌を持っていった行動が人生の分かれ目ですね」（『朝日新聞』二〇一五年二月五日夕刊）となかにしはいう。

同年一〇月、石原慎太郎は丸の内の日活ファミリークラブでひらかれた映画『太平洋ひとりぼっち』の完成パーティーで映画記者から作品の感想を聞かれ、「絶対にヒットしない秀作ですな」（『生きてるあいつ裕次郎』七八頁）と、いかにも彼らしい評価を述べた。しかし慎太郎の予想に反して、爆発的な大ヒットとまではいかないが、その年の五指に入る観客数を集めた。石原プロの門出にふさわしい市川崑の野心的な作品は高く評価され、第一八回芸術祭賞やブルーリボン賞企画賞を受賞した。ただ、日活との提携作品であり、日活の配給ルートに乗るかぎり、独立プロといっても実際に手にする収益は限られていた。

念願のヨットレースで兄と弟の不覚

一九六三（昭和三八）年七月四日、石原慎太郎はクルーとともにロサンゼルスのサンペドロ港からホノルルへむかう太平洋横断ヨットレース（トランス・パシフィック・ヨットレース）のスタートラインについた。一年おきに実施される四〇〇〇キロにわたる「花のトランスパック」への参加は世界のヨットマンの夢であった。

石原裕次郎所有の四〇フィートのコンテッサ三世号にオーナーの姿はなかった。『太平洋ひとりぼっち』の撮影中で、主演のうえ社員とその家族の生活まで考えなければならないプロダクションの経営者には、一匹狼の兄とはちがってのんびりとヨットレースを楽しむ余裕はなかった。

一九六四（昭和三九）年六月一九日、石原慎太郎の三男、宏高（のちに政治家）が生まれた。石原裕次郎は幼い頃の甥に「マンガ君」というあだ名をつけて可愛がった。マンガが上手な子を将来、養子にしようとしたが、宏高は家族から離れるのを嫌い実現しなかった。

その後、石原プロも軌道に乗り、一九六五（昭和四〇）年初夏の太平洋横断ヨットレースには出場可能という見通しが立った。この年の五月に発売した、♪君の横顔　素敵だぜ……で始まるレコード「二人の世界」（池田充男作詞／鶴岡雅義作曲）がヒットし、テレビの歌謡ベストテン番組でもトップを独走していたのも石原裕次郎を心地よくさせた。日活はさっそくヒット曲の映画化を松尾昭典監督にゆだねたが、撮影は秋以降だという。裕次郎に久し振りの夏休みが取れ、兄とともに太平洋横断ヨットレースに参加することになった。

一九六五年七月四日、石原裕次郎を艇長にコンテッサ三世号に乗り込んだのは総勢九人で、石原慎太郎を含むクルーの人選も裕次郎が主導した。名門ハワイヨットクラブのメンバーだった彼は「うしろ姿がいかにも貴婦人らしい」と愛艇を評したが、大型で豪華なヨットが目立つハーバーのなかではごくありふれたヨットの一つにすぎなかった。

石原慎太郎は艇長ではないうえ、二年前にレースを経験しているので悠然と構えていた。だが、出発目前になって慌てふためく事態が生じた。ナビゲーターを担う男が急用のため不参加となって、それまで先輩づらをしていた手前、代役を引き受けざるを得ない羽目になってしまった。とはいえ、慎太郎は決して口先だけの人間ではない。

「あの人は、太平洋横断レースに出場を申し込むようなスケールの大きな図太さがある半面、帆走計画となるとじつに緻密な計画を立てるんです。その計画通りにヨットを操縦している石原さんは、男っぽくて純粋で、惚れ惚れするぐらいいい男だなあ。あれはヨットに命を賭けた男の顔ですよ。彼がヨットに乗ったところを写真で見るといかにもスタイリストで金持ちの余技みたいだけど、じつはもっと厳しいんです。限界をわきまえて、恐れを知らない人とでもいうべきかな」

これは一九六〇年代の後半、石原慎太郎のヨット仲間だった逗子の鈴木陸三（鈴木屋スーパー店主）が、雑誌の取材に答えたコメントである（『現代』一九六九年一〇月号）。「恐れを知らない人」は裏返していえば、「無謀なところのある人」ともなる。ナビゲーターを引き受けた一件がまさにそうだった。切羽詰まっていた事情はあるにしても、太平洋上でヨットの水先案内人をつとめるというのは大胆すぎた。もともと慎太郎は慎重な性格で、いくら交代する男から「漁船式天測ならすぐにできるよ、六分儀さえ壊れていなければ」といわれても、安請け合いするタイプではない。漁船式天測というのは簡単な天測法のことで、太平洋を横断するのだから航海術の権威といわれた米村末喜海軍中将が中佐時代に考案した米村式天測法くらいは習熟しておくべきであった。

一抹の不安を抱きながらもOKしたのは、これでいくらか眠れる時間を確保できるという誘惑にかられたからであろう。レース中は夜間から早朝にかけてだれかが交代でウオッチしていなければならないが、ナビゲーターは監視役を免除されていた。

石原慎太郎はほとんど未経験に近い天測をにわか勉強で済ませ、ヨットに乗った。案の定スタートしてまもなく、慎太郎は背筋が凍る思いをすることになる。陽が射してきたので六分儀を出して太陽の角度をたしかめたあと、用意していた計算表と照らし合せたが、どうしても正確な線を引けない。何度試みても結果は同じで、これでは太平洋上で迷子になりかねないと、ことの深刻さに青ざめた。

一体、どこに落ち度があったのか。計算法の単純な勘ちがいもあったが、一番の失敗は、太平洋横断といった遠距離ではグリニッジ標準時を基準とするにもかかわらず、それを知らずにカリフォルニアの夏時間で計測していた。これはナビゲーターにとってイロハのイ。石原慎太郎が自分の大失策の原因に気づいたのは、レースが終わったあとだった。

各ヨットは所定の時刻に、レースに伴走し船内に本部も置かれたコーストガード（アメリカ沿岸警備隊）の沿岸警備船に位置情報を連絡することになっていた。石原慎太郎は北極星を使って緯度こそ把握できたが、時計の基準が合っていないので依然として経度は不明だった。それでもなんとかごまかしながらレースをつづけていた。突然、艇長が激しい腹痛を訴えた。

七月七日、張り切っていた艇長の石原裕次郎が激しい腹痛を訴え、ダウンした。風邪にやられた仲間に代わって徹夜のウオッチを引き受けたのが災いし、冷えと疲れで持病の盲腸炎を再発させてしまった。獣医の資格を持つクルーの意見で、即刻医師のいる沿岸警備船へ移すことになった。不幸中の幸いというか、まだスタートして日が浅かったので、推測航法という危なっかしい方法でも沿岸警備船となんとかドッキングでき、裕次郎は迎えにきたボートに乗り移った。レースからの離脱はよほど無念だったのだろう、アメリカ警備隊員が凝視しているなか、日本の大スターは悔し涙を隠そうとしなかった。

石原裕次郎は抗生物質の薬剤がよく効いて、たちまち元気を取り戻した。ふたたびヨットへ戻るという裕次郎からの無線連絡に、クルーは喚声をあげた。兄は弟の復調に胸をなでおろしたが、半面、不安におびえた。沿岸警備船との一度目のドッキングが、奇跡的な成功であったのを兄は信じて疑わなかった。奇跡は二度と起こるまい、残念ながらそう確信せざるを得なかった。

ここで素朴な疑問がわく。「なぜ沿岸警備船の位置を聞かないのか」と。答えはかんたんで、それではルール違反になって失格してしまう。そのうえ、天測法のイロハも知らないド素人のナビゲーターと、笑いのたねにされるのがオチで、とても口には出せないのだ。石原慎太郎のような人一倍誇り高いヨットマンであればなおさらである。

案の定、コンテッサ三世号と沿岸警備船のランデブーは二日間、太平洋のど真ん中で試行錯誤を繰り返したあと、結局、不調に終わった。石原裕次郎は愛艇のもとへ戻ることができなかったのだ。無線電話で兄を責める弟を乗せて、沿岸警備船は真っすぐホノルル目指してピッチをあげた。弟の叱責など兄は聞き流した。石原慎太郎は胃がきりきりする不安に怯えていた。弟に代わって艇長となってさらに責任の重くなった慎太郎は、無事にホノルルへ到着できるかという、クルー全員の命にかかわる背筋の凍るような恐怖に襲われていた。

連日の天候不順も石原慎太郎の神経をずたずたにした。陽は射さず、月も姿を見せない。そのくせ風だけは順調に吹いて、ヨットはあきれるくらい快走した。目隠しされたままのような状態がこのままつづけば、ハワイを通り過ぎてしまうかもしれない。慎太郎は本気でそう心配し、ほかにもトラブルが重なって疲労は限界に近かった。ふだんは少々熱っぽいときでも晩酌を欠かさない酒飲みが一滴も口にしなくなった。追い打ちをかけるように胃が痛み始めた。そのなかでいくぶん救いがあるとすれば、一人一人の本心はともかく仲間たちは平静を装っていたことだ。

コンテッサ三世号が洋上をウロウロしている頃、石原まき子はホノルルの港で友だちと一緒に夫が乗る沿岸警備船の到着を待っていた。まき子はレースを断念した彼の気持ちをだれよりもわかっていた。それだけに担架に乗せられて下船してくるにちがいない痛々しい夫を想像して、気が滅入っていた。だが、夫は元気そのものの日焼けした姿であらわれ、まき子は安堵した。

コンテッサ三世号は到着予定日を過ぎてもホノルルに姿をあらわさなかった。そのため石原裕次郎は何日も港で待ちぼうけを食わされる羽目になった。コンテッサ三世号から本部への毎日の船位の報告がでたらめであった。したがっていい加減な位置情報から割り出された到着時刻もあてにならなかった。振りまわされた裕次郎はヨット仲間からその都度同情され、それが彼のプライドに突き刺さった。

「夕日にむかって残念そうにいつまでもいつまでも、港に立ち尽くしている後ろ姿のシルエット。可哀想に、この人はほんとに運の悪い人だな、とそのときつくづく思いました」（『裕さん、抱きしめたい』八八頁）と石原まき子。世間的には雲の上の、幸運児の代表格のような存在でも、虚飾をはぎ取った生身の夫と暮らすまき子には、すでに彼の苦難の将来を予感していたのかもしれない。

彷徨《さまよ》えるコンテッサ三世号のクルーの一人が、ロサンゼルスで買った土産品のトランスパック用一枚チャートに貴重な情報が書かれているのをみつけた。ホノルルから発する特定の電波の波長に関する記述で、これさえキャッチすれば、なんとか迷子にならずにホノルルへたどり着けるかもしれず、チームに少しばかり明るさが戻った。無線機のダイヤルがその波長に合わされ、全員が固唾《かたず》を呑んで反応を見守った。だが、無線機はうんともすんともいわず沈黙したままだった。ある夜、ついに無線機が音を出してヨットにどよめきが起きた。まちがいなくハワイへちかづいているのだ。

ホノルルの角度を得た石原慎太郎はようやく平常心を取り戻し、落ち着いて北極星の出現を待った。北極星で緯度をしっかり確認したうえ、二つの線が結ばれ、コンテッサ三世号の位置をマウイ島の近くと慎太郎は判断した。やがてオアフ島の西端が見えてきた。艇内で乾杯が始まったが、慎太郎だけはなかなか胃痛が収まらず、遠慮した。頬はこけ、スタートしたとき七三キロあった体重は六五キロになっていた。ホノルルにゴールした途端、胃の痛みはきれいさっぱり消えていた。

上陸して顔を合わせた途端、「一体、いままでなにをしていたんだ」と弟にいわれて、兄は「がたがたいうな」といい返した。本当はナビゲーターとしての失敗の原因を正直に打ちあけ、自分の未熟さで迷惑をかけたのを素直に謝るつもりでいた。それが売りことばに買いことばとなって、いつもの兄弟喧嘩の口調になってしまった。天測法ではグリニッジ・タイムでいくのを知らなかったと初めてあかしたのは、弟の余命がいくばくもないときだった。「兄貴、もう遅いよな」と、石原裕次郎はつぶやくようにいった。

第一一章　兄と弟の連携プレーで高い目標に挑む

虚脱感から発奮し政界入りを決意

石原慎太郎は自分自身の表現の一つとして政治を選んだというが、いつ政治家になろうと思ったのか。その時期を特定するのは、そう簡単ではない。一九六六（昭和四一）年晩秋、三四歳のときに『週刊読売』特派員として南ベトナムに飛び、約二か月に渡って取材した際の体験が政治家になる契機となったと、慎太郎自身はたびたび明言した。

では、それ以前に彼の胸の内に政治家という選択肢はなかったかといえば、そうとは思えない。かなり前から政界入りの願望があったはずだ。一九五八（昭和三三）年晩秋に参加した「若い日本の会」で現実政治へコミットして書斎では味わえないものを感じたであろうし、六〇年安保で政治は一層身近になったはずだ。またリーダーシップに富み好奇心旺盛な性格からしても、文学と政治の双方で名をなしたフランスのユーゴーやドイツのゲーテ、あるいは山本有三のように文筆一筋ではとうてい収まり切れない器《うつわ》であった。

数々の石原作品を世に出した幻冬舎社長の見城《けんじょう》徹は「なぜ（石原慎太郎は）政治家になったのでしょうか」と問われて、「いくら小説を書いても現実＝共同体は変わらないという無力感からの苛立ち、それを変えたいという誠実な思いが、政治の世界へとむかわせた。そのためには与党、つまり自民党に入るしかなかった。非難されることなど考えない。ある意味原始的な野性の政治家です」と答えた（『朝日新聞』二〇二二年二月一三日）。

なるほど、野性の政治家というのはたしかに当を得ている。石原慎太郎は晩年、中森明夫（評論家）に「俺は政治家になったおかげで作家としては損をした。政治にすごく時間を使ってしまった。書きたいテーマがあるけど、もう書けない」（『週刊文春』二〇二二年二月一〇日号）と漏らした。それは作家と限定した場合のいい分で、一人の人間として振り返れば、むしろ政治家にならなかったときの自分を想像したら、ゾッとするはずだ。

石原慎太郎は江藤淳から教えられた福沢諭吉の「立国は私なり。公にあらざるなり」を生涯の指針とした。国家の繁栄は政治家や官僚など公人より一般の私人の貢献にかかっているというのであるが、「国を立てるというのは公のことじゃない、自分のことです」と演説で述べても、聴衆にはなかなかわかりにくかったであろう。一貫していたのは、憲法改正よりも一歩踏み込んだ自主憲法へのこだわりだ。

「よく石原さん、なんのために政治家になったんですかと聞かれる。とくにオバタリアンなんかに。めんどうくさいから『自分のために政治をしてるんです』という。『私、そんな人、応援できない』というから、『どうぞ』というんです。僕はベトナム体験があったから政治家になったんだけど、それは結局、自分自身のために、自分のうちにある国家のためにやってるつもりだから、要約すれば自分のためにやってるんですよ。それは非常にセルフィッシュ（自分本位）なモティーフ（動機）としか受け取られかねないんですよ」（『正論』一九九二年八月号）と石原慎太郎は筆者に語った。

ベトナムで発症したA型肝炎が政治の道へ踏み出す強い動機の一つとなったのは、石原慎太郎のいう通りだ。連載を何本も抱える流行作家。原稿料の高さもトップクラス。体の異変に気づきながら、わずか一週間しか休まず執筆をつづけた。ベッドに伏してうなりながらも、なんとか起きあがって青ざめた顔でペンを握った。そのうちに、そういう自分の姿に虚しさを感じた。かつて映画会社の歯車となって働かされた弟が襲われた、あの虚脱感とまったく変わりはなかった。

結局、自分は連載を打ち切られるのをおそれているのではないか、いま自分が書いているのは単なる娯楽小説ではないか、このままの人生でいいのかと煩悶し、考え込んだ。その一方でストレスを酒でまぎらわせ、ふだんの健康オタクらしからぬ自堕落な日々だった。

そのとき、三島由紀夫から「君の今の心中は察するに余りあるが、しかし一旦病を得たなら敢えてこれを折角の好機ととらえて達観し、ゆっくり天下を考えたらいい」（『国家なる幻影』二七頁）という手紙をもらった。「そうだ、これこそ無二の機会と悟って、いままで考えなかったことを考えようと自分にいい聞かせるように思った」といい、「私を政治にむかって導いていったもの、というよりその水口《みなくち》をひらいてくれたのはあの手紙だった」と石原慎太郎は回想する。

ちょっと情緒的すぎるが、発言の主が作家であるからそう目くじらを立てることもあるまい。いずれにしろ慎太郎が虚脱感から一転発奮し、政界入りの決意を固めたのはたしかだ。

「作家ではなく音楽家や画家だったら、同じアーティストでも私は政治家にならなかった」と石原慎太郎はいう。たしかに文学も政治も言語の世界で勝負している。「政治家としての言語、作家として使用する言語。石原さんの場合、それは日常のなかできちんと分けられているのですか」と、筆者は聞いた。これに対して慎太郎は「やっぱりことばの言語習慣、言語空間がかなりちがいますね。小説家としての言語空間と政治家としての言語空間をオーバーラップ（二重写し）させようとしてはいけないでしょうね。ただ僕は、たとえば政治の世界でタブーとされていることばでも、もの書きとしては、それは表現の自由の問題ですね」と語った（『産経新聞』一九八八年二月二二日）。

言語活動が一番の頼りでありながら、政治家はどうしても制約された言語空間のなかで生きざるを得ない。それを十分に認識しながらもつい作家の本性が出てしまう。後年、メディアは獲物を狙うハンターのように彼の一言一句に耳をそばだて、前後の文脈にかかわりなくいわゆる問題用語の飛び出すのを待った。「三国人」発言など言語をめぐって何度となく物議を醸した政治家は石原慎太郎のほかにいない。

当たり前の話であるが、政治家になろうと思うだけでは政治家になれない。かといって、俗にいう「地盤（選挙区）、看板（知名度）、かばん（資金力）」がかならず必要かといえば、そうともかぎらない。「選挙の三ばん」がそろっていなくとも当選する例もあるし、資金力や知名度が突出していても落選する場合もあり得る。SNS時代となって選挙そのものが様変わりしようとしているが、昔もいまも変わらないのは一般的に政治家になれる人間は本人の強い意志のあり様もさることながら、実際にはかなり人との縁に左右されている、という点だ。石原慎太郎も縁に恵まれて政治家になれた一人であった。

中曽根康弘の熱弁に目からうろこ

石原慎太郎がまだ中学生の頃、内務官僚だった中曽根康弘は代議士になった。中曽根は占領下の日本を憂えて、青年懇話会をつくって月に一回、有志と議論を重ねていた。メンバーは内務省出身で衆議院議員になった早川崇や日本銀行の中川幸次ら十数人で、東急の五島昇も入っていた。中曽根によれば「当時は料理屋のような場所もなかったので、役所などに集まり、みんなで焼酎を買ってきたり、コッペパンをかじりながら議論をした。このとき食糧係だったのが五島君で、彼が子分を使ってコッペパンや焼酎、一升瓶二、三本をいつも抱えて持ってきてくれました。これは非常に助かりました」（『永遠なれ、日本』四一頁）という。

中曽根康弘は揮毫《きごう》を頼まれると、「したたかと言はれて久し栗をむく」といった自作の句か、「結縁　尊縁　随縁」という格言を好んで書いた。縁を結び、縁を尊《たっと》び、縁に随《したが》う。一期一会の人生ゆえ、人との出会いを大切にしようという教えである。

「ミツバチびと」の佐藤正忠は約束した通り、石原慎太郎を中曽根康弘に引き合わせた。以来、両者の間で意見の食いちがいは何度かあったにしろ、縁を大切にして生涯にわたって親密な間柄だった。筆者は何度か二人が同席する場に立ち会ったが、約束の時間に中曽根が連絡もなしに一五分遅刻しても、慎太郎は愚痴一つこぼさなかった。このとき、彼は超多忙の身にもかかわらず定刻の一五分前に到着して中曽根を待っていた。

「中曽根さんが若いときに首相公選論を唱えていましたね。応援に来てくれと。それで政壇演説を生まれて初めてやらされたんだけど、その頃はあちこちに『首相は国民投票で選ぼう』なんて標柱を立てていました。しかし、首相公選は実現がむずかしいと思う。憲法改正などとてもできない。言葉はわるいけれど、『現憲法を破棄しろ』といっている。全部一回チャラにして、新しい憲法をつくろうと。どうするかといったら、いいところだけ残せばいい。直すところは直す。天皇ははっきり元首にしたらいいんです。総理大臣は国民投票で選んだっていい」（『正論』二〇〇〇年三月号）と石原慎太郎は筆者に語った。

石原慎太郎は初の政壇演説について「ふつうの文芸講演とはまったくちがいました。ぼそぼそと文士調でいうと、まるで受けない」（『永遠なれ、日本』七八頁）と告白した。このとき彼は「早く中曽根を出せ」という屈辱的なヤジに見舞われた。そのあと中曽根が登壇し「首相と恋人は私が選びます！」と、ハッタリを利かせた熱弁をふるった。それを聞いて慎太郎は「なるほど、演説とはこうやるものか」と目からうろこが落ちたように納得した。

一九五三（昭和二八）年、中曽根康弘はハーバード大学のサマースクールに招待され、首相公選論をテーマに講演した。この渡米は中曽根が飛躍する転機となった。国会議員が首相を選ぶ議院内閣制は派閥による政界の腐敗、混乱は避けられず、それを是正するには大統領のような首相がよいという主張は、ハーバードではおおむね好評であった。ただ日本国内では、「天皇制を否定し、自分が大統領になるつもりか」と批判された。

滞米中、中曽根康弘は原子力施設を視察し、専門家の意見に耳を傾けた。アメリカは原子力の軍用から民生の平和利用へと移行しようとしていた。カリフォルニア州のローレンス・バークレー国立研究所で理化学研究所から派遣の日本人研究者、嵯峨《さが》根《ね》遼吉博士に会った中曽根は、日本の原子力研究の遅れを指摘され、以来、予算の獲得と人材の発掘に乗り出し、原子力推進の中核となって活躍した。一九五五（昭和三〇）年には原子力基本法案を議員立法で成立させ、一九五九（昭和三四）年には第二次岸信介改造内閣で科学技術庁長官として入閣した。

石原慎太郎は『文學界』一九六〇年一月号から一九六二年二月号まで『日本零年』を連載した。この中編小説に嵯峨根博士がモデルと思われる独創的な原子力技術の開発実用化に取り組む研究者が登場する。原子力政策をめぐる政治家と研究者の確執というテーマは、中曽根康弘が科学技術庁長官になったのと関係しているのはいうまでもあるまい。実際、中曽根を彷彿とさせる人物も登場する。

中曽根康弘はもともと改進党に所属し、保守合同で自民党となってからは河野一郎の派閥（春秋会）に所属していた。河野は一九六五（昭和四〇）年七月八日、六七歳で急死。河野派は二六人と一八人に分裂し、中曽根が四八歳で二六人衆のトップとなった。中曽根は一九六七年（昭和四二）年九月一三日、請われて派閥領袖の身で拓殖大学総長に就任し、自分の発案で特別教養科目をつくった。三笠宮崇仁親王、ソニーの盛田昭夫、ロケット博士の糸川英夫らとともに石原慎太郎も講師として教壇に立った。「この講座は単位に組み込めるものとしたため、大変な人気講座となって大教室に学生があふれた」(『政治と人生——中曽根康弘回顧録』二七六頁)と中曽根は述べている。とくに慎太郎の講義がある日は、早々に席が埋まって人気の高さは相変わらずであった。前年の一九六六年八月二二日、四男の延啓が誕生し、慎太郎は息子四人の父親になっていた。

脇道にそれるが、中曽根康弘の拓大総長といえば、筆者には思い出がある。一九七〇年代の前半、中曽根が防衛庁(のちに防衛省)長官だったとき、拓大空手部で部員が仲間をしごいて死に至らしめる事件があり、中曽根総長は被害者の実家がある宇都宮まで出かけ謝罪したうえ、全学生に総長訓示を出した。その取材で茗荷谷の総長室で会った帰り際、「稲葉さんは私の高校の先輩です」といった途端、目が輝いた。「大手町へ帰るのだろう。私もそこを通るから車に乗りなさい」と誘われた。先輩とはロッキード事件時の法相だった稲葉修。新潟二区選出の中曽根派の大幹部だったが、選挙に強くなかった。

車のなかで筆者は新潟の生家の兄から聞いたばかりの、「稲葉さんの秘書をやっていた県議が地元から出るそうで、つぎの選挙は大変ですね」と口にした。これが、相手には由々しき重大情報だった。「それは駄目だ。すぐやめさせなければならない」と、公衆電話のあるところで車を停車させた。なるほど、政治家にとって選挙情報は決定的に重要であり、派閥の長ともなれば派全体への目配りが大切な役目なのだとあらためて認識した。ちなみにその県議は立候補しなかった。

それはともかく、これまでの経緯から石原慎太郎が政界入りを狙うなら真っ先に中曽根康弘に相談し、中曽根派の支援を受けて政治家を目指す、という筋書きが思い浮かぶ。水面下でそうした動きはあったのかもしれないが、ほとんど表沙汰になっていない。二人の間にぎくしゃくした時期もあったが、後年、「僕は永田町で一番プロミネント（傑出した）な政治家はやはり中曽根さんだと思うな。会うたびに刺激を受けるもの」（『正論』二〇〇〇年三月号）と筆者に語ったように、終生中曽根を尊敬した。

「兄貴をよろしく」のひとことで

石原慎太郎が政界入りを決心し、初期の段階で相談したのは八幡製鉄（現在の日本製鉄）副社長の藤井丙午《へいご》だった。保守系の新人候補は、たいがいまず藤井にあいさつした。社長の稲山嘉《よし》寛《ひろ》は政界関連のことをもっぱら藤井に任せていたので、政治献金を扱う藤井のもとに自然と保守系の政治家が集まり、彼は財界政治部長と呼ばれていた。手慣れた藤井は首相官邸に電話し、慎太郎が佐藤栄作首相と面会できるよう依頼した。

すでに石原慎太郎はベトナムへ行く前から佐藤栄作と面識があった。仲立ちをしたのは、あの「ミツバチびと」佐藤正忠であるのはまちがいない。『佐藤榮作日記』一九六六（昭和四一）年二月二〇日に「夕食には支那料理で、佐藤正忠が石原慎太郎君を同伴し、龍太郎（佐藤家の長男）一家、信二（次男）夫妻等で賑やかな夕食。石原君も飲み且食し豪傑ぶり発揮。十時すぎ迄歓談」（『佐藤榮作日記』第二巻三八五頁）とあるからだ。

筆者は佐藤家の次男、佐藤信二（元通産相）が日本鋼管（現在のＪＦＥスチール）の課長時代から取材を通して付き合いがあった。これは推測だが、経済ジャーナリストでもある佐藤正忠が日本鋼管で佐藤課長に「総理が石原慎太郎と会いたいなら、いつでも連れて行きます」と持ちかけたのではないかと思う。ことの真偽はともかく、佐藤栄作夫妻と面識を持ったことで慎太郎の人脈に一段と広がりと厚みが増したのはたしかだ。

このように石原慎太郎は藤井丙午の紹介などなくとも佐藤首相と会えたが、そこが世間一般とはかけ離れた政界の摩訶不思議なところで、しかるべき手順を踏んで私邸ではなく首相官邸で会うところに意味があった。案の定、総理執務室で佐藤は出馬に踏み切った慎太郎を激励したあと、現金の入った紙袋を手渡した。

筆者は現役記者の頃、官房機密費についてあれこれ耳にする機会が何度かあった。一件だけ紹介すれば、法相をつとめた秦野章は参議院予算委員会で三木武夫首相に質問する前日、首相官邸に呼ばれ、「総理から紙袋を渡された」と、金額も含めて筆者に打ちあけた。予想とはケタのちがう額に驚いたが、「野党議員も海外視察の前に官邸へあいさつに出向き、餞別を貰っているからね」と秦野はそれが当たり前のようにいった。佐藤首相が慎太郎に渡した紙袋も官房機密費の一部と思われるが、それはあくまでも推測である。

佐藤栄作の指示で派幹部の橋本登美三郎が石原慎太郎の相談に乗り、国会議事堂に近い全国町村会館の一室を事務所として確保してくれ、実質的な選挙戦への一歩を踏み出した。三五歳という年齢が文学の世界では青年とはいわれないのに、政治の世界ではれっきとした青年候補であった。

五島昇は、石原慎太郎が来訪し参院選の全国区から出馬したいと告げたとき、「出るなら、無所属だよ」と強く念を押した。衆議院議員で民社党重鎮の曽祢益は五島慶太の長女を妻としていた。五島は「中曽根康弘を総理にする会」を主宰する一方で、民社党も支援していた。すでに自民党からの出馬を決めていた慎太郎にとっては耳の痛い忠告であった。「汚れ切った既成政党の泥沼にはまり込むのを心配したからですが、結局は政党人になってしまい、残念に思っています。彼は彼なりに新しい政治を目指しているのでしょうが」（『現代』一九六九年一〇月号）と、五島は慎太郎の当選後に辛口のコメントを雑誌へ寄せた。

石原慎太郎の出馬決意を聞いたとき、母親は即座にいった（『我が息子、慎太郎と裕次郎』一一三頁）。

「やめなさい」

「どうしてですか」

「政治の世界は、とかく汚いことが多いので、あなたにはとてもむかないわよ」

「いや、やります」

「あなたがそれほど自分でやるというんだったら、おやりなさい。やるからには頑張りなさいよ」

石原光子は一旦決めたら我を通す息子の性格を、いやというほどわかっていたので、すぐに矛を収めた。

石原慎太郎は東京・平河町の自民党本部にも近い町村会館ビルに事務所を構え、秘書を一人置いた。選挙などまったく知らなかった作家は太陽族元祖会のボス、山本淳正に電話し、「ぜひ会いたい」といった。「電話じゃ済まない話かい？」という相手に「そうなんだ」と返事し、後日、弟が最も信頼する山本とむかい合った。

「じつは俺、政治をやろうと思ってるんだ」

「神奈川県知事選にでも出るのかい？」

「いや、参議院だよ」

「えっ、参議院？」

「俺のまわりに選挙に強い人間がいないんだ。あんた、いろんなことをやっているから、ちょっと意見を聞かせてくれないか」

その席で山本淳正が細かく説明したのは「裏選対」についてだった（『ベストフレンド』二四九頁）。選挙戦で明暗をわけるのは候補者自身の魅力や支援体制だが、作戦をリードする腕利きの選挙参謀の力量も大きく影響した。陣営によって選挙参謀は表と裏にわかれていた。裏選対は資金調達や出費のチェック、トラブルやクレームの対応、違反すれすれの選挙活動など場合によっては留置場入りも覚悟しなければならなかった。裏参謀を山本自身が担うことになった。

一九六七（昭和四二）年七月一九日午後三時三〇分から約一時間、自民党広報委員会による佐藤栄作首相と石原慎太郎の対談がおこなわれた。池田勇人の申し入れをことわった慎太郎が手のひらを返して党機関紙『自由民主』の企画に協力したのは、いうまでもなく自分の選挙のためにほかならない。「総理と語ろう」は同紙七月二五日号のトップに掲載されたが、宏池会を率いる前尾繁三郎ら池田を慕ってきた面々はしらじらしい気分になったであろう。

宏池会の恨み節はともかく、石原慎太郎の一番の急務は腕利きの表の選挙参謀をみつけることであり、そこで白羽の矢が立ったのは飯島清であった。日本青年政治経済研究会代表幹事という肩書を持つ飯島は、一九六二（昭和三七）年の第七回参院選でＮＨＫの人気テレビ番組「私の秘密」のレギュラーだった藤原あき候補の裏参謀として手腕を発揮して注目されていた。

面識のなかった飯島清を石原慎太郎に直接引き合わせたのは、二人の共通の友人だった若泉敬（京都産業大学教授）である。若泉とあらわれた飯島に会うなり、慎太郎は「力を貸してほしい」と切り出した。「その場ではことわったが、翌日から電話などで執拗に追いかけられた」（『婦人公論』一九六八年九月号）という飯島は一九六七（昭和四二年）一〇月上旬、ついに引き受けることになった。

石原慎太郎の初出馬は一九六八（昭和四三）年七月の第八回参議院議員選挙であったから、選挙参謀の飯島清が動いたのは投票日の八か月前からということになる。全国区（改選は五一議席）には強固な組織票を持った現職や元職のほかに自民党から今東光（作家）と大松博文（東京五輪女子バレーボール監督）、社会党から上田哲（元ＮＨＫ労組委員長）、それにタレントの青島幸男と横山ノックが無所属で、それぞれ立候補の準備をすすめていた。飯島の目には、石原がのんびりしすぎて見えた。

かつて評論家の竹村健一は「石原慎太郎は囲碁でいう着眼大局、着手小局が自然にできる数少ない人物だ」と評した。途轍《とてつ》もないことにチャレンジする際に、まず必要なのは着眼大局、すなわち大きな視野を持つことである。そしていよいよ実行するときは着手小局、すなわち細心の注意で取りかかるということだ。たしかに慎太郎にはそういうところもあったが、半面、かなり甘いところがあった。この参院選の準備がまさにそうだった。

飯島清がまず着手したのは石原事務所の移転であった。平河町は政治の中心地でも一般大衆には馴染みがないというのが理由だった。若者に人気の新宿か、それとも中年婦人が魅かれる銀座か。選挙のプロは街の品格を重視し、後者を選んだ。飯島はまた石原慎太郎の知名度に疑問を持っていた。当の本人が思っているほど大衆には知られていないと見抜いていた飯島は、実際にテストをおこなった。飯島は慎太郎と一緒に大阪の心斎橋を歩いてみたが、だれも振り返らなかった。そこで切り札の登場となる。

当初、石原裕次郎も母親同様、兄の政界入りに反対したが、出馬と決まってからは物心両面で応援した。選挙活動と文芸講演会はまったくちがうので、芥川賞作家も地方ではさっぱりだった。そこへ裕次郎があらわれれば黒山の人だかりとなり、「兄貴をよろしく」のひとことだけでも効果は絶大だった。選挙戦の五か月前に公開された映画『黒部の太陽』が大ヒットし、これまでのアクションスターとはちがう高度成長期を支える企業戦士としてのイメージが、選挙運動でも大きなプラスとなっていた。石原陣営を陰ながらバックアップした映画『黒部の太陽』についてはあとで詳述したい。

飯島清が最も腐心したのは、いかにして石原裕次郎の兄をテレビに露出させるかであった。活字メディアで名を知られていても、津々浦々のお茶の間に入り込んだ電波メディアの威力に太刀打ちできなかった。テレビ出演はどんな機会も逃さず、他のライバル候補を圧倒した。「裕次郎君の力もあって有利だった」と飯島は振り返っている。

飯島清は目標を三〇〇万票突破においていた。飯島が最終的に予測した得票数は二九八万票だった。雲をつかむような全国区でどうしてこういう具体的な数字をはじけるのか、不思議というしかない。

七月七日、参院選投票日。石原慎太郎は三〇一万二五五二票を獲得してダントツのトップ当選だった。飯島清の票読みはじつに的確であった。青島幸男や上田哲らも上位当選したが、比較にならないほどの最高得票で、慎太郎が「いずれは総理大臣を目指す」と野心に燃えたのも当然といえよう。

その後の佐藤栄作と石原慎太郎の関係はどうだったのか。思想的にも体質的にも両者は肌が合ったようだ。『佐藤榮作日記』一九六八（昭和四三）年二月四日に「石原慎太郎君、盗作事件で一寸心配だと相談に来る。下稲葉（耕吉。首相秘書官）君と大津（正。同）君が相談に乗る。雑誌の記者を仲立ちにして話をつける事がのぞましい。小生が出ては何だか力に頼りすぎる感ありて穏当ならず。『栄光の道』（正確には雑誌『宝石』連載の『栄光の略奪』）が米国の小説にヒントを得たものとして攻撃の種になったらしい」（『佐藤榮作日記』第三巻三二九頁）とある。こういう込み入った一件を相談するほど、すでに昵懇の間柄であった。

大ヒット『黒部の太陽』の陰に石原裕次郎の苦闘

石原慎太郎の大量得票をバックアップした一つに参院選の五か月前に公開された映画『黒部の太陽』の大ヒットがあった。

一九六八（昭和四三）年二月一七日、映画史に輝く『黒部の太陽』（三船プロ・石原プロ共同製作）が初公開された。現在、テレビで放映される場合、二時間ちょっとにカットされているが、封切版は三時間一五分の上映時間だった。裕次郎は当時の宣伝用パンフレットで「製作費は全部で三億八九〇〇万円。予定より一〇〇〇万円オーバーした。でも、相当儲かると確信している」と述べている。この製作費は現在の二〇億円近くに相当し、当時としては破格の資金投入といえよう。独立プロの限界すれすれの大プロジェクトであり、配給は日活、ロードショーは東宝系という異例の変則方式のなかで関係者は目を凝らして客の入りを偵察したにちがいない。

当日、石原裕次郎はまき子をともない、帝国ホテル近くの東宝系日比谷映画劇場へ緊張しながらむかい、入場券売り場の長蛇の列、次回上映の券を求める長い列に安堵した。企画から公開までの三年間は山あり谷ありで、五社協定という壁に阻まれ一時は製作断念の寸前まで追い込まれた。それを手助けしたのが石原慎太郎で、弟のために渾身の力を発揮したのであった。

富山県東部を流れる黒部川は豊富な水量で知られる。戦後、電力不足に直面した関西電力は黒部峡谷に水力発電のダムをつくることを決めた。黒部川第四発電所ダム、略して黒四ダムである。一九五六（昭和三一）年に着工し、一九六三（同三八）年にようやく完成した。全工事に従事した人員は延べにして一〇〇〇万人、一七一人が犠牲になるという稀に見る難工事であった。

一番の難関は破砕帯《はさいたい》（地下水が染み込んだ軟弱な地盤）にぶつかった資材運搬用の大町トンネル建設で、熊谷組がこの工区を担当していた。断層運動で砕かれた岩石が広がる一帯の掘削《くっさく》は、いつ山崩れや大量の水が噴出するかも知れず、きわめて危険度が高かった。命がけで破砕帯を突破した様子は木本正次著『黒部の太陽　日本人の記録』（毎日新聞社）に詳しいが、その緊迫シーンをハイライトとした原作の映画化だった。

石原裕次郎が東宝の三船敏郎と意気投合し、ひそかに映画の共同製作について話し合ったのは一九六三年春であった。隠密行動を取らざるを得なかったのは、当時の映画界には五社協定というオキテがあったからにほかならない。専属俳優を拘束した五社協定のため、他社の関係者と会うのもはばかれる雰囲気があり、ましてや映画の共同製作など言語道断であった。二人はともに成城に住んでいて、裕次郎はゲタ履きで歩いて三船邸をおとずれて話し合うときもあった。

五社協定はそもそも一九五三（昭和二八）年九月、映画製作の再開を表明した日活に対する対抗策であった。結束した映画五社は松竹、東宝、大映、東映、新東宝。専属の監督や俳優の引き抜き防止策で、五社が団結せざるを得なかったほど日活のやり方は大胆かつ手荒なところがあった。憎まれっ子の日活も一九五八（昭和三三）年には仲間入りし、五社協定は六社協定となり、「監督やスターを借りない、貸さない、引き抜かない」の「三ない方針」が再確認された。一九六一（昭和三六）年に新東宝は倒産し、石原裕次郎が銀幕にデビューする以前に六社協定はふたたび五社協定となっていた。

厳しい業界ルールを横目に三船敏郎と石原裕次郎が検討を重ねた結果、大筋で一致したのは二人の共演で一年間に二本製作し、それぞれが所属する東宝と日活から一本ずつ配給しようという方針だった。各々の足場とする会社側に背をむけるつもりはなく、沈滞する映画界を互いの協力で活性化しようとする両スターなりの意気込みがあった。こうしてスタートした共同製作第一作の監督と脚本担当に社会派映画の気鋭、熊井啓《けい》が選ばれた。関西電力や熊谷組などへの根回しもすすめられ、一九六七（昭和四二）年五月九日、ようやく『黒部の太陽』製作発表へこぎつけた。

都知事選で社会党と共産党が推薦した美濃部亮吉が自民党と民社党の推した松下正寿（立教大学総長）を破り、初当選したのは、二四日前の四月一五日だった。メディアは美濃部革新都政のスタートを大々的に報じていたが、『黒部の太陽』の製作に関して前途多難と見ていた。日活専属の熊井啓監督は会社の了解を得ておらず、降板するよう要求された。肝心の三船敏郎も業界の風圧に抗しきれず逡巡し、やがて三船の撤退を知らされた石原裕次郎は絶望の淵に沈んだ。石原慎太郎はベストセラー『弟』を執筆する動機の一つとして、「五社協定は私と弟が壊したんですけれど、そのことについても書いておきたかったのです」と筆者に語った。以下はそのやりとりである（『正論』一九九六年九月号）。

筆者　昔、五社協定でスターは所属会社以外の映画には出演できなかった。

石原　そういう古いしきたりを弟と二人で崩したことは、人生の快哉だった。ことさら喧伝する必要もないけれども、そういうことについて知らない記者もいる。私は日本の芸能界の歴史のためにも、弟の名誉のためにも書いてやろうと思いました。

筆者　土壇場で三船敏郎さんが後退した。

石原　あのとき、ほんとに私は怒ったんですよ。喧嘩は弟より強くなかったけれど、弟をいじめて、とんでもないと。弟から電話がかかり「俺の夢も消えたよ」と。生まれて初めて、弟が電話で泣くのを聞きました。

筆者　あの裕次郎さんが……。

石原　あとでマコちゃんから聞いたが、部屋を覗いたら、弟がじゅうたんの上にパンツ一枚で座って、股の間に一升瓶を抱えて冷や酒を飲んでいた。黙って、涙を浮かべて。弟が「ちょっとお前、むこうへ行ってくれ」というから、「どうしたの？」とマコちゃんが聞いたら、「これから兄貴に電話する」といったんですって。電話で私は「わかった。いった通りだろう、三船敏郎は。俺に少し考えがある」といった。あのとき、私と弟は絶妙な呼吸でタッグマッチのタッチを交わしていたと思います。

筆者　まさに、人生の時の時。

石原　翌日、東宝の森（岩雄）専務と藤本（真澄）常務の二人に会って諄々と説きました。「黒四ダムには大企業が参加している。大企業の社員たちにとって自分たちのやった誇らしい仕事の記録映画の券を売ることはなんでもない」などといったら、森さんが「ウーン、なるほどな」といって、これは非常に効果がありました。

石原まき子もいう、「ある日、外出先から自宅に戻ると、裕さんがリビングであぐらをかいて背中を見せていました。股に挟んだ一升瓶はほとんど底をついている。『チキショー』といいながら悔し涙を流していたのです。いざ撮影というとき、協力者の一人が参加をやめるといってきたのだと。私は『男のくせになんで泣くんですか。みんな頑張っているのに』と叱りつけた。恐ろしい女房だと思われるかもしれません」（『文藝春秋』二〇一三年一月号）と。

石原まき子はこのあと、「裕さんはお酒をあおりながら慎太郎さんにも電話をかけて愚痴をこぼしていたそうです。少し涙声になっていたようで、慎太郎さんも『裕次郎のあんな声は初めて聞いた』といっていました。お互いに腹の底まで見せ合わない兄弟でしたから、慎太郎さんも驚いたのでしょう」とつづけた。仲のいい兄弟も、近しい人からそう見られていたというのは意外である。

それはともかく第三者がいくら注目される映画をつくっても、五社の直営館やシンパの劇場からボイコットされたらアウトだ。しかし第三者がみずから入場券をさばき、上映場所を独自に確保すれば、観客動員の減少は免れないが、映画五社のお世話にならなくともよい。

『黒部の太陽』の場合、関西電力や熊谷組はいうにおよばず、ダム建設に加わった多くの企業が背後に控えていた。これらの企業が本気になって支援すれば、自社ホールや他の施設を借りても上映するだろうし、入場券もまとめて購入してくれるはずだ。そのうえ映画五社は非協力的と見なされ、経済界や労働界の不信を買うことになるというブラフに東宝の重役はたじろいだ。

迷っていた石原裕次郎の背中を押したのは、慶応大学ＯＢの関西電力専務、岩永訓光で「フィルムは映画館じゃなくても上映できるんだろう？」といって全面的な協力を確約した（金宇満司『社長、命』二六頁）。「このひとことで僕は決心した」と裕次郎はのちに語っている。結局、東宝は折れて他社を説得する側に転じ、日活も同意せざるを得なかった。かくして五社協定の壁は突き破られ、一九六七（昭和四二）年の七月二三日、この日は石原まき子の誕生日であったが、『黒部の太陽』はクランクインにこぎつけたのである。

黒四ダム建設で一番の難工事となったのは、破砕帯を突破する必要があった資材運搬用の関電トンネル五・四キロの掘削だった。断層運動で砕かれた岩石からなる破砕帯は、掘削によって出水する危険があった。そして映画の撮影でもアクシデントは起きてしまった。トンネル内の石原裕次郎らが扮する工事関係者が濁流に呑み込まれる場面は、映画前半の見せ場であった。現在ならコンピューター・グラフィックスで迫真のシーンを再現できるが、一九六〇年代の映画界の特撮には限界があったうえ、裕次郎はナマの臨場感を強く求めた。

熊谷組が全面的にこの撮影をバックアップした。全長二一〇メートルのトンネルセットが愛知県豊川市の熊谷組工場敷地内に組まれ、大量の砕いた花崗岩も持ち込まれた。さらに四二〇トンの水の入った巨大な円柱形の水槽が据えられ、一一台のカメラが本番を待った。その直前、専門家の助言で安全を祈願して塩がまかれた。

だが、放出された水は予想をはるかに超える激流となって出演者やスタッフを一気に押し流した。大量の水を飲んだ主役の石原裕次郎は気絶し、右手親指を骨折した。病院で正気に戻った裕次郎が最初に聞いたのは、やはり出演者やスタッフの安否だった。一人も死者がいなかったことを知り、彼はこの奇跡に目をうるませた。何人かが犠牲になったにちがいないと覚悟していたほど、現場の混乱は凄まじかったのである。

のちに石原プロの専務となるコマサこと、小林正彦が石原裕次郎と縁を結ぶのも、この撮影がきっかけだった。日活社員だった小林は正月映画に裕次郎を出演させるための説得に黒部へ派遣された。それがロケ隊の仲間となって大活躍し、裕次郎の目にとまったのであった。石原まき子は「この映画で仕事での苦労を初めて味わって、裕さんは変わりました。本当の大人の男になったのです」(『朝日新聞』二〇一三年一二月二二日)と語っている。

このように紆余曲折はあったが、人の縁にも助けられながら『黒部の太陽』は完成し、初公開の年に観客動員数が七三〇万人を超えた。興行収入も一六億円（現在の八〇億円相当）に達し、最大のヒット作となった。兄の政治家への夢、弟の映画史に残る大作への夢、それぞれの高い目標は兄弟の連携プレーによって成し遂げられた。石原伸晃によれば「父と叔父・裕次郎との絆はとても強いものでした。叔父は月に一度は逗子の家に来て、父とボトルを一、二本空けていました」（『中央公論』二〇二二年四月号）というから、このときも二人で大いに祝杯をあげたにちがいない。

「首相になれますか」と若い女性占い師に

一九六八（昭和四三）年一二月一八日、石原裕次郎はアフリカのサファリ・ラリーを中心にした自主作品第二作の製作を発表した。その二日後の二〇日、石原慎太郎は参院外務委員会で初質問に立った。年があけて一九六九（昭和四四）年一月、裕次郎は日活との契約を白紙に戻し、事実上のフリーになった。三月、調布市の用地六万六〇〇〇平方メートルの日活撮影所が電気通信共済会に一六億五〇〇〇万円で売却されることが公表された。日活はピンチに立たされていた。七月、アフリカにロケした裕次郎主演の『栄光への5000キロ』（蔵原惟繕監督、石原プロ製作）が公開され、大ヒットした。

石原慎太郎も負けてはいなかった。一一月に『スパルタ教育』が刊行され、大ベストセラーとなった。翌年、弟の主演で『スパルタ教育・くたばれ親父』として公開された。ヒットした石原作品の際立った特徴は、テーマが多岐に渡っている点だ。慎太郎の執筆活動の長さは群を抜き、しかもミリオンセラーが少なくない。田中角栄を一人称で描いて話題となった書下ろし『天才』は八四歳のときの作品で、『太陽の季節』から六〇年という長い歳月を経ている。ベストセラーを一〇冊にしぼって年代順にあげれば、つぎのようになる。

一、『太陽の季節』（新潮社、一九五六年。ミリオンセラー）
二、『青年の樹』（角川書店、一九六〇年）
三、『青春とはなんだ』（講談社、一九六五年。ミリオンセラー）
四、『スパルタ教育』（光文社、一九六九年。ミリオンセラー）
五、『化石の森』（新潮社、一九七〇年）
六、『「NO」と言える日本』（光文社。盛田昭夫との共著。一九八九年。ミリオンセラー）
七、『それでも「NO」と言える日本』（光文社。渡部昇一・小川和久との共著。一九九〇年）
八、『弟』（幻冬舎、一九九六年。ミリオンセラー）
九、『老いてこそ人生』（幻冬舎、二〇〇二年）
一〇、『天才』（幻冬舎、二〇一六年。ミリオンセラー）

福田和也（文芸評論家）は石原慎太郎の六冊のミリオンセラーについて、「それぞれ全く分野が異なっている上に時を隔てて出ている。つまり、その都度全く違う一〇〇万人もの読者を獲得しているのだ」(『サンデー毎日』二〇二二年二月二〇日号)と指摘している。数万部でも大変なのに一〇〇万部以上とは驚くべき数字である。

一一月一五日、石原慎太郎の恩人、伊藤整が胃がんで死去した。享年六四。日本近代文学館、日本ペンクラブ、日本文芸家協会の合同葬という手厚い葬儀であった。一二月、石原プロ創立七周年パーティーがひらかれ、テイチクからLPレコード「石原裕次郎ヒット全集・魅惑の歌声」が出た。これは日本初の二枚組みLPとなった。

前年の一九六八年の後半、「現代青年の心を支える人」というアンケートを実施した雑誌があった。対象としたのは一八歳から二五歳までの全国の読者四〇〇〇人で、そのうち二一一五人から回答をえたという。サンプル数がやや少ないにしろ、昭和四〇年代前半において当時の若者が、全世界のなかでだれに心を寄せていたか、それがおおよそわかるめずらしいデータだった。ここで石原慎太郎は第二位に選ばれている。第一位はアメリカのケネディ大統領。日本人にかぎれば文句なしのトップだ。参考までにアンケートの結果を一〇位まであげておく(『時』一九六八年一二月号)。

一位　ジョン・F・ケネディ　一五九票
二位　石原慎太郎　一〇三票
三位　松下幸之助　九六票

四位　青島　幸男　八二票
五位　毛　沢　東　七七票
六位　大江健三郎　七五票
七位　小田　実　六四票
八位　三島由紀夫　六二票
八位　エルネスト・ゲバラ　六二票
一〇位　湯川　秀樹　五一票

このアンケートが発表された頃、石原兄弟の対談がおこなわれた。このとき慎太郎三七歳、裕次郎三五歳。「ケネディは四三歳で大統領になったけど、兄貴は四〇になる前に、総理大臣になってもらいたいな。兄貴ならなれるよ」と、弟はいった。兄は「日本とアメリカじゃ政治の形態がちがうよ」(『女性セブン』一九六九年一月八日・一五日合併号)とさりげなくかわした。

議院内閣制の日本の場合、ずば抜けた人気を誇る国会議員がいても、政権を握れるわけではない。しかし、可能性はともかく、三〇代半ばの石原慎太郎の胸の内は本気で首相を目指す気になっていた。

石原慎太郎の存在感は日を追って高まり、彼の「首相になろう」という意志はやがて「なれる」という自信に変わった。その自信は何度もゆらぎながらも慎太郎は五七歳のとき、自民党の総裁選に出馬し、海部俊樹に惨敗するまではなんとか持ちつづけたと思う。これは筆者の推測であって、それ以前に総理大臣の座をかならず射止めると、彼は文章で公言したわけでも、だれかに語ったわけでもない。だが、おそらく彼の心境にそうまちがいはあるまい。筆者は彼が世を去ってから、雑誌の記事でそれを確信した。

『文藝春秋』二〇二四年四月号に中園ミホ（脚本家）と岩田明子（政治ジャーナリスト）が「占い師と政治家」というテーマで話し合った対談が載った。中園は一四歳の頃に占いを学び、四柱推命をベースとした占い師として活躍していた。一九八〇年代の中頃（というのは彼女の年齢から推定）、五〇代の存在感のある政治家が二〇代の彼女に「首相になれますか」と聞いた。占いのご託宣は「知事にはなれるが、首相にはなれない」というもので、婉曲にそう伝えると「君の占いは当たらないな」といって帰ったという。政治家の名前は伏せてあるが、だれであるかはあきらかだ。

彼は当然「なれます」と即答されると信じて疑わなかったので、動揺したと思う。それで思わずつっけんどんな返事をしたのだろう。この対談記事を読んだ読者の多くは、捨て台詞の政治家に違和感を抱いたかもしれないが、筆者は、やはりまったく諦めずにいたのかと、高い目標を決して捨てなかった執念とその成就を信じて疑わなかった信念に、ブレない男の一本気を再確認したものだった。超能力というものに人一倍理解があった石原慎太郎のこと、若い占い師の予言を片ときも忘れず、ずっと気にもなったであろう。

結果として中園ミホの予言通りになった。これは本人にとって不運なことであったのだろうか。そうともいえまい。「世のなかを変えた人はすべて前衛ですよ。武将でも、政治家でも、企業家でも。人が考えないことを考えた人間だけが世のなかを変えてきた。松下幸之助だって、本田宗一郎、井深大、盛田昭夫、稲盛和夫にしたってぜんぶ前衛です」(『正論』一九九八年九月号)と石原慎太郎は筆者に語った。その通りで、最も評価されるのは苦労して獲得した役職などではなく、みずからどう考え、なにをなしたか、ということだ。その点、充実した八九年の生涯で総理大臣の座をはるかに凌駕《りょうが》するものを慎太郎は成し遂げたのであった。

それにしても人生の後半で石原裕次郎と幽明境を異にせざるを得なかったのは、石原慎太郎にとって痛恨の極みであったといえよう。裕次郎は五二年の生涯であったが、それでも昭和の時代を目いっぱいに生きて、経営危機を乗り越え病魔と闘いながらも相変わらずテレビドラマや歌で圧倒的な人気を博した。平成や令和の世でもその名は輝きつづけている。石原兄弟のその後を別章で追ってみた。

別章　石原慎太郎と石原裕次郎の一九七〇年以後の歩み

石原プロ、経営危機に

一九七〇（昭和四五）年（石原慎太郎三八歳、石原裕次郎三六歳）

二月、石原慎太郎は日本エベレスト・スキー探検隊の総隊長として現地へ。石原プロ製作の記録映画『エベレスト大滑降』の準備段階を指揮した。五月六日、プロスキーヤー三浦雄一郎はエベレスト八〇〇〇メートル地点から世界初のスキー滑降に挑戦。途中でアクシデントに見舞われるが、二分二〇秒滑降。これを撮影したのは最後まで石原裕次郎のそばで仕えた金宇満《かなう》司カメラマン（のちに石原プロ常務）であった。

六月一一日、『毎日新聞』夕刊に三島由紀夫「士道について――石原慎太郎氏への公開状」が掲載された。三島は慎太郎が高坂正堯《まさたか》（京都大学教授）との対談（『諸君！』一九七〇年七月号）で自分の所属する自民党を批判したのは、士道（武士道）に反すると指摘。「昔の武士は、藩に不平があれば諫死《かんし》しました。さもなければ黙って耐えました。何ものかに属する、とはそういうことです」と。慎太郎は「武士は所詮、藩から禄《ろく》をはんでいたが故に、その殉死もあり得たでしょうが、私は国から歳費こそ頂け、自民党からびた一文禄をもらってはいません」（『毎日新聞』六月一六日夕刊）と反論した。

一一月二五日、軍刀を下げた三島由紀夫が「楯の会」の四人とともに市ヶ谷の陸上自衛隊東部方面総監室で益田兼利総監と面会。三島らは総監を縛ったあと、広場へ自衛隊員らを集めるよう要求し、三島がバルコニーから決起を呼びかけた。そのあと三島は総監室で切腹し、介錯した森田必勝も自決した。石原慎太郎は紀尾井町のホテルニューオータニにいて、秘書からの電話で事件を知った。現場はそう遠くなく駆けつけると、警察関係者から、川端康成が真っ先にきて自決現場を見て帰ったこと、希望するなら現場へ案内してもよいと告げられたが、迷った末、見ないほうがよいと現場を離れた。

この年、石原裕次郎は経済的なピンチに立たされた。六月封切りの石原プロ製作の『ある兵士の賭け』がトラブルつづきのうえ興行的にも失敗し、五億八〇〇〇万円の負債を出した。つづく『富士山頂』も『エベレスト大滑降』も低迷。石原プロは経営危機に陥った。石原まき子によれば、宝石類を売ったりしたが、預金残高は一時期、九万八五八四円しか残っていないこともあったという。裕次郎は撮影機器などの売却を決意。だが、スタッフは反対し、思いとどまった。責任をとってナンバーツーの中井景は石原プロを去った。

一九七一（昭和四六）年（石原慎太郎三九歳、石原裕次郎三七歳）

二月一〇日、石原慎太郎は参院予算委員会で核実験をつづける中国を問題にし、「やはり日本の安全と防衛の問題にからめて考えざるを得ない」と発言。これに対して防衛庁長官の中曽根康弘は「神経衰弱になるほどおびえる必要はない」と答弁した（『朝日新聞』二〇一六年八月五日夕刊）。三月、執筆に五年の歳月をかけた『化石の森』で第二一回芸術選奨文部大臣賞を受賞。三月、戯曲『信長記』が劇団四季で上演された。四月一一日、都知事選。現職の美濃部亮吉が秦野章（元警視総監）に大差をつけて二期目へ。

七月、参院議長をめぐって自民党の一部議員が造反。一九六二年から議長をつとめる重宗雄三の独裁体制に反発して河野謙三が反旗を翻し立候補。石原慎太郎も打倒重宗に奔走した。一七日、野党も巻き込み僅差で重宗の身代わりの木内四郎を破って河野議長が誕生した。

三月二四日、石原裕次郎は映画『甦える大地』キャンペーン先の秋田市で三九度二分の高熱に。結核だった。慶応病院に入院し、四月八日から国立熱海病院に転院。六か月の闘病生活を余儀なくされた。その間、裕次郎は伴侶の将来を考え、離婚まで思い詰め、母親に胸の内をあかした。義母からそれを知らされ、まき子は驚愕。だが、夫婦どちらも最後までそのことを口にすることはなかった。石原プロの小林正彦専務らは子会社の石原プロモーション・フェニックスを設立し、売らなかった機材を使って撮影の営業に着手、借金返済へ一歩踏み出した。渡哲也も石原プロへ参加し、再建に協力した。

軸足をテレビへ

一九七二（昭和四七）年（石原慎太郎四〇歳、石原裕次郎三八歳）

一月二四日、グアムで横井庄一が発見され話題になっている頃、石原慎太郎は年明け早々から都内でマメに動いた。参院から衆院への鞍替えを決意。東京二区（大田区、品川区、島嶼部。以下、いずれも当時の区割り）からの出馬準備に入った。三〇年近く住んだ逗子から大田区の借家へ引っ越し、初めてドブ板選挙で走りまわった。当初の予定は敬愛する賀屋興宣が引退したあと、賀屋の東京三区（目黒区、世田谷区）を譲ってもらうつもりだった。賀屋自身も異存はなかったが、古参秘書が慎太郎を嫌っていたうえ、大蔵官僚で福田赳夫の女婿、越智通雄が三区から出馬を決めて断念せざるを得なかった。

六月一七日、佐藤栄作首相は「新聞記者には話さない。国民とじかに話す」と、新聞記者全員が退場した官邸会見室でテレビカメラにむかい、前代未聞の退陣表明をおこなった。「佐藤さんのあの気持ち、わかるよね。『テレビは、もっと前へ来なさい』といったけれど、テレビカメラはズームで寄ればいいんだ（笑い）。あのときは、ほんとに佐藤さんは孤独な人だったんだなと思いました」（『正論』二〇〇〇年三月号）と石原慎太郎は語った。

七月七日、角福戦争を制して田中角栄内閣誕生。一二月一〇日、解散による衆院選。石原慎太郎は五年八か月在職した参議院議員を辞し、自民党も離党。東京二区から無所属で衆院選に立候補、トップ当選を果たし、のちに自民党へ戻った。

この年、石原裕次郎は久し振りに仕事が順調にすすんだ。五月にテイチクから「泣きながら微笑んで」と「夏の終わり」の新曲が出た。いずれも兄の作詞で、しかも作曲だった。才気に富む石原慎太郎もさすがに作曲はこれのみ。レコーディングの際はスタジオへ駆けつけ、あれこれ注文をつけて弟の機嫌をそこねる場面も。六月、裕次郎は石原プロ製作のアクション時代劇『影狩り』(舛田利雄監督)に主演。兄も出演する予定であったが、政治活動に忙殺され見送られた。

石原裕次郎はテレビドラマへ軸足を転じ、七月二一日に日本テレビ系「太陽にほえろ!」がスタートした。一九八六年一一月一四日まで七一八回放送された長寿番組。裕次郎扮する警視庁七曲署捜査一係長を中心に萩原健一や松田優作らが刑事ドラマを盛り立て、この番組に影響されて警察官になった若者も多い。二〇二四(令和六年)二月一九日、警視庁捜査一課長に就任した佐藤雅一も高校時代に見た「太陽にほえろ!」に憧れて刑事を志した一人であった。

部下思いのボス役で茶の間を沸かした石原裕次郎は、テレビのおかげでいつの間にか家計のピンチも脱していた。ワイキキのコンドミニアム「フォスタータワー」の一室を購入し、休暇がとれると、ハワイでゴルフとヨットを楽しんだ。船酔いのためヨットに乗らない石原まき子は、最上階に近い二五〇二号室から夫の愛艇を見守った。

一九七三（昭和四八）年（石原慎太郎四一歳、石原裕次郎三九歳）

六月、『石原慎太郎短編全集』（上下二巻・新潮社）刊行。七月一七日、石原慎太郎はタカ派議員グループ「青嵐会」の旗揚げに参画し、幹事長となった。「自主独立の憲法を制定する」との趣意書を掲げ、中川一郎、渡辺美智雄、中尾栄一、浜田幸一、中山正暉ら三一人が名を連ねた。会の名付け親は慎太郎で「青嵐というのは、夏に激しく夕立を降らせて、世の中を爽やかに変えて過ぎる嵐のこと」と説明。参加メンバーに血判を求めたのも慎太郎で、このためアナクロニズムという批判を浴びた。

八月一〇日、赤坂のホテルニュージャパンで石原慎太郎が総隊長のネス湖探検隊の記者会見がおこなわれた。スコットランド北部のネス湖にいると噂される怪獣ネッシーの正体を探ろうという奇矯なプロジェクト。呼び屋の康芳夫が立ちあげた。康によれば、当初、総隊長は小松左京の予定であったが、「俺のほうが適任」と慎太郎が名乗り出たのだという。康にかぎらず変人奇人好みの夫に、「あなたはどこか変な人が好きなのね。それでいい思いをしたことがあるの」（『男の粋な生き方』一六六頁）と、石原典子は嫌味をいったことも。

一九七四（昭和四九）年（石原慎太郎四二歳、石原裕次郎四〇歳）

二月、石原裕次郎主演のアクション映画『反逆の報酬』（石原プロと東宝の提携、沢田幸弘監督）

公開。裕次郎の主演映画および石原プロ作品への最後の出演となった。一二月九日、田中角栄内閣総辞職。椎名裁定で三木武夫内閣誕生。強権政治への批判を旗印にした青嵐会は田中退陣で存在意義を失い、六年間で消滅。石原慎太郎は自民党の有力都議から翌年の都知事選への出馬を打診されたが、即座に断わった。三木首相は自派の宇都宮徳馬（慎太郎と同じ東京二区選出の衆議院議員）に白羽の矢を立てた。

一九七五（昭和五〇）年（石原慎太郎四三歳、石原裕次郎四一歳）

二月、石原慎太郎はベニグノ・アキノ上院議員に家族ぐるみで招かれ、フィリピンに一〇日ほど滞在した。その間、宇都宮徳馬は出馬を断念し、慎太郎が帰国すると、都知事選の候補としてふたたび名前があがっていた。三選不出馬を表明していた美濃部亮吉知事が一転、態度を変えた。慎太郎は「彼がやってきたバラマキのおかげで都の財政はめちゃめちゃになってしまった。その彼を無競争で出したらこれは民主主義の破綻だ」と保守系無所属の統一候補として立候補。選対本部長は黛敏郎（作曲家）がつとめ、実際の采配は中曽根康弘幹事長の要請で深谷隆司（自民党代議士）が取った。四月一四日、慎太郎は二三四万票を獲得したが、美濃部に三五万票の差で敗れた。

石原裕次郎は二月、自宅の階段で左鎖骨の骨折に見舞われ、またしても活動停止となった。夏、裕次郎が前触れもなく東宝砧撮影所に姿を見せた。熊井啓監督が『サンダカン八番娼館・望郷』を撮っていてカメラマンは金宇満司だった。しばらく歓談したあと、裕次郎は「ああ、やっぱり映画はいいな」と、羨ましそうな表情を見せながら一人で立ち去った（『映画「黒部の太陽」全記録』三一五頁）。

石原裕次郎は大番頭の小林正彦に「損してもいい。テレビの仕事をやめて映画をつくろう」と告げた。小林は「いまの石原プロの実力じゃ、まだ無理だ」と反対し、裕次郎も「わかった、わかった」と引き下がった。「翌日になって酒を飲んだまま、私のとこに怒鳴り込んできた。活動屋が活動屋じゃなくなったのは、どういうことだ。守銭奴になってしまって、というんです」と小林（『石原裕次郎写真典』一八九頁）。七月、裕次郎はトランス・パシフィック・ヨットレースに参加。九月にはＮＨＫの「ビッグショー」に出演した。一二月、日本レコード大賞特別賞受賞。二度目の特別賞受賞だった。

この年、『エベレスト大滑降』のフィルムがカナダで再編集され、『エベレストを滑った男』として公開された。そのうえ第四八回アカデミー賞で長編ドキュメンタリー映画賞を受賞。日本では客の入りのよくなかった作品が海外でよみがえった。

環境庁長官として初入閣

一九七六（昭和五一）**年**（石原慎太郎四四歳、石原裕次郎四二歳）

一月、石原プロ製作のテレビ番組「大都会・闘いの日々」（日本テレビ系）が始まった。石原裕次郎は新聞社のキャップ役で出演。以来三年間、高視聴率の人気番組となった。三月二三日、石原典子は慶応大学法学部政治学科を卒業した。結婚前の約束通り典子は六年前の三二歳のとき、四男が幼稚園に入ったときに大学受験を決意し、一度目は失敗したが、二度目の挑戦で合格。ママさん慶大生として通学し、念願を果たした。

四月、石原裕次郎は映画『凍河』（松竹、斎藤耕一監督）に友情出演。裕次郎の最後の映画出演となった。一二月五日、任期満了に伴う衆院選。石原慎太郎は自民党公認で東京二区から立候補し返り咲くが、自民は議席減。一七日、三木武夫首相は退陣を表明。二四日、福田赳夫内閣誕生。慎太郎は環境庁（のちに環境省）長官として初入閣した。夜、石原裕次郎夫妻がお祝いにかけつけ、シャンパンを抜いて裕次郎の音頭で一同乾杯。SPが外で警備についていた。「警察の人、一晩中外にいるの、断った方がいいんじゃないかな」と新長官がいった。「警備をすることは決められていることじゃないの。それを断ったら悪いんじゃないかな」と弟がいい、兄も素直に従った（『妻がシルクロードを夢みるとき』七五頁）。

一九七七（昭和五二）**年**（石原慎太郎四五歳、石原裕次郎四三歳）

一月二〇日、アメリカ大統領に民主党のカーター（ジョージア州知事）が就任。四月、石原プロ製作のテレビ番組「大都会ＰＡＲＴⅡ」（日本テレビ系）が始まり、石原裕次郎は警察の嘱託医役で出演。二八日、賀屋興宣、死去。享年八八。短編『公人』のモデルは賀屋だ。七月、裕次郎夫妻はアドミラルズ・カップレース出場のためイギリスのワイト島へ。質素なアパートを借りてひと夏を過ごした。

九月二八日、パリ発東京行き日航機が日本赤軍にハイジャックされた。犯行グループはバングラデシュのダッカ空港に強制着陸させ、拘留中の仲間九人の釈放と身代金六〇〇万ドルを要求。福田赳夫首相は「人命は地球よりも重い」と応じた。深夜の閣議で石原慎太郎は特殊部隊の投入を進言したが、官房長官の園田直は「それ以上はいわないこと」と発言を封じた。「政府として全力を尽くすこともなくテロリストに屈服したのは大失策だった。法治国家として日本は世界に大恥をかいた」と慎太郎はいった。

一〇月七日、環境庁記者クラブは石原慎太郎長官との定例記者会見をボイコットした。ことの発端は月刊誌に「ここの記者クラブとの闘いは壮絶なものですよ。自分とこの新聞でボツになった原稿が共産党の赤旗に載る記者が何人かいる」（『現代』一九七七年九月号）というコメントが出たことから。これに対してクラブ側は「根拠を示してほしい」と質問書を出し、結局、会見拒否となった。一一月末で長官退任。

一九七八（昭和五三）年（石原慎太郎四六歳、石原裕次郎四四歳）

春、石原裕次郎は宝酒造の大宮隆会長と韓国で食事した際、「辛味が滲みるんですよ」と漏らした。「それはいつ頃？」と聞かれ、裕次郎は「半年くらい前から」といった。驚いた大宮は「すぐ病院で検査をしなさい」と強い口調で忠告した。数か月後、舌にはれものができ、一二月一日、慶応病院で除去手術を受けた。舌がんだった。

四月、中国漁船一〇〇隻が領海侵犯を繰り返し、海上保安庁の巡視船の警告を無視して尖閣諸島に接近した。石原慎太郎と親しい経済人が資金を提供し、関西の学生たちが尖閣で一番大きい魚釣《うおつり》島への上陸を敢行。スポンサーの経済人が小型機をチャーターし慎太郎も同行、上空から尖閣を視察した。

四月一五日、京都府知事の蜷川虎三が退陣。「僕が参議院にいた頃、自民党から立った知事候補の応援に二度ほど京都へ行ったんです。僕等の車には弟の『黒部の太陽』に協力してくれた関西電力役員や関西の某ゼネコン社長が同乗していた。あるところで蜷川の選挙カーとすれちがったら、むこうのウグイスが突然男の声で『ちょっと待って』という。その選挙カーに当人が乗っていて、蜷川がゼネコン社長にこういったんですよ。『おい、よくも俺を裏切ったな。覚えてろ!』って。すごかったねえ。ゼネコン社長はガタガタ震えていた」（『正論』二〇〇〇年三月号）と石原慎太郎は語った。

一九七九（昭和五四）**年**（石原慎太郎四七歳、石原裕次郎四五歳）

四月八日、都知事選で自民党推薦の鈴木俊一当選。五月、中川一郎を中心に自由革新同友会が結成され、石原慎太郎も参加した。中川派である。九月七日、大平正芳首相、衆院を解散。この月、裕次郎は舌のはれものをレーザーで除去した。一〇月七日、解散による衆院選。慎太郎は三回目の当選を果たした。この月から渡哲也主演の刑事ドラマ「西部警察」（石原プロ製作）がテレビ朝日系で放映を開始し、一九八四年一〇月まで五年間つづいた。

生還率七、八パーセントの大手術

一九八〇（昭和五五）年（石原慎太郎四八歳、石原裕次郎四六歳）

二月、ヨットマンの石原慎太郎が日本外洋帆走協会会長に就任。同月、世田谷区成城四丁目に建築中の石原裕次郎邸の敷地から古墳時代の遺跡が発見され、一般公開へ。五月一九日、社会党提出の内閣不信任案が可決され、大平正芳首相は衆院を解散。六月一二日、首相、心筋梗塞で死去。享年七〇。二二日、衆院選。慎太郎、四回目の当選。七月一七日、鈴木善幸内閣誕生。

一一月四日、アメリカ大統領選挙。共和党のレーガン、現職のカーターを大差で破って当選。石原慎太郎はハリウッドのスター時代からレーガンと親しく、資金集めで協力した。慎太郎は筆者につぎのように語った（『正論』二〇〇〇年三月号）。

「レーガンがカリフォルニア州知事時代、大統領選に備えての資金ルートをつくろうと、日本に来たんです。リチャード・アレンというレーガン大統領の特別補佐官をつとめた男が僕と親しくてね。彼が、選挙資金をつくってくれとはいわないけれど、『日本の経済界とつなげてほしい』という。

僕は親しかった東急の五島昇さんに頼んだら、『慎ちゃん、そんなのやめとけ。俳優が大統領になるわけがない』と取り合わない。それで僕は永野重雄さん（元日商会頭）に話したんです。永野さんはそういうところは偉くて『大統領の候補の候補でも、アメリカの知事は大事にしなくちゃいかん。石原君、私の名前で集めたまえ』といった。それで永野さんの名前で経済界の主な人たち五、六〇人ほど集めて昼飯会をひらいた。あのときレーガン夫妻、ハナフォードという首席秘書官夫妻、それにアレン夫妻の三組をホテルオークラのスイートに一週間泊めたんですよ。すべて僕のチャージで」

九月六日、石原まき子、子宮筋腫の手術で二週間入院。石原裕次郎は毎日見舞い、励ました。

この年、♪これでおよしよ　そんなに強くないのに……で始まる裕次郎の「ブランデーグラス」（山口洋子作詞、小谷充作曲）が一一〇万枚の大ヒットに。

一九八一（昭和五六）年（石原慎太郎四九歳、石原裕次郎四七歳）

一月二一日、石原慎太郎、レーガン新大統領の就任式に出席。三月、福田赳夫元首相に同行し、ふたたび訪米。四月二五日、石原裕次郎、背中と胸の激痛を訴え、慶応病院へ救急車で運ばれた。井上正（慶応大学医学部教授）の診断は解離性大動脈瘤で、きわめて危険な状態だった。主治医は内藤千秋（結婚後は向井姓）。のちに日本女性として初めて宇宙飛行士に選ばれた。

五月七日、生還率七、八パーセントという大手術がおこなわれた。小林正彦が別室に呼ばれ、説明を受けた。控え室で待っていた石原慎太郎と渡哲也は戻ってきた小林のVサインを見てがっちり握手し、石原まき子と石原典子は声をあげて泣き、小林も号泣した（『裕さん、抱きしめたい』一一〇頁）。

だが、重病であることに変わりはなく、生死の境をさまよっていた頃、石原裕次郎は夢を見た。河原で映画の撮影をしている。ジープに乗って陣頭指揮を取っているのだが、対岸のエキストラの動きが鈍い。業を煮やして「あっちで俺が指揮する。さあ行こう」と命じても、スタッフが猛然と反対して動けない。押し問答が二度、三度と繰り返された末、結局、むこう岸へ行かずに夢は消えた。「あれは三途の川だったんだな」と裕次郎は兄に漏らした（『生きるという航海』二二九頁）。

六月、手術の後遺症か右耳の聴力を失ってしまった石原裕次郎はプラス思考に徹し、大動脈瘤になった不運よりも奇跡的に助かった幸運に感謝した。「運不運の問題は本人の考え方次第で変わってくるんだ」（『太陽の神話』一二一頁）と。

九月一日、石原裕次郎は一三〇日ぶりに退院し、四月に完成したばかりの世田谷区成城四丁目の新居へ入った。以前から兄は弟が購入していた四丁目の中古住宅に懸念を抱いていた。豪邸はその家を取り壊して建てられた。なにが問題だったのか。以下は、石原慎太郎とその家にまつわる話のやりとりである（『正論』一九九六年九月号）。

筆者　なんとか裕次郎さんの命を救いたいと、石原さんが神官にお伺いを立てると「どこかに大切な神像か、仏像が粗末な形で置かれている」という。探してみると、実際に裕次郎さんが買った古い家の植木の陰にベニヤの箱があり、そこに湿気で傷んだ仏像があった。

石原　雨のなか弟の付き人と運転手をしていた関町君と二人で発見した。彼の奥さんが同じことを聞かされていて、二人で一緒に探したら、あった。アアーッといったきり、傘をさすのも忘れて立ち尽くした。……

筆者　そういえば、裕次郎さんがあやまって海へ落とした、北原三枝さんからもらった大切なライターが戻ってくる話。あの話を読んだときは背筋が寒くなりました。

石原　私は神秘現象を信じるから、周りにそういう出来事がある。弟はそういうのを信じなかったが、時には警告めいたものもあったと思うんです。

筆者　裕次郎さんはやはり、神に囚《とら》われた人なんですよ。

石原　神の恩寵《おんちょう》というのは、恩寵だけで済まなかったんですね。『ユリシーズ』、といってもジョイスじゃないですよ。ほんとの古典のほうに「どんなに私の身を苛《さいな》もうと、神が私を見捨てるわけがない」といった言葉がある。

弟のつづけて負った肉体的な業苦《ごうく》というものを見ると、神は決して恩寵だけではなしに犠牲をも強いたと思います。弟だけではなしに、いわゆるパッと出てくるスターというのはみんな気の毒ですね。やっぱり人生の採算を取られている。

一一月二六日、石原裕次郎は「太陽にほえろ！」に復帰し、石原プロでは社長歓迎の会が盛大にひらかれた。

一九八二（昭和五七）**年**（石原慎太郎五〇歳、石原裕次郎四八歳）
一月、石原慎太郎はドミニカ、コスタリカ、ニカラグアなどを各政府の要請を受けて歴訪した。石原裕次郎は石原プロの新年会で「今年は石原プロらしい映画をつくりたい」とあいさつした。二月、「西部警察ＰＡＲＴⅡ」全国縦断ロケが静岡からスタート、裕次郎は各地で熱烈な歓迎を受けた。三月、慎太郎は西ドイツをおとずれ、反核運動などを視察した。一〇月二日、映画デビューとなった石原良純主演の『凶弾』（村川透監督）公開。石原プロに所属した良純に裕次郎は「あいさつを忘れるな。時間を守れ」といい、スタッフには「良純が入ってきても特別扱いをしてはいけない」（『文藝春秋』二〇〇八年九月号）と命じた。
一一月二七日、中曽根康弘内閣誕生。レーガン米大統領との「ロン・ヤス関係」はあまねく知られるようになるが、中曽根にレーガンを紹介したのは石原慎太郎であった。

一九八三（昭和五八）**年**（石原慎太郎五一歳、石原裕次郎四九歳）
一月九日、中川一郎が札幌パークホテルのバスルームで死んでいるのを発見され、「急性心筋梗塞」と発表された。が、二日後「自殺」と訂正された。享年五七。石原慎太郎は中川派を継ぎ、弱小ながら派閥の領袖に。中川家の密葬の直前、報道陣の要請で渋々彼等の前にあらわれた慎太郎に某テレビ局の女性キャスターが「石原さん、大変ですね。なにか一言を」とマイクをむけた。「芸能人の結婚式じゃないんだ。一人の政治家が死んで、いま密葬の準備をしているときに、なんだ、そのものの聞き方は。質問を考えてこい」と叱った（『正論』一九九四年一二月号）。

三月、石原慎太郎は噂の飛び交う中川一郎の死因を確認するため、首相官邸へ足を運び中曽根康弘に「私にだけは真相を教えて下さい」とたずねた。「死因は聞いている。ふつういわれているようなことです。深いことは、いうことはできない。君、総理というのは、そういうものなんだ」（『永遠なれ、日本』一四八頁）と中曽根はいった。三月一日、小林秀雄死去。享年八〇。

五月二五日、石原プロ創立二〇周年記念パーティーがホテルニューオータニでひらかれた。石原裕次郎は「私は二年前の四月二五日にぶっ倒れました。それを振り返ると、こんなに大勢の方々に祝福されて感無量といいますか、信じられない気が致します」とあいさつ。つぎに石原慎太郎が大動脈瘤の手術直後のエピソードを紹介。「主治医が弟の身体を突っつきまして、『この人、だれかわかりますか？』といいましたら、弟が『わかってますよ、兄貴ですよ。バカづらしてそこに立っている』と申しまして、私はそのとき、涙が出るほど嬉しゅうございました」と会場の笑いを誘った（『社長、命』九頁）。

八月二一日、アメリカに亡命していたフィリピンの元上院議員ベニグノ・アキノは台北からの中華航空でマニラ国際空港に到着直後、暗殺された。アキノの帰国に石原典子は夫と同年生まれ、同じ星まわりの彼に危険を感じた。「マニラの方角と、出発のその日、その月、その年の日番月番年番はすべて最悪が重なっているから、このまま出発したら間違いなく彼の生命が危ない」と、出発をつぎの月まで延ばすよう夫に訴えた。しかし、アキノは慎太郎の警告を「なにを根拠でいうんだ」と一笑に付した（『現代史の分水嶺』一三六頁）。

一二月一八日、解散による衆院選。石原慎太郎は五回目の当選。自民党は苦戦し、無所属追加公認で辛くも過半数を維持した。派閥を託された慎太郎はこの総選挙で資金集めに四苦八苦し、「仲間の選挙資金を資産の一部を売却してまで、なんとか捻出した」（『歴史の十字路に立って』二二四頁）と告白。資金づくりは実力者の腕の見せどころであり、私財を投じたのなら、所詮、派閥の領袖の器ではなかったといえる。かつて筆者は竹下登から「政治資金は広く浅く集めている」と聞いたが、これが本来の姿であろう。

ラストレコーディングは「わが人生に悔いなし」

一九八四（昭和五九）**年**（石原慎太郎五二歳、石原裕次郎五〇歳）

六月中旬、石原裕次郎は慶応病院で定期検査の結果、原発性の肝細胞がんとわかった。石原プロの小林正彦専務が呼ばれ、告げられた。七月一七日、高熱が出た裕次郎は慶応病院へ入院。精密検査でがんはさらに悪化していた。二三日、病院から裕次郎と戻った小林は硬い表情で「ちょっと、奥さん……」と、石原まき子をだれもいない部屋に呼び、意を決して告げた。「どうして裕さんだけが……」「なぜ、社長ばかりが……」と二人は泣いた（『死をみるとき』六四頁）。

石原慎太郎は小林正彦に「告知したほうがよい」といったが、最後まで本人には知らされなかった。なぜ告知をすすめたのか、慎太郎に聞いたところ、つぎのような返事だった（『正論』一九九六年九月号）。

「解離性動脈瘤で入院したとき、浄霊《じょうれい》ともいうし、気功ともいう、自分の想念を送って弟を治療してくださる人たちが随分いたんです。それはありがたかったですね。それで一応快癒《かいゆ》して、お焚き上げに成田山新勝寺へ感謝のお参りをしました。そのとき全国からいただいたお札とか千羽鶴を持っていったけれど、トラック三台分もあった。私はそれを思い出した。もう一回、弟を好きな人たちの想念にすがろうと思いました」

後年、石原まき子は告知しなかったことを悔やみ、二回にわたって強くすすめられながら拒否したことを義兄にわびた。「自分ががんで助からないとわかっていたら、ファンや私たちにむけてメッセージをしっかりと残したのではないか」と、まき子は亡夫の心情に思い至ったのである（『昭和の太陽　石原裕次郎』九二頁）。

七月二九日、石原裕次郎は慶応病院に入院。患者に告知せずに本格的ながん治療に入った。血管に管を通して抗がん剤を投与し、直接肝臓の患部を狙うカテーテル治療が試みられた。自覚症状のない裕次郎はハワイで静養したいと、強く希望し医師団も同意した。CT検査の結果は良好で九月九日、ハワイへ出発した。滞在中、ホノルルの超高級別荘地カイモク地区にハワイで三軒目の別荘を購入し、「ハレ・カイラニ（天国の家）」と名づけた。

一九八五（昭和六〇）年（石原慎太郎五三歳。石原裕次郎五一歳）

五月一八日、芸能生活三〇周年の記念番組「石原裕次郎スペシャル」放映。六月二四日、石原プロの神田正輝、松田聖子と結婚式。その媒酌をつとめた裕次郎夫妻は一二月二日、結婚二五周年（銀婚式）を迎えた。神田と松田は一女（神田沙也加）を設けたが、一九九七年一月離婚。

一九八五（昭和六〇）年八月一二日、日航機が群馬県の御巣鷹の尾根に墜落し、歌手の坂本九ら乗客乗員五二〇人が犠牲となった。このなかに慎太郎がわずか数日前に電話で話した事業家や有力支持者の孫の小学生、一橋で同窓のエリートビジネスマンがいた。

一九八六（昭和六一）年（石原慎太郎五四歳、石原裕次郎五二歳）

二月二五日、コラソン・アキノがフィリピン大統領に就任。石原慎太郎はマニラで新大統領と会見した。五月、慎太郎は政府の特派大使として中米コスタリカへ飛び、アリアス新大統領の就任式に出席した。ノーベル平和賞の受賞者アリアスとは知己の間柄であった。同じ月の八日、石原裕次郎は慶応病院に入院した。病名は「肝内胆管炎」と発表された。七月一七日、解散による衆参同日選挙。慎太郎、六回目の当選。二二日、裕次郎は七三日ぶりに退院し、福井県の芦原《あわら》温泉でしばらく静養した。八月二〇日、慎太郎はマニラへ。二一日、マニラに隣接したケソン市のカソリック教会で執りおこなわれたベニグノ・アキノ三周忌のミサに出席した。

一〇月、一四年四か月つづいた日本テレビ系「太陽にほえろ！」の最終回収録がおこなわれた。のちにプロデューサーだった岡田晋吉が紙上でつぎのように語った（『朝日新聞』二〇二二年七月九日）。

「最終回では、撃たれて拉致された部下を捜し出すため、ボスが犯人の妹から兄の居場所を聞き出そうとします。撮影の当日、石原裕次郎から『このシーンを俺にくれないか』という連絡がありました。

七分半、完全なアドリブでした。実生活で医者に止められていた煙草をうまそうにふかしつつ、優しく犯人の妹に語りかける。『ずいぶん部下を亡くしましたよ。部下の命は俺の命。命って本当に尊いもんだよねぇ』『いままた一人、若い刑事の命が消えかかっているんだよ』『そいつぁね……今年子どもが生まれて……もう一回そいつをその子どもに会わせてやりたいんだ』

僕等スタッフは知っていたんですよ。石原裕次郎がそう長くは生きられないだろうって。完成試写を見たときには、みんな泣きましたね」

同じ紙面に「一九七〇〜八〇年代の刑事ドラマ　忘れられないデカたちランキング」が載った。読者アンケートの結果はつぎの通りであった。

一位、『太陽にほえろ!』一一〇六票
二位、『Gメン'75』九二二票
三位、『あぶない刑事』『もっとあぶない刑事』六四〇票
四位、『西部警察シリーズ』六二五票
五位、『はぐれ刑事純情派』五六三票
六位、『七人の刑事』五四三票

七位、『噂の刑事トミーとマツ』三八三票
八位、『スケバン刑事シリーズ』三三四票
九位、『特捜最前線』三一八票
一〇位、『大都会シリーズ』三一七票

一九八七（昭和六二）年（石原慎太郎五五歳、石原裕次郎五二歳）

一月、石原裕次郎、ハワイ・オアフ島の別荘へ。九日、最後のテレビ出演となるテレビ朝日「ミュージックステーション」に衛星生中継で出演。二月二四、五日の両日、ラストレコーディングの「わが人生に悔いなし」（なかにし礼作詞、加藤登紀子作曲）、「北の旅人」（山口洋子作詞、弦哲也作曲）を吹き込み、二六日に別荘でジャケット撮影。三月一〇日から一四日、宝酒造のCM撮影。一刻も早く東京へ戻り、入院させたい妻らの願いを裕次郎は聞かず。頑強に帰国を拒む裕次郎も、ついに宝酒造・大宮隆会長の説得に折れた。一七日、渡哲也とゴルフ。

この頃から小林正彦はひそかに相続税対策も検討していた。経営危機に直面し、財産を大幅に減らしたとはいえ、やはり天下の石原裕次郎は資産家だった。成城に土地家屋が二つ。ハワイと山中湖の別荘。石原プロの総数六万株のうち五万株を持ち、美術品や高級車、ヨットなどを含めれば、多額の資産となる。別荘やヨットは石原プロの名義とされた。小林らは子会社設立を目的に銀行から五〇億円の融資を受けた。これは持ち株の評価（上場株ではないが、優良会社と判断されれば資産アップになる）を抑える手段であった。いずれも社長の了解なしには実行できないが、うまく説明したのだろう。

四月一〇日、石原裕次郎、ゴルフ。九ホールをまわってご機嫌だった。帰国前の一四日、通い慣れたヨットハーバーへ。愛艇に別れを告げたのであろう。一六日、帰国。二〇日、慶応病院へ入院。二四日、テイチクから「裕次郎、奇跡のカムバック」と銘打ち、シングル盤を発売。五月二日、退院。本当はずっと入院していなければならなかった。「検査のため一〇日間だけでも入院して下さい」と、説得していたので一旦、帰宅することになった。五日、覚悟を決めたのか、裕次郎は再入院に同意。「もう二度とこの家には帰ってこれないだろうな」（『裕さん、抱きしめたい』一三三頁）と家のなかでつぶやいたあと、パジャマとガウン姿でサンダルを引っかけて自宅を出た。慶応病院新館一〇階一一号室が彼の病室だった。

専属テーラーの遠藤千寿がいう、「入院されているときは毎日、夕方に病院に行き、眠るまでおしゃべりしていたのです。あるとき、退院したあとに着るんだといって、八着分の生地を選んでもらいました。亡くなる前の一時退院のときに『仮縫いをしたい』といわれて、病院を出て直接、僕の店に寄ってくれました。八着のうちの二着を仮縫いし、大急ぎで一週間後に一着を完成させました。すこしでも励みになればと病院に持っていって、お部屋の壁にかけて飾っておいたのです。ネクタイも合わせて。裕次郎さんもとても喜んでくださった」（日経電子版『Men's Fashion　ダンディズム　おくのほそ道』二〇一九年七月一二日）。

五月二四日、石原光子が見舞いにおとずれ、手かざしの浄霊療法をおこなった。二五日、友人の山本淳正（旧名謙二）、病室に。「きのう、おふくろ。今日、謙ちゃんか」と裕次郎はつぶやいた。

七月一七日午後四時二六分、石原裕次郎は生涯総出演映画一〇二本、レコーディング曲五二一曲を残してこの世を去った。五二歳だった。棺には「天国で着ていただこう」と遠藤千寿の仕立てた背広が納められた。一九日、密葬。八月一一日、雨のなか青山葬儀所で石原プロとテイチクの合同葬が執りおこなわれた。石原慎太郎は参列者に「海を見たとき、弟を思い出して下さい」とあいさつした。戒名「陽光院天真寛裕大居士」。横浜市鶴見区の曹洞宗大本山総持寺《そうじじ》で永遠の眠りについた。

一一月六日、中曽根康弘の指名で竹下登内閣が誕生し、石原慎太郎は運輸相に就任した。慎太郎は竹下という政治家について、「あの人は負の天才だと思います。『石原さんは政治家に手厳しいけれど、竹下さんだけは点数が甘い』といわれたことがあるんです。僕にはあの人、よくわからないもの。というのは、言葉を完全に捨てちゃった政治家は変に怖いですよ。『言語明瞭、意味不明瞭』って自分でいう人間でしょう」(『正論』二〇〇〇年三月号)と筆者に語った。

一九八八年(昭和六三)年(石原慎太郎五六歳)
三月一三日、青森県と北海道を結ぶ五三・八五キロの青函トンネル開業。四月一〇日、世界最長の道路・鉄道併用橋の瀬戸大橋が開通。国の威信をかけた大事業の完成セレモニーに担当大臣として出席した。「前の大臣たちはずいぶん苦労したのに、あんたは運がいいね」と野党議員から声をかけられた。この月、『生還』(『新潮』一九八七年八月号)で第一六回平林たい子文学賞受賞。現職閣僚の文学賞受賞は世界的にもめずらしく話題となった。五月二三日、総持寺で石原裕次郎の納骨式が執りおこなわれ、石原まき子の歌碑も公開された。「美しきものにほほえみを　淋しきものに優しさを　たくましきものに　さらに力を　すべての友に思い出を　愛するものに永遠を　心の夢醒めることなく」と。

七月一七日、石原裕次郎の一周忌法要が営まれた。ＪＲ京浜東北線鶴見駅西口から歩いて五分の総持寺に昼過ぎから一万人近くのファンが焼香に駆けつけた。また夕刻には都内のホテルで追悼会がひらかれ、三船敏郎ら三八〇人の著名人が集まって大スターをしのんだ。紫陽花《あじさい》が好きだった故人にちなんで、裕次郎の命日は「あじさい忌」と名づけられた。

一九八九（昭和六四／平成元）**年**（石原慎太郎五七歳）

一月七日、昭和天皇崩御。宝算《ほうさん》（享年）八七。石原兄弟が存分に羽ばたいた昭和という時代が静かに幕を閉じた。三一日、石原慎太郎と盛田昭夫（ソニー会長）の共著『「ＮＯ」と言える日本』（光文社）が刊行され、発売一〇日足らずで早くも一九刷を重ねた。三月二〇日、五島昇死去。享年七二。六月二四日、歌謡界の女王、美空ひばり死去。享年五二。七月一七日、総持寺で石原裕次郎の三回忌法要。神奈川県葉山町の森戸神社で「裕次郎灯台」の点灯式と、「狂った果実」記念碑の竣工式がおこなわれた。

八月五日、自民党総裁選告示。石原慎太郎、出馬する。立候補はほかに海部俊樹と林義郎。投票総数四五一票のうち海部二七九票、林一二〇票、慎太郎四八票。惨敗だが、よく四八票も集まったというべきか。「いまになってみると、議員を辞めるのが五年遅かったなあ、と思うんですよ。自民党の総裁選挙に出たときに辞めてればよかったなと思うけれど、あのときはまた新しい仲間（中川派を引き継ぎ石原派に）ができちゃって、それを抱えていくことになったんです」と慎太郎は振り返った（『正論』一九九六年九月号）。

一九九〇（平成二）**年**（石原慎太郎五八歳）

二月一八日、衆院選。東京二区から立候補し、六回目の当選を果たす。石原伸晃も日本テレビ（報道局記者）を退社し、無所属で東京四区（杉並区・中野区・渋谷区）から出て初当選。七月、数寄屋橋公園に「銀座の恋の物語」歌碑が建立された。「銀恋」と親しまれている石原裕次郎と牧村旬子のデュエット曲のシングル売りあげは累計三三五万枚を突破していた。一〇月二一日、小樽市築港《ちっこう》で石原裕次郎記念館の起工式がおこなわれた。

一九九一（平成三）**年**（石原慎太郎五九歳）

六月、銀座で自作の絵の個展をひらく。六月六日、札幌・羊ヶ丘展望台に「恋の町札幌」の歌碑が建立された。七月二〇日、小樽へ赴き、石原裕次郎記念館オープニングのテープカットに加わった。総工費二八億円をかけた記念館（敷地九一四〇平方メートル、建築面積三六一〇平方メートル）に二万三〇〇〇点の遺品が東京から運ばれた。一階には映画『黒部の太陽』の破砕帯セットが再現された。来場者はオープンして一年足らずで一〇〇万人を超えた。一〇月二七日、自民党総裁選。宮沢喜一当選。

衆議院議員を辞任

一九九二（平成四）**年**（石原慎太郎六〇歳）

六月二四日、石原光子は消化管出血でこの世を去った。享年八二。火葬場でのエピソードを慎太郎は語った。「私のいちばん下の息子（延啓）は、おばあちゃんに可愛がられましてね。母は自分が絵描きになりたかったので、孫が絵描きになってとても喜んでくれたんです。その息子が祖母の骨をみんなの前で食べちゃった。あれにはたまげた。それで私も真似してお骨を食べました。ショッパかった」（『正論』一九九六年九月号）と。この年、慎太郎は三島由紀夫賞選考委員となり、一九九九年までつとめた。

一九九三（平成五）**年**（石原慎太郎六一歳）

一月二〇日、アメリカ大統領に民主党のクリントンが就任した。「クリントンはアーカンソー州知事のとき、日本へ三度くらい金集めや工場誘致できたんです。ところがだれも相手にしなかった。『アーカンソー？　どんなところか知らないなあ』というのが日本人の感覚ですよ。それで日本にとても悪い印象を持った」と石原慎太郎は語った（『正論』二〇〇〇年三月号）。クリントンが日本に厳しかったのは事実である。

『正論』一月号より連載「世紀末の時計」スタート（一二月号まで）。六月一八日、宮沢喜一内閣不信任案可決。解散。七月一八日、衆院選。石原慎太郎、七回目の当選。石原伸晃も当選。細川護熙《もりひろ》代表の日本新党が躍進した。八月九日、自民党を飛び出し新生党をつくった剛腕小沢一郎の主導で非自民・非共産の七党一派連立の細川内閣誕生。

七月二五日、総持寺で大々的な石原裕次郎の七回忌イベントがひらかれた。石原プロはファンへの恩返しと、約四九万五〇〇〇平方メートルの境内の大半を裕次郎ランドと化した。境内に特設舞台が設けられ、歌手やタレントが裕次郎の歌を披露した。本堂前に愛艇をかたどった幅二二メートルの献花台がつくられ、一度に八〇人の献花を可能とし、数万人のファンを迎え入れた。五億円を投じた石原プロの大イベントであった。

一一月一七日、三七年前に石原慎太郎とともに東宝へ入社した西村潔が神奈川県葉山町長者ケ崎の海岸で溺死体となって発見された。「俺はこの世にくるのが遅すぎた」というメモが近くの展望台にあって、警察は自殺と判断した。西村は黒澤明らの助監督を経て、入社一三年目に黒沢年男主演のアクションスリラー『死ぬにはまだ早い』で監督に昇進していた。一二月一六日、田中角栄死去。享年七五。

一九九四（平成六）**年**（石原慎太郎六二歳）

四月、野党の自民党は橋本龍太郎政調会長の下で石原慎太郎が中心となってまとめた政策提言「二十世紀への橋――新しい政治の進路」を発表した。政策のための歴史認識、防衛問題、今後の日米安保、教育の四本柱から成っていた。二五日、細川護熙内閣総辞職。二八日、新生党の羽田孜《つとむ》が首相に。

六月二五日、社会党は小沢一郎と対立し連立から離脱。羽田内閣はわずか六四日で退陣した。石原慎太郎は早くから社会党委員長の村山富市の誠実な人柄に共感を寄せていた。村山に自民党から首相に推薦されたときは受けてほしいと説得していた。二九日、村山首班の自民党・社会党・新党さきがけの連立政権誕生。七月八日、石原裕次郎の主治医だった向井千秋搭乗のスペースシャトル・コロンビア号が打ちあげられた。

一九九五（平成七）年（石原慎太郎六三歳）

一月一七日、阪神・淡路大震災発生。石原プロ、被災地で炊き出しをおこなう。四期一六年つとめた鈴木俊一都知事が勇退。四月九日、都知事選。参院議員を辞職して立候補した青島幸男が圧勝。有力視されていた石原信雄（元内閣官房副長官、自民党・自由連合・社会党・公明党推薦）は惨敗した。一二日、筆者は石原慎太郎に都知事選をテーマにインタビューした。「石原さんも出馬すれば面白かったのに」と切り出したとき、「勝手連で応援するから是非出てほしい、といってきた人もいました。でも、よかったですよ、私の期待した人が当選したんで」（『正論』一九九五年六月号）と、口にしてはいけないことをさらりと口にした。自民党所属議員として表むきは石原候補を応援しながら、青島に一票を投じていたのだ。

石原慎太郎はまた「私はこの頃、政治にうんざりしている。明後日、衆議院の本会議で二五年永年勤続の表彰を受けて、その答礼の演説をするんです。そこである演説をしようと思っています」といった。「どういう演説を?」と聞くと、「まあまあ」とことばを濁した。まさか金バッジをはずす決意を固めていたとは予想もしなかった。

四月一四日、石原慎太郎は「国会議員在職二五年永年勤続表彰」を受けた本会議場のあいさつのなかで議員辞職を表明した。石原良純によれば、演説の三日前、石原家では初めて家族会議が召集された。「母親から順に一人ひとり意見を述べる。すでに同僚議員として奉職していた兄は、選挙で選ばれた人間はつぎの選挙までは職務を遂行するのが、選ばれた者の義務だと主張する。たしかにいままで応援してくれた人に、どうお詫びをし、どうお礼をし、どう義理を果たしていくのか。議論はこの点に終始した」(『石原家の人びと』一二三頁)という。いくら反対されたところで決意を変えるはずもないが、それでも家族の意見を聞く場を設けたのは「異例中の異例のできごと」であった。

満を持して都知事選へ

一九九六(平成八)**年**(石原慎太郎六四歳)

一月一一日、第一一四回芥川賞選考会。選考委員を引き受けた石原慎太郎は築地の新喜楽でひらかれた選考会に初めて出席。この日、橋本龍太郎内閣発足。翌朝の各紙は大きく組閣人事を報じ、芥川賞の発表を伝える記事は片隅に追いやられた。『新潮』一月号に小説『肉体の天使』

を発表した。筆者がこの本を話題にすると慎太郎はこう述べた（『正論』一九九六年九月号）。

「書いたり戻ったりした小説だったけれど、あるところまですすんで、興が乗ってきた。ちょっと時計を見ると、もう午前四時、五時です。ああ、久しぶりに徹夜したなと思うと、肉体的には疲労しているけれども、一種のカタルシスがある。ものを書くというのはなかなか面白いなあと思った。『肉体の天使』を書き終えて思ったけれど、これは物書きに戻ったから書けたんで、政治家でいたら書けなかったな、と」

『諸君！』一月号より連載「国家なる幻影――わが政治への反回想」スタート（一九九八年八月号まで）。三月、石原慎太郎の愛人問題を写真週刊誌が報じた。銀座の高級クラブの元ホステスとの間には一九八〇年代初めに生まれた男の子もいると。七月一七日、『弟』が発売された。慎太郎は総持寺へお参りに行った。「高校生の不良が二人、弟の墓の前でたばこを吸いながら缶ビールを飲んでいました。『君ら、どこから来たんだ』『静岡から来ました』『どうやって来たの』『バイクで来ました』って。その二人は、ちゃんと弟のところへたばこと缶ビールをおいてくれていたんですよ。嬉しかったなあ」（『正論』一九九六年九月号）と筆者に語った。

一九九七（平成九）**年**（石原慎太郎六五歳）

四月一三日、アメリカのオーガスタで開催されたゴルフのマスターズ・トーナメントを観戦。史上最年少の二一歳でタイガー・ウッズがマスターズ初優勝するのを目の当たりにした。五月六日、新進党の西村真悟衆議院議員ら尖閣諸島へ上陸し、これに賛同する。一一月二六日、文芸評論家の奥野健男死去。享年七一。

一九九八（平成一〇）年（石原慎太郎六六歳）

『文藝春秋』同年三月号の読者アンケート「思い出に残る芥川賞作品」で『太陽の季節』が堂々とトップに選ばれた。この年、ハワイから石原裕次郎の愛艇が小樽の裕次郎記念館に運ばれ、展示された。

一九九九（平成一一）年（石原慎太郎六七歳）

二月一日、青島幸男都知事が再選不出馬を発表。明石康《やすし》（元国連事務次長、自民党・公明党推薦）、鳩山邦夫（元文相、民主党推薦）、三上満（元全労連議長、共産党推薦）、それに舛添要一（国際政治学者）、柿沢弘治（元外相）らが名乗りをあげた。三月一日、江藤淳はこの日の産経新聞コラム「月に一度」で都知事選の顔ぶれを辛辣に批判した。これを読んで迷いに迷っていた石原慎太郎は決心した。加えて立正佼成会、霊友会、佛所護念会らの感触に自信を深め、「東京から日本を変える」と立候補を表明。一か月遅れの出馬声明は、あと出しジャンケンと揶揄された。

竹下登に電話で立候補のあいさつをすると、「いや、よかった。慎太郎さん、ありがとう、ありがとう」と竹下。愛弟子の小渕恵三首相は明石康を推して苦戦しているのにと、「言語明瞭、意味不明瞭」の竹下語に石原慎太郎は首をひねった。竹下を「眠り化け猫」と評し、慎太郎は不気味さも感じていた。それにしても政治の世界から抜け出したはずが、なぜ戻ったのか。「いやで別れたはずだけど、その別れた女がどうしても忘れられないって心境かな」とは本人の弁。思うに虎視眈々《こしたんたん》と東京都知事の椅子に狙いを定めていたのだろう。

三月一〇日、日比谷の日本記者クラブで立候補者たちが壇上に並んだ。「裕次郎の兄です」と切り出し、「この国は下手をすると沈むかもしれない。東京を持ち直すことで、国を持ち直させたい」と語る慎太郎の存在感は段ちがいであった。選挙戦でも石原軍団に囲まれ、「弟が残してくれた素晴らしい仲間がとても心強い。弟がまだ生きているような気がする」と演説。裕次郎あやかり戦法は効果絶大だった。

四月一一日、石原慎太郎は一六六万四五一八票の大量得票で圧勝。当選の記者会見場には妻と四人の息子の姿があった。一二日、総持寺をおとずれ、石原裕次郎の墓前で石原まき子や渡哲也らと鏡割り（酒樽は「松竹梅」）をして当選を報告した。二三日、初登庁。知事給与一〇パーセントカット、ボーナス半減を表明。二九日、「みどりの感謝祭」で官房長官の野中広務とひそひそ話。問われて「政治家は密談をするもんなんだよ」と。六月二日、米軍横田基地を視察し、「あまり使われていないことがよくわかった」と報道陣に語った。二八日、小渕恵三首相と会談し、横田基地の共同使用に理解を求めた。

七月三日、雨のなか総持寺で石原裕次郎の一三回忌がひらかれた。なぜか裕次郎と雨は縁があった。老若男女の幅広いファン二〇万人がおとずれ、ピーク時の行列は一〇キロを超え、巨大な遺影を掲げた祭壇へ辿りつくまで五時間以上もかかった。最初の参列者は二日前の一日午前六時から並び、二日の徹夜組が約一万人、最後の参列者が総持寺を出たのは三日夜の一一時すぎだった。

七月二一日、江藤淳が「心身の不自由が進み、病苦が耐え難し。去る六月一〇日、脳梗塞の発作に遭いし以来の江藤淳は、形骸に過ぎず、自ら処決して形骸を断ずる所以なり。乞う、諸君よ、これを諒とせられよ」という遺書を残して自殺。六六歳だった。風呂場で倒れていたのを発見したのは石原慎太郎が紹介したお手伝いで、長野の実家へ帰って留守中のことだった。

九月八日、石原都知事の私的諮問機関「東京都の問題を考える懇談会」の初会合がひらかれた。安藤忠雄（建築家）、牛尾治朗（ウシオ電機会長）、加納典明（写真家）、小林よしのり（漫画家）、曽野綾子（作家）、はかま満緒（放送作家）、樋口廣太郎（アサヒビール名誉会長）がメンバーだった。

一一月八日、『産経新聞』の人気コラムだった江藤淳の「月に一度」と同じ体裁で石原慎太郎の「日本よ」がスタート。一三日、慎太郎は台湾へ飛び、翌日、前総統の李登輝と会見した。台湾を国家といい放つ石原節に中国政府が猛反発。二四日、警視庁を視察。「科学捜査研究所で中国人の黒社会（ヤクザの世界）の残酷さを知りましたよ。彼等らは見せしめに裏切り者の顔の皮を剝ぐんです。研究所の技術で元の顔に修復したのを見たけれど、そういう残虐な行為は、いままで日本ではなかった」と筆者に語った（『正論』二〇〇〇年三月号）。

一二月一五日、都営地下鉄一二号線の愛称を「大江戸線」にすることを決定。当初、名前を決める委員会は公募のなかにあった「東京環状線」としたが、石原慎太郎は「どこが環状線だ」と反対し、自分の案を示して変えさせた。三一日、ミレニアムのカウントダウンをお台場で迎えた。

「首相公選」読者アンケートで一位

二〇〇〇（平成一二）年（石原慎太郎六八歳）

二月、傑出した言論活動をおこなったオピニオンリーダーに贈られる第一五回正論大賞を受賞した。二月七日、銀行税の導入を表明。四月二日、小渕恵三首相が脳溢血で倒れ、五日、森喜朗にバトンが渡された。九日、石原慎太郎は東京都練馬区の陸上自衛隊練馬駐屯地の創隊記念式典であいさつした。そのなかで「今日の東京を見ると、不法入国した多くの三国人、外国人が凶悪な犯罪を繰り返している」と述べた部分の「三国人」がピックアップされ、一部メディアの攻撃材料となった。翌日、「差別とかは全くない。何でいってはいけないのか教えてほしい。科学的に、言語学的に」（『朝日新聞』二〇〇〇年四月一一日）と反論した。のちに「外国人の心を不用意に傷つけることになったのは不本意」と弁明。

五月一四日、小渕恵三死去。享年六二。「小渕さんは中国に対して初めて『NO』と静かにいった総理ですよ」（『正論』二〇〇〇年三月号）と評価。台湾で李登輝に代わって民進党の陳水扁が新総統に。就任式に出席し、「視線の強さ」に強い印象を受けた（『日本よ』四三頁）。

七月五日から二三日まで、一〇代の頃に描いたスケッチの個展が東京・代官山でひらかれた。この月、ずっと都議会の同意をえられなかった懐刀の浜渦《はまうず》武生がようやく副知事に。八月一五日、靖国神社参拝。『文藝春秋』二〇〇〇年八月号の「首相公選」読者アンケートで一位となる（有効投票三二九五票。弁護士の中坊公平に五九票入ったが、政治家ではないという理由で除外されている）。

一位　石原慎太郎（東京都知事）　一四四三票
二位　田中真紀子（自民党衆議院議員）　五五九票
三位　小沢　一郎（自由党衆議院議員）　二五九票
四位　小泉純一郎（自民党衆議院議員）　一五〇票
五位　加藤　紘一（自民党衆議院議員）　一四五票
六位　土井たか子（社民党衆議院議員）　一三四票
七位　野中　広務（自民党衆議院議員）　九一票
八位　河野　洋平（自民党衆議院議員）　六六票
九位　菅　直　人（民主党衆議院議員）　五七票
九位　北川　正恭（三重県知事）　五七票
九位　橋本大二郎（高知県知事）　五七票

一九六八年の「現代青年を支える人」のアンケートで日本のトップに選ばれてからすでに三二年の歳月が流れているのに、この人気の持続性には驚く。森喜朗首相は支持率低迷に苦しみ、それに反比例して石原新党待望論が高まった。九月三日、都知事主導で地震対策総合大演習を実施。防災訓練に自衛隊の協力を要請し、七一〇〇人の隊員が参加。一部メディアは「銀座へ戦車隊出動か」と冷ややかに報じた。

一二月、トラック業界の反発を退けて、都知事選の公約であったディーゼル車排ガス規制を盛り込んだ条例が成立した。記者会見でペットボトルに入れた真っ黒な煤《すす》を床に撒き散らしながら、「これを見て下さい。都内で一日にこのペットボトルが約一二万本出ているのです。都民の命を助けてほしい」と訴えた。このパフォーマンスは反響を呼び、首都圏一都三県でディーゼル車の排ガス規制を強化することになったうえ、国も動かし法改正につなげた。

二〇〇一（平成一三）年（石原慎太郎六九歳）

一月、スイスのダボス会議に出席。イスラエルのペレス元首相とパレスチナのアラファト議長の討論を傍聴した。四月一二日、都内の各区市町村の教育委員を一堂に集め、「教育委員として一番大事な仕事は教科書というものを自分の目で見届けて、自分の頭で考えて、人に選ばせずに自分の良識で採択するということなのです」と訓示した（『産経新聞』二〇一二年三月二日、「正論」）。教科書採択の実質的な権限を教師から教育委員会へ変えた。一九日、千葉県の堂本暁子知事と会談、羽田空港の国際化について話し合った。

四月二六日、森喜朗内閣に代わって小泉純一郎内閣が誕生し、石原伸晃が規制改革担当相として初入閣した。石原家と小泉家は姻戚関係にあった。純一郎の実弟、正也の妻の祖父と石原典子の父親は兄弟という関係。正也の結婚式で石原慎太郎夫妻が媒酌人をつとめた。慎太郎にとって小泉政権の誕生は喜ばしい半面、悩ましくもあった。都知事として実績を残し石原新党で国政への返り咲きを狙う慎太郎の得意の体制批判戦略も、「自民党をぶっ壊す」という過激な小泉改革路線にお株を奪われてしまった。八月一五日、靖国神社参拝。

九月一〇日、ワシントンに滞在中の石原慎太郎はペンタゴンでウォルフォウィッツ国防副長官と会見した。夜、ブッシュ（子）大統領の右腕ライス安全保障問題担当補佐官から「あす会いたい」という申し入れがあった。一一日、アルカイダによる同時多発テロ発生。宿泊先のフォーシーズンズホテルの窓から炎上するペンタゴンを目撃した。ライスとの会談も中止に。

二〇〇二（平成一四）年（石原慎太郎七〇歳）

三月、編集主幹 福田和也の『サン・カリスマシリーズ1　月刊石原慎太郎』（マガジン・マガジン）刊行。七月、すぐれた海洋文学を発表した作家に贈られる第六回海洋文学大賞特別賞を受賞。この年、都知事の発案で才能ある大道芸人たちを支援するヘブンアーティスト事業を開始した。審査に合格しライセンスを得たアーティストに演ずる場を紹介したり、有資格がひと目でわかる統一した賽銭箱を与えたりしてサポートした。彼等は都内だけでなく地方へも出かけ、東京発の新しい風物詩は全国の自治体へと広がっていった。八月一五日、靖国神社参拝。

一二月一九日、赤坂プリンスホテルで政治資金パーティーをひらく。報道陣は石原新党の発言が飛び出すかと待ち構えたが、それらしい素振りも見せなかった。

二〇〇三（平成一五）年（石原慎太郎七一歳）

四月一三日、都知事選。三〇八万票を得て、八一万票の樋口恵子（評論家、民主党推薦）らを抑えて再選された。政界の要人の応援をことわり、石原プロとファミリーが選挙戦を支えた。

六月一八日、テレビ朝日は開局四五周年記念特別番組で石原裕次郎一七回忌「裕次郎最後の真実」を放映。長嶋茂雄、吉永小百合らが出演した。

七月九日、石原裕次郎の一七回忌は、一三回忌の混乱を踏まえて参加者をしぼった方式がとられた。法要は午後六時から新高輪プリンスホテルで裕次郎ゆかりの四〇〇人を招いて営まれた。また、この日から三日間にわたって近くの品川プリンスホテルシネマで『黒部の太陽』『栄光への5000キロ』の二本が二四時間オールナイトで上映され、ハガキで申し込んだ三万人のファンが抽選で招待された。応募総数は四七万五〇〇〇通。一六倍近い高い競争率に裕次郎人気の凄さがあらわれている。一七日の命日には総持寺の境内でお焚きあげがおこなわれ、ファンからの膨大な応募ハガキが灰となった。

八月一五日、靖国神社参拝。九月五日、定例記者会見で日本興業銀行に勤める三男、石原宏高の衆院選出馬の可能性について聞かれ、「自分の人生は自分で選ぶというのが家訓。それ以上のアドバイスはない」（『朝日新聞』二〇〇三年九月六日）と、石原慎太郎は答えた。一〇月二八日、都内の集会で日韓併合に関連し、「その歴史を一〇〇パーセント正当化するつもりはない」と述べた。ところがTBS系の情報番組「サンデーモーニング」は一一月二日、石原都知事は「日韓併合を正当化するつもりだ」と正反対の字幕をつけて放映。出演者らが「問題発言」と批判した。「語尾が聞き取りづらく、誤解した」とTBSは謝罪した。

一一月九日、解散による衆院選。石原宏高は東京三区から自民党公認で立候補したが、民主党現職の松原仁に敗れ、比例復活もできなかった。「叔父さんの養子になっていれば、選挙で苦労しなくともよかったのに」と宏高の父親はつぶやいた。

二〇〇四（平成一六）**年**（石原慎太郎七二歳）

『サンデー毎日』二〇〇四年一月一八日号から六週にわたって調査報道「石原慎太郎研究」が掲載された。八月一五日、靖国神社参拝。一一月、ベストセラー『弟』がテレビドラマ化（テレビ朝日系）され、五夜連続で放映された。

二〇〇五（平成一七）**年**（石原慎太郎七三歳）

四月、念願だった中小企業に対する無担保融資などをおこなう新銀行東京が開業した。都の財政再建で蓄えた予備費から一〇〇〇億円を基金として出資。選挙公約を実現した画期的な施策となるはずが、甘い審査で貸しつけた挙げ句、経営危機を招き、三年後に四〇〇億円の追加出資を余儀なくされた。石原都政最大の失策と批判され、苦汁を飲む結果になった。

七月、都議会と軋轢《あつれき》の絶えなかった浜渦武生が、ついに副知事を辞任。お庭番でもあった浜渦の失脚は大きな痛手であった。そこで考えたのが、毎週金曜の定例昼食会。大きなテーブルを囲んで副知事、各局長らと仕出し弁当を一緒に食べながら、ざっくばらんな意見交換がおこなわれた。八月一五日、靖国神社参拝。

九月一一日、衆院選。郵政民営化法案が参議院で否決され、小泉純一郎首相が解散に踏み切った。石原宏高は東京三区から再挑戦。彼の要望で父親や石原軍団はノータッチ。興銀時代の同期生、楽天の三木谷浩史が応援。長兄の石原伸晃がバックアップしてドブ板選挙を展開、宏高は松原仁に三万票の差をつけて雪辱を果たした。東京八区の伸晃も現職閣僚の強みを発揮し、民主党候補に七万票の差をつけて楽勝。一一月二三日、地元ファンが中心となって芥川賞受賞五〇年を記念し逗子海岸に『太陽の季節』文学記念碑が建立された。

二〇〇六（平成一八）**年**（石原慎太郎七四歳）

二月、結婚五〇年の金婚式を家族で祝う。石原典子は政治家の妻と作家の妻、どちらが大変かと聞かれると、作家の妻と答えた。「なんといっても無から有を生み出す仕事ですし、神経が繊細ですから。……次男の良純は阿川弘之さんのご次男と小学校の同級生でしたが、初めて阿川家に遊びに行ったとき、『うち以外にも小むずかしそうなおやじがいるんだ！』と驚いたそうです」（『文藝春秋』二〇〇七年六月号）と典子は述べている。三月、都議会は石原都知事が熱望する二〇一六年夏季オリンピックの東京招致を決議した。八月一五日、靖国神社参拝。同月、東京都がオリンピック国内立候補都市に決定。九月二〇日、自民党総裁選で安倍晋三が当選した。

二〇〇七（平成一九）**年**（石原慎太郎七五歳）

二月一八日、第一回東京マラソン開催。きっかけは高橋尚子を育てた小出義雄監督が石原慎太郎に語った、「マラソンランナーに銀座の大通りを走らせたい」という夢だった。慎太郎はレインボーブリッジを渡ってお台場へゴールと提案。だが、この橋は勾配が急すぎて不採用となった。四月八日、都知事選。浅野史郎（前宮城県知事）に一一一万票以上の大差をつけて三選を果たし、「防衛に成功したボクサーの気持ち」と述べた。新銀行東京の経営破綻とオリンピック誘致がやり玉にあげられ、苦戦を強いられた。「反省しろよ慎太郎、だけどやはり慎太郎」のキャッチフレーズの下、一気に勢いを取り戻した。浅野の妻は「石原都政に悲鳴をあげているのはごく一部の人でしょ」と出馬に反対していた（『朝日新聞』二〇〇七年四月一四日）。

五月三日、石原慎太郎は鹿児島県知覧町の知覧特攻平和会館でひらかれた五三回目の慰霊祭に参列した。一二日、慎太郎が総指揮・脚本の映画『俺は、君のためにこそ死ににいく』（東映配給、新城卓監督）公開。知覧特攻隊基地の隊員に慕われた鳥浜トメを岸恵子が演じた。九月一二日、安倍晋三首相、辞任表明。二三日、自民党総裁選で福田康夫を選出。

二〇〇八（平成二〇）**年**（石原慎太郎七六歳）

四月八日、羽田の新しい国際旅客ターミナルビルの起工式。運輸相をつとめた石原慎太郎は国際ハブ空港としての羽田の整備に都知事一期目から熱心に取り組んでいた。「私が自民党政調会長をしていた頃、彼が『羽田空港に四本目の滑走路をつくろう』というから、私が省庁とかけあってやらせたんだ。ディーゼル車規制でも、石原は東京の空をきれいにした。偉大なことをやっているんだよ、彼は。単なる文学者じゃない」（『週刊朝日』二〇二〇年二月一八号）とは亀井静香の弁。

都知事として米軍横田基地の返還を求めつづけた姿勢にも注目したい。どの政権も成し得なかった、終戦後、一貫して米軍が独占してきた横田空域の航空交通管制圏を一部とはいえ、返還にこぎつけたのも石原慎太郎の功績であった。また大手銀行への外形標準課税や認証保育所制度など独自の政策を打ち出した。

黒いすすの入ったペットボトルを記者会見で振って「東京で一日に一二万本分もすすが出ている」と、都の基準を満たさないディーゼル車の危険性をわかりやすく訴えた成果であった。六月、記者会見で「変な左翼」などと呼ばれ、「名誉を傷つけられたとして女性会社員ら八一人が都に一人当たり一一万円の損害賠償を求めた訴訟の控訴審判決で、東京高裁は一二日までに請求棄却の一審判決を支持、原告側の控訴を棄却した」（『日本経済新聞』二〇〇八年六月一二日夕刊）。八月八日、北京オリンピックの開会式に出席。中国は開始も午後八時と縁起のよい「八」にこだわった。九月二四日、福田康夫内閣総辞職。総裁選で勝った麻生太郎へバトンタッチ。

二〇〇九（平成二一）**年**（石原慎太郎七七歳）

七月五日、石原裕次郎の二三回忌法要が国立競技場で執りおこなわれた。スタンド前には総持寺本堂を原寸大で再現した「裕次郎寺」が建立され、僧侶一二〇人の読経、あるいは東京混声合唱団による裕次郎メロディーが競技場にこだました。マンション五階分の高さという本堂の再現は、映画『黒部の太陽』で縁の深い熊谷組が担当し、まる四日間の突貫工事で完成した。このような斎場やセレモニーのスケールの大きさは、約一一万七〇〇〇人の参列者の度肝を抜いた。

ピッチ上の特設ステージに立った渡哲也は天国に届けよとばかり「裕ちゃーん！」と三回叫び、それにスタンドを埋めたファンが一斉に唱和した。テイチクなどのバックアップがあるにしろ、この世を去ってから長い歳月が経っているにもかかわらず大声援を浴びるスターは空前にして絶後かもしれない。

九月一六日、総裁選で圧勝した民主党の鳩山由紀夫内閣誕生。一〇月二日、コペンハーゲンでIOC総会。二〇一六年夏季オリンピックの開催地を決める投票がおこなわれ、現地で結果を待った。東京のほかにシカゴ、リオデジャネイロ、マドリッドが立候補し、リオデジャネイロが選ばれた。「帰りの飛行機で石原さんが泣いているのを隣で見ていた。あの強がりが、よっぽど悔しかったんだろうなあ。あんな悔し涙は初めて見た」と森喜朗は語った（『産経新聞』二〇一二年二月二日）。

二〇一〇（平成二二）年（石原慎太郎七八歳）

四月一〇日、平沼赳夫らが新党たちあがれ日本をつくり、発起人に名を連ねた。党名の名づけ親でもあったが、国政への関与は、都知事は三期で終えるという前提の下での行動であろう。

自分の後継者として神奈川県知事の松沢成文《しげふみ》を考えていた。打診された松沢は快諾した。六月八日、菅直人内閣へ。一〇月二二日、築地市場の豊洲への移転を正式に表明した。

二〇一一（平成二三）年（石原慎太郎七九歳）

三月一日、松沢成文は記者会見で「都知事選に挑戦する」と発表。石原慎太郎は都議会最終日の一一日に引退表明をするつもりでいたが、松沢のほうが、それでは遅すぎると先走ってしまった。この間、自民党の実力者や都連会長の石原伸晃は続投を説いた。三月一一日、引退をほのめかしていた慎太郎は一転して四選出馬を表明（その後、松沢も立候補を撤回）。

一一日午後二時四六分、一万八〇〇〇人を超える人々が犠牲となる東日本大震災が発生した。午後三時に予定されていた記者会見は四時半に延期となり、その間、石原慎太郎はテレビにくぎ付けになった。悲惨な映像が作家の感性をゆさぶったのか、会見で「我欲を一回洗い流す必要がある。これはやっぱり天罰だろうと思う」と口にした（その後、謝罪し発言を撤回）。二一日、福島第一原発で決死の消火活動にあたった東京消防庁ハイパーレスキュー隊を中心とする一一五人の隊員が渋谷区の消防学校に帰還。石原都知事は目に涙を浮かべて彼等の労をねぎらった。

四月一〇日、都知事選。石原慎太郎四選。街頭で演説したのは最終日だけで、ずっと防災服で通した。五月一一日、渡哲也が石原プロ社長の辞任を表明、会長の石原まき子へ経営の全権が移譲することになった。同日、専務の小林正彦も退社した。九月、東京二〇二〇オリンピック・パラリンピック招致委員会会長に就任。同月二日、野田佳彦内閣へ。

二〇一二（平成二四）年（石原慎太郎八〇歳）

一月、第一四六回芥川賞選考会。この日をもって一八年におよぶ選考委員を辞任。「もう退屈。飽きた。……自民党の人事みたいな気遣いは嫌いだね。『出来が悪いけど、八回当選したら大臣にしてやろう』というような。ほかの選考委員とも、あまり意見が合わなかった」と取材に答えた（『朝日新聞』二〇一二年一月七日）。

選考前の記者会見で「苦労しながら（候補作を）読んでいるが、バカみたいな作品ばかりだよ」と発言し、メディアで報じられた。その後、芥川賞受賞が決まった田中慎弥は「受賞を断わって気の小さい選考委員が倒れたら、都政が混乱する。都知事閣下と都民のためにもらってやる」と逆襲。これに対して「いいじゃない。皮肉っぽくて。俺はむしろ彼の作品は評価したんだけどね」と応じた（『読売新聞』二〇一二年一月二日）。

四月一六日、ワシントンのヘリテージ財団主催のシンポジウムで講演。尖閣諸島を埼玉県在住の地権者から買い取る意向を表明した。ワシントンを選んだのは、国際的な広がりを狙った石原流の計算であった。予想以上の反響に猪瀬直樹副知事が購入基金の募集を提案。地権者が「ぜひ石原さんに買ってもらいたい」と山東昭子（参院議長）に話したのが発端だった。発表後、瞬く間に億単位の金が指定銀行の口座に寄せられた。中国政府が猛反発すると、九月一〇日、民主党の野田佳彦内閣は尖閣諸島の国有化を決めた。中国政府が猛反発する一方、東京都には総額一八億円を超える基金が集まった。

五月一三日、石原プロ設立五〇年記念としてノーカット版『黒部の太陽』全国縦断チャリティー上映会が福岡県と長野県から始まり、売り上げは東日本大震災の被災地に寄付された。九月二六日、自民党総裁選。幹事長の石原伸晃が出馬した。父親は自分の夢の実現を息子に託して裏面で動いたが、五人立って三位に終わった。安倍晋三、総裁に返り咲く。

一〇月一二日、新党結成の条件として自分の健康問題にふれ、診断結果で決断すると明言。二五日、緊急記者会見で「医者のお墨付きも出た」と四期目途中で都知事を辞任し、新党代表として次期衆院選で比例区から立候補する意向を示した。都知事在任一三年、その間、首相は九人も代わっていた。一一月、たちあがれ日本を改称し太陽の党に。一二月、衆議院議員に当選。請われて人気絶頂の橋下徹（大阪市長）率いる日本維新の会と合流し、橋下とともに共同代表に。一七年ぶりの国政復帰であった。「橋下は裕次郎、なんだよな」と、慎太郎は橋下と会うため大阪へむかう新幹線の車内で同行記者に漏らした（『朝日新聞』二〇一二年一二月二日）。一二月一六日、解散による衆院選。自民党が圧勝し、民主党は政権から下野。二六日、第二次安倍晋三内閣発足。同日の都知事選で猪瀬直樹が当選した。

二〇一三（平成二五）**年**（石原慎太郎八一歳）

一月一二日、原作でみずから製作総指揮に当たった映画『青木ヶ原』（新城卓監督）公開。二月、衆院予算委員会で安倍晋三首相に質問。一八年ぶりのことだったが、そのあと軽い脳梗塞で入院を余儀なくされた。三月末、復帰会見。一〇月一六日、衆院本会議で安倍首相の所信表明演説に対して代表質問をおこなった。

二〇一四（平成二六）年（石原慎太郎八二歳）

二月九日、不透明な借入金問題で追及された猪瀬直樹都知事の辞任にともなう都知事選がおこなわれ、舛添要一が当選した。五月、リベラル色の強い「結いの党」との合流をめぐって維新の会分裂。石原慎太郎と橋下徹、袂《たもと》を分かつ。八月一日、平沼赳夫（衆議院議員）を党首に次世代の党が設立され、慎太郎は最高顧問に。一〇月三〇日、衆院予算委員会で安倍晋三首相に憲法前文の「公正と信義に信頼して」に関して「まちがった助詞『に』の一字だけでも変えていただきたい」と求めた（正しくは「を」）。安倍首相は「これを変えるには憲法改正が伴う。どうか『忍《にん》』の一字で」と応じた。

一二月、総選挙に次世代の党から比例単独候補（東京ブロック。後輩を一人でも多く当選させたいと順位は最下位の九位）で出馬し落選。一六日、記者会見で政界引退を表明、「これからもいいたいことをいい、やりたいことをやる。人から憎まれて死にたい」と。心残りはやはり「憲法が一字も変わらなかったこと」という。二七日、ヤンキースを去る黒田博樹投手が他球団からの高額オファーに振り向きもせず、古巣の広島カープと契約。石原慎太郎はBSテレビで黒田の力投を楽しんでいたので、この清々しい態度に感銘を受けた。

二〇一五（平成二七）年（石原慎太郎八三歳）

四月、春の叙勲で旭日大綬章受章。

二〇一六（平成二八）**年**（石原慎太郎八四歳）

一月、田中角栄を書いた『天才』（幻冬舎）を刊行し、ベストセラーに。七月三一日、舛添要一都知事の辞任にともなう都知事選がおこなわれ、小池百合子が二九一万票を獲得して当選した。八月三一日、小池都知事、一一月七日に予定されていた豊洲市場移転について延期を表明。九月一〇日、広島カープは黒田博樹投手が巨人を抑えて、二五年振りのリーグ優勝を果たした。コラム「日本よ」の一二月．九日で「優勝の瞬間の黒田選手の顔をカメラはとらえてくれていた。あんなに爽やかに安らいだ男の表情を見たことがない。……私はあの黒田選手こそ喪《うしな》われつつある真の『男っ気』なるものを改めて持ち帰り教えてくれた男の中の男として彼こそが今年一番の年男と思うのだが」と書いた。一〇月三〇日、小林正彦死去。享年八〇。

二〇一七（平成二九）**年**（石原慎太郎八五歳）

三月三日、豊洲市場への移転問題に関して日本記者クラブで会見。「豊洲がこのまま放置されるのは国辱だ」と述べた。二〇日、この問題で都議会百条委員会に証人として出席。また小池百合子都知事に「豊洲移転を決断せよ」と誌上で迫った。（『文藝春秋』二〇一七年四月号）。八月三一日、小樽市の石原裕次郎記念館が閉館。二五年間で二〇〇〇万人を超える人々がおとずれた。

二〇一八（平成三〇）**年**（石原慎太郎八六歳）

『群像』三月号で石原慎太郎は作家の西村賢太と対談。「石原さん、『群像』は初めてのご登場ですね？」と西村に問われ、「そう、『群像』は書いたことがないんだ。大久保（房男。元『群像』編集長）を殴ってから。六〇年前になるかな」と慎太郎は答えた。『群像』八月号で連載小説「湘南夫人」始まる（二〇一九年五月号まで）。

二〇一九（平成三一／令和元）**年**（石原慎太郎八七歳）

四月三〇日、平成の天皇は退位し、上皇となった。「平成の両陛下は戦争の時代を生きてこられ、お二人とも疎開の体験もされている。私たちの世代の国民と共通項があったわけで、これは非常に大事なことだった」（『正論』六月号）と寄稿。五月一日、皇太子徳仁《なるひと》親王が第一二六代天皇に即位した。

二〇二〇（令和二）**年**（石原慎太郎八八歳）

一月、すい臓がんが見つかる。千葉市稲毛のQST病院（旧放射線医学総合研究所病院）で放射線治療。八月二九日、安倍晋三首相、辞任表明。九月一四日、自民党両院議員総会で菅義偉《すがよしひで》を総裁に選出。一六日、菅内閣が誕生した。

二〇二一（令和三）**年**（石原慎太郎八九歳）

四月、白血病を克服し、東京オリンピック出場を決めた池江璃花子の活躍に感動する。五月、書下ろし『あるヤクザの生涯　安藤昇伝』（幻冬舎）を刊行。一〇月、すい臓がん再発。NTT病院で余命三か月と告げられた。九月二九日。自民党総裁選。決選投票で岸田文雄当選。一〇月三一日、任期満了直前の解散による衆院選。石原伸晃は立憲民主党の新人吉田晴美に敗れ、比例復活もできなかった。

一二月九日、一九九三年以降の短編作品から『石原慎太郎　短編全集』（全二巻・幻冬舎）を刊行。幻冬舎社長の見城徹が持参すると、近くの高齢者施設から自宅に戻っていた慎太郎は二冊の全集を抱きしめて涙を流した。一三日、橋下徹が見舞いにおとずれた。「皇室、靖国神社、日の丸・君が代、戦争責任。これらの内容については、とてもじゃないが公にはできない」と橋下。「玄関まで見送ってくださり、靴を履こうとしたところに背後から『友よ！　ありがとう！』と、あの低音で少し和音でありながらも爽やかな石原さんの声がした」という（『産経新聞』二〇二二年二月一〇日）。

二〇二二（令和四）**年**（石原慎太郎八九歳）

一月、石原伸晃は病床の父親から「おい、伸晃、俺の人生は素晴らしい人生だったよな」と聞かれた。「これだけ好き勝手をやってきたから、素晴らしい人生といっていいんじゃない」といったらニコッとしたという（『産経新聞』二〇二二年六月一〇日）。

二月一日、石原慎太郎は八九歳でこの世を去った。一週間前まで机にむかっていて、最期は安らかに息を引き取ったという。作家の高樹のぶ子は「生涯青年で、生涯作家。他に存在しないような類いまれな人物だった」（『日本経済新聞』同二月二日）と評した。慎太郎の戒名「海陽院文政慎栄居士」には海と太陽、文学と政治が織り込まれた。夫の死から一か月後の三月八日、妻の典子があとを追うように亡くなった。享年八四。それなりに紆余曲折はあったが、結婚生活六六年という恵まれた夫婦であった。

あとがき

昭和戦後史を体現した石原慎太郎と石原裕次郎を取材対象として見た場合、映画という重なる部分もあるが、その多くは異なる分野で活躍してきたので、当然、ジャーナリズムのほうも二手にわかれていた。石原兄弟双方に深く接触してきたジャーナリストは皆無ではないにしても、そう多くはあるまい。筆者の場合、取材対象は一貫して兄のみで、弟についてはスクリーンやテレビ、歌や書籍、親しかった芸能記者らを通じて断片的にしか知らなかった。にもかかわらず、あえて兄弟を並べて書くに至ったのは二つの理由による。

一つは、石原慎太郎の青春時代をメインテーマにしたことによる。晩年の慎太郎を田中真紀子（元外相）は「暴走老人」と評し、そういわれた当人もまんざらでもないふうであった。豊洲市場への移転をめぐって都知事の小池百合子から批判され、世間の目が厳しくなっていた頃、日本記者クラブで久し振りに慎太郎節に接したが、老いは隠しようもない。若い記者には、目の前の老人が、かつてメディアヒーローのオーラを背にきらきらと輝く青春時代をおくっていたとは想像もできないだろう。これはドラマチックな戦後復興期の昭和とともに後世に書き残しておくべきだと思った。

昭和がときめいていた時代に焦点を当てるなら、石原裕次郎を抜きにはできない。「二人は一卵性双生児のようなもの」という声を持ち出すまでもなく、どちらかを無視しては画竜点睛を欠き、それぞれの人生も穴ぼこだらけになってしまう。もう一つは、さいわい兄から弟について長時間にわたって話を聞く機会があったことだ。これまで詳しく知らなかった石原裕次郎の人間性には惹かれるところがあった。

『文藝春秋』二〇二四年八月号に「昭和100年の100人」という特集が掲載され、石原慎太郎と石原裕次郎がそのなかに入っていた。一〇年後、二〇年後、三〇年後、似たような企画があった場合、石原兄弟はどういう扱いを受けるのだろう。ずっと二人一緒に取りあげられるのか、それとも片方だけなのか。あるいは二人とも忘れられた存在になってしまうのか。

カラオケでは、いまも石原裕次郎の歌がうたわれている。かつて竹下登は日本の首相の任期の短さを嘆いて石原慎太郎に「歌手三年、総理二年の使い捨て」と自嘲気味に漏らしたという。しかし、一曲でもヒットの出た歌手はまったくちがう。歌というものの生命力には、端倪《たんげい》すべからざるものがある。とすれば、最後まで残るのは裕次郎の歌なのだろうか。いずれにしても、昭和という時代が後世の日本人にどう評価されるのか、二人の注目度とそのこととは、無縁ではあるまい。つまり石原兄弟は昭和が最も輝いていた頃の写し絵でもあるのだ。

華々しかった昭和もご多分に漏れず、光と影の落差が激しかった。典型的な成功者のように見られていた石原兄弟もまた運不運に翻弄されていた。本書によって二人の負の部分を初めて知る読者も多いのではあるまいか。

石原慎太郎は一九六五（昭和四〇）年一一月一日から『産経新聞』で霊友会を中心にして様々な新しい宗教を分析した「巷の神々」の連載を開始した。筆者が産経新聞東京本社へ入社したのはその前年であったが、連載は翌年一二月二〇日に終了し、単行本として刊行されることになった。まだ駆け出し記者時代の筆者がその単行本化の際、ほんの少しだが、手伝ったのが間接的ながら石原慎太郎との関わりの最初だった。

一九六〇年代中頃にワープロなどあろうはずもなく、初めて接した追加の直筆の原稿はほとんど読めなかった。さながら暗号を解読するように必死で取り組み、どうやら半分くらいまで読めるようになった。「アラビア文字をタテに書いたような」兄の字に苦労した弟は、「その悪筆を正しく判読して活字に組む、編集者と印刷会社の人は偉い」と書き残しているが、ワープロの出現を最も喜んだのは石原慎太郎担当の編集者であろう。

インタビュアーからすれば、石原慎太郎は手強い相手といえる。筆者は新聞と雑誌で合わせて八回におよぶロング・インタビューをおこなった。アナログ時代のこと、すべて速記者が同席した。一度、「えっ、その本、読んでいないの？」といわれたときは、相手が一瞬真面目な顔になっただけに冷や汗をかいたのを思い出す。なにしろむこうは無類の読書家である。以来、どこで、どういう本が話題になるか、緊張したものだ。あのときのピリピリした緊張感がいまになってみれば無性に懐かしい。

石原慎太郎と会って最初に強く印象に残ったのは、チャーミングな笑顔であった。旧知の都庁関係者が同じことをいっていた。石原都知事からカミナリを落とされ落ち込んだこともあったが、そのあとでにこやかに話しかけられると途端に気持ちもやわらいだというのだ。聞き上手と笑顔。人間だから選り好みはあったにしても、案外これが慎太郎の魅力の大きな要素であったのかもしれない。

それにしても自分は現役時代、どうして石原裕次郎にインタビューを申し込まなかったのかと、本当に悔やまれる。もし実現していたら、たぶん兄以上に緊張したであろう。

ジャーナリストの書いた本で、本格的な取材ならともかく酒場などの雑談で聞いた裏話を当事者のコメントとして長々と引用しているのを見かけたことがある。相手が故人の場合、どこまで本人の正確なことばなのか確認する術もなく、「ほんとかな」と思う例がなきにしもあらずであった。本書では、石原慎太郎から聞いた話はその時点で活字にしたものに絞り、もしだれかが検証したいと望んだときに応じられるよう出典を明示した。

大島信三

二〇二五（令和七）年二月吉日

主な参考文献

石原慎太郎『巷の神々』サンケイ新聞出版局、一九六七年
石原慎太郎『対極の河へ』河出書房新社、一九七四年
石原慎太郎『現代史の分水嶺』文藝春秋、一九八七年
石原慎太郎『拝啓 息子たちへ――父から四人の子へ人生の手紙』光文社、一九八七年
石原慎太郎『わが人生の時の時』新潮社、一九九〇年
石原慎太郎『来世紀の余韻』中央公論社、一九九一年
石原慎太郎『弟』幻冬舎、一九九六年
石原慎太郎『亡国の徒に問う』文藝春秋、一九九六年
石原慎太郎『法華経を生きる』幻冬舎、一九九八年
石原慎太郎『国家なる幻影――わが政治への反回想』文藝春秋、一九九九年
石原慎太郎『日本よ』産経新聞ニュースサービス、二〇〇二年
石原慎太郎『生きるという航海』海竜社、二〇〇一年
石原慎太郎『わが人生の時の人々』文藝春秋、二〇〇二年
石原慎太郎『日本よ、再び』産経新聞出版、二〇〇六年
石原慎太郎『私の好きな日本人』幻冬舎、二〇〇八年
石原慎太郎『新・堕落論――我欲と天罰』新潮新書、二〇一一年
石原慎太郎『歴史の十字路に立って――戦後七十年の回顧』PHP研究所、二〇一五年
石原慎太郎『東京革命――わが都政の回顧録』幻冬舎、二〇一五年
石原慎太郎『男の粋な生き方』幻冬舎、二〇一六年
石原慎太郎『男の業の物語』幻冬舎、二〇二〇年
石原慎太郎『老いてこそ生き甲斐』幻冬舎、二〇二〇年
石原慎太郎『「私」という男の生涯』幻冬舎、二〇二二年
三島由紀夫／江藤淳／大江健三郎編『石原慎太郎文庫』（全八巻）河出書房新社、一九六四〜一九六五年
評論選集『石原慎太郎の思想と行為』（全八巻）産経新聞出版、二〇一二〜二〇一三年
中曽根康弘／石原慎太郎『永遠なれ、日本』PHP文庫、二〇〇三年
石原慎太郎／坂本忠雄『昔は面白かったな――回想の文壇交友録』新潮新書、二〇一九年

『三島由紀夫 石原慎太郎 全対話』中公文庫、二〇二〇年
石原裕次郎『太陽の神話――体験的人生問答』集英社、一九八二年
石原裕次郎『わが青春物語』マガジンハウス、一九八九年
石原裕次郎／石原まき子監修『口伝 我が人生の辞』主婦と生活社、二〇〇三年
石原裕次郎／石原まき子『死をみるとき』青志社、二〇一三年
石原裕次郎／石原まき子監修『人生の意味』青志社、二〇二〇年
石原光子『我が息子、慎太郎と裕次郎――その日々』青志社、二〇二二年
石原典子『妻がシルクロードを夢みるとき』学習研究社、一九七九年
石原典子『君よ わが妻よ――父 石田光治少尉の手紙』文藝春秋、二〇一〇年
石原まき子『裕さん、抱きしめたい――亡き夫・石原裕次郎への慕情の記』主婦と生活社、一九八八年
石原まき子『新装・告白の記・逢いたい――夫・石原裕次郎と生きて…』主婦と生活社、一九九七年
阿蘇品蔵編／石原まき子監修『石原裕次郎写真典』主婦と生活社、一九九九年
阿蘇品蔵編／石原まき子監修／石原プロモーション管掌『石原裕次郎 日本人が最も愛した男』青志社、二〇一七年
石原良純『石原家の人びと』新潮社、二〇〇一年
『伊藤整全集 第二四巻――所収「石原慎太郎君のこと」』新潮社、一九七四年
石原慎太郎研究会『石原慎太郎猛語録』現代書館、二〇〇〇年
福田和也『石原慎太郎の季節』飛鳥新社、二〇〇一年
竹村健一『わが友 石原慎太郎』徳間書店、二〇〇一年
志村有弘編『石原慎太郎を知りたい――石原慎太郎事典』勉誠出版、二〇〇一年
嶋田昭浩『解剖・石原慎太郎』講談社文庫、二〇〇三年
江藤淳『石原慎太郎論』作品社、二〇〇四年
佐野眞一『誰も書けなかった石原慎太郎』講談社文庫、二〇〇九年
森元孝『石原慎太郎の社会現象学――亀裂の弁証法』東信堂、二〇一五年
栗原裕一郎／豊崎由美『石原慎太郎を読んでみた――入門版』中公文庫、二〇一八年
井澤勇治『秘書が見た都知事の素顔――石原慎太郎と歴代知事』芙蓉書房出版、二〇二〇年
大下英治『石原慎太郎伝』ＭｄＮ新書、二〇二二年
猪瀬直樹『太陽の男 石原慎太郎伝』中央公論新社、二〇二三年
牛島信『我が師 石原慎太郎』幻冬舎、二〇二三年

主な参考文献

尾崎晃一『石原裕次郎　ドキュメント　男たちの伝説』サンケイ出版、一九八一年
舛田利雄総監修／植草信和責任編集『石原裕次郎――そしてその仲間』芳賀書店、一九八三年
井上梅次『窓の下に裕次郎がいた――映画のコツ、人生のコツ』文藝春秋、一九八七年
ナイロビ会編著『生きてるあいつ裕次郎』芸文社、一九八八年
小松俊一『俺の裕次郎――ひとりの若者に青春を賭けた日活宣伝マンの〝熱い日誌〟』にっかつ出版、一九八九年
水の江滝子『みんな裕ちゃんが好きだった』文園社、一九九一年
はかま満緒『裕次郎讃歌』朝日文庫、一九九二年
大下英治『裕次郎伝説』廣済堂文庫、一九九六年
山本淳正『友よ――太陽族　裕次郎の素顔』日本イベントプロデューサーズアカデミー、一九九六年
川野泰彦『我が、石原裕次郎　だれも書かなかった――スター伝説』報知新聞社、一九九九年
高柳六郎『石原裕次郎　歌伝説――音づくりの現場から』現代教養文庫、二〇〇〇年
川野泰彦『素顔の石原裕次郎　ここだけの話』講談社＋α文庫、二〇〇二年
山本淳正『ベストフレンド――裕次郎・青春のレクイエム』青萠堂、二〇〇四年
熊井啓『黒部の太陽――ミフネと裕次郎』新潮社、二〇〇五年
金宇満司『社長、命。』イースト・プレス、二〇〇六年
石原まき子監修／阿蘇品蔵編集『昭和の太陽　石原裕次郎　石原裕次郎23回忌記念』石原プロモーション、二〇〇九年
村松友視『裕さんの女房――もうひとりの石原裕次郎』青志社、二〇一二年
本村凌二『裕次郎』、講談社、二〇一七年
佐藤利明／石原プロモーション監修『石原裕次郎　昭和太陽伝』アルファベータブックス、二〇一九年
週刊朝日編集部編著『映画にかけた夢　石原プロモーション58年の軌跡　石原裕次郎・渡哲也』朝日新聞出版、二〇二〇年
石原まき子監修／阿蘇品蔵編集『石原裕次郎・渡哲也　石原プロ社史　1963-2021』青志社、二〇二一年
福田邦夫『昭和ひとけたの人間学』青娥書房、一九七七年
日本映画テレビプロデューサー協会／岩波ホール編『映画で見る日本文学史』岩波ホール、一九七九年
田中純一郎『日本映画発達史』（Ⅰ〜Ⅴ）中央公論社、一九八〇年
日本経済新聞社編『私の履歴書　経済人17　横山通夫、吉田忠雄、黒沢酉蔵、川勝伝、西川政一、弘世現』日本経済新聞社、一九八一年
『証言の昭和史8　〝太陽族〟の季節――新旧混在の時代』学習研究社、一九八二年

馬渕公介『都市のジャーナリズム　「族」たちの戦後史』三省堂、一九八九年
南博／社会心理研究所『続・昭和文化――1945〜1989』勁草書房、一九九〇年
佐藤正忠『信仰は力なり』経済界、一九九〇年
塩野孝太郎遺稿編纂委員会編『塩野孝太郎――遺稿・語録にみる人と思想』塩野義製薬、一九九〇年
古茂田信男／島田芳文／矢沢寛／横沢千秋編『新版　日本流行歌史』（全三巻）社会思想社、一九九四〜一九九五年
井上ひさし『ベストセラーの戦後史1』文藝春秋、一九九五年
日本放送協会編『20世紀放送史』（上下二巻）日本放送出版協会、二〇〇一年
浅利慶太『時の光の中で――劇団四季主宰者の戦後史』文藝春秋、二〇〇四年
冨森叡児『戦後保守党史』岩波現代文庫、二〇〇六年
新井喜美夫『五島昇――大恐慌に一番強い経営者』講談社、二〇〇九年
青山淳平『海運王　山下亀三郎――山下汽船創業者の不屈の生涯』光人社、二〇一一年
伊藤礼編『伊藤整日記1』〜『伊藤整日記8』平凡社、二〇二一〜二〇二二年
瀬戸内寂聴／田原総一朗／猪瀬直樹ほか『ユリイカ』「特集＝石原慎太郎」青土社、二〇一六年五月号
文藝春秋特別編集『石原慎太郎と日本の青春』文春ムック、二〇二二年四月一五日発行
文藝春秋8月緊急増刊『さよなら石原裕次郎――石原家の全面協力による決定保存版』一九八七年八月二〇日発行

筆者の石原慎太郎インタビュー（実施順）

一、石原慎太郎（作家／運輸相）、連載タイトル「進路をきく――成熟社会と日本人」、第一回「日本的だった裕次郎の生き方」ほか全六回、『産経新聞』一九八八年二月一九日〜二月二六日（当時『産経新聞』特集部編集委員）
二、石原慎太郎（作家／衆議院議員）、「ソ連に『NO』と言える日本」、『正論』一九九〇年九月号（『正論』編集長。以下同じ）
三、石原慎太郎（作家／衆議院議員）、「〝慈母観音〟鳥浜トメさんと特攻隊員」、『正論』一九九二年八月号
四、石原慎太郎（作家／衆議院議員）、「メディア人間の倫理――言葉を盗用する新聞記者、キャスターらに喝！」、『正論』一九九四年一二月号
五、石原慎太郎（作家／衆議院議員）、「私も期待する青島新都知事への助言」、『正論』一九九五年六月号
六、石原慎太郎（作家）、「おーい 裕さん、それでお前は今、どこで何をしてるんだ！」（『弟』のエピグラフとあとがきの結びに使われていることば。本当はサブタイトルにしたかったという。了解を得て借用した）、『正論』一九九六年九月号
七、石原慎太郎（作家）、「アメリカの金融奴隷になり果てた日本」、『正論』一九九八年九月号
八、石原慎太郎（作家／東京都知事）、「永田町紳士淑女を人物鑑定すれば」、『正論』二〇〇〇年三月号

著者
大島　信三（おおしま　しんぞう）
昭和17年、新潟県生まれ。早稲田大学教育学部卒。同39年、産経新聞社に入社。『週刊サンケイ』編集長、『新しい住まいの設計』編集長、特集部編集委員を経てオピニオン誌『正論』編集長を16年間つとめる。そのあと編集局編集委員、特別記者。平成21年退社。著書に『異形国家をつくった男――キム・イルソンの生涯と負の遺産』、『宮尾登美子　遅咲きの人生』、『ダライ・ラマとチベット――1500年の関係史』、『パリ2000年の歴史を歩く――花の都を彩った主役たちの人間模様』（いずれも芙蓉書房出版）がある。日本記者クラブ会員。

石原慎太郎《いしはらしんたろう》と石原裕次郎《いしはらゆうじろう》
――嵐を呼んだ兄弟の昭和青春史――

2025年 3月15日　第１刷発行

著 者
大島信三《おおしましんぞう》

装 幀
クリエイティブコンセプト

発行所
㈱芙蓉書房出版
（代表 奥村侑生市）
〒162-0805東京都新宿区矢来町113-1
神楽坂升本ビル４階
TEL 03-5579-8295　FAX 03-5579-8786
https://www.fuyoshobo.co.jp

印刷・製本／モリモト印刷

ISBN978-4-8295-0894-7 C0090

JASRAC 出 2500072-501